Diogenes Taschenbuch 21985

de
te
be

Celia Fremlin

Ein schöner Tag zum Sterben

Erzählungen

Aus dem Englischen von Ursula Kösters-Roth

Diogenes

Die Erzählungen ›Ein schöner Tag zum Sterben‹,
›Spiel mit dem Feuer‹, ›Glückspilz‹, ›Die Doktorarbeit‹,
›Ein Fall höchster Dringlichkeitsstufe‹, ›Etikette‹,
›Probe aufs Exempel‹ und ›Das Wunder‹
sind dem 1984 bei Victor Gollancz Ltd, London,
erschienenen Band ›A Lovely Day to Die‹ entnommen.
Alle übrigen Erzählungen entstammen dem
1970 im selben Verlag erschienenen Band
›Don't Go to Sleep in The Dark‹.

Umschlagzeichnung von
Hans Traxler

Deutsche Erstausgabe

40/94/36/3
ISBN 3 257 21985 7

Inhalt

Ein schöner Tag zum Sterben

Wenn sie doch nur geahnt hätte, daß es so leicht war, sie hätte es schon lange vorher getan. Millicent drückte das Kissen noch immer fest auf das Gesicht der alten Frau, während sie ihren Blick langsam über das große, altmodische Bett gleiten ließ. Der ausgezehrte Körper zeichnete sich kaum unter der schäbigen Bettdecke ab; nur eine schmale, längliche Unebenheit war zu erkennen, nicht höher als die flachsten Gräber auf dem Friedhof in der Nachbarschaft.

Sie hatte befürchtet, daß es zu einem Kampf kommen könnte, daß der Schatten des Todes den altersschwachen und nutzlosen Gliedern noch einmal die Kräfte einer Besessenen verleihen könnte, daß der alte, verbrauchte Leib wie ein riesiger Fisch unter der Decke zappeln und gegen den Tod ankämpfen würde. Am meisten aber hatte sie Angst davor gehabt, daß unter dem Kissen Ächzen und Stöhnen oder Protestlaute zu hören sein könnten. Wenn das geschehen wäre, hätte sie es dann zu Ende bringen können? Oder hätten ihr die Nerven einen Streich gespielt und sie gezwungen, den Entschluß wieder umzuwerfen, der sie schon wochenlang innere Kämpfe und Befragungen des Gewissens gekostet hatte?

Wenn sie doch nur geahnt hätte, daß es schließlich so einfach war – daß das Opfer in dem stillen Schlafzimmer so friedlich war, fast sogar mithalf, wenn sie das geahnt hätte, hätte sie es schon Monate, nein Jahre vorher getan.

Aber wie lange mußte sie das Kissen noch festhalten? Wie lange drückt man jemandem ein Kissen auf das Gesicht, um sicherzugehen, wirklich ganz, ganz sicherzugehen, daß er seinen letzten Atemzug getan hat? Zum ersten Mal wurde sie sich der Einsamkeit bewußt, die dieses Unterfangen mit sich brachte. Sie hatte keinerlei Erfahrung darin und kannte auch niemanden auf der ganzen Welt, der ihr mit Rat und Tat zur Seite stehen konnte.

Sie preßte ihr Ohr an das Kissen, als ob sie die letzten geflüsterten Worte, eine letzte Botschaft ihrer einst so geliebten Mutter zu verstehen suchte.

Natürlich versuchte Millicent nur herauszufinden, ob sie noch atmete, aber sie konnte nichts hören, gar nichts; nicht die leiseste Bewegung war zu spüren – und trotzdem wagte sie es nicht, das Kissen loszulassen, noch nicht. Während sie sich mit ihrem ganzen Gewicht auf das Kissen legte, damit es nicht wegrutschen konnte, tastete sie mit den Händen unter die Decke nach dem Herzen der alten Frau. Die Rippen standen weit heraus, und die kleinen, verschrumpelten Hautsäcke, die einmal Brüste gewesen waren, lagen ruhig und schlaff, trotz ihrer Berührung.

Kein Herzschlag, nicht die Andeutung eines Atemzuges, gar nichts. Es war vorbei! So friedlich! So würdevoll! Es war kaum zu glauben.

Und dann, plötzlich, wie ein großes fahles Monster, das aus der Tiefe eines Sees auftaucht, erschien das grimassenverzerrte Gesicht ihrer Mutter. Ihre spröden Lippen öffneten sich zu einem wolfsähnlichen Heulton, als sie mit klauenähnlichen Händen ihrer Tochter das Kissen entriß und auf den Boden warf ...

Millicent wachte schweißgebadet auf und fand sich wohlbehalten in ihrem Bett, in ihrem eigenen, ordentlichen, kleinen, schmucklosen Schlafzimmer, das nur durch den Flur von dem Schlafzimmer ihrer Mutter getrennt war. Einen

Augenblick lang blieb sie ganz ruhig liegen und atmete tief durch; langsam fand sie in die Wirklichkeit zurück, vergewisserte sich, daß sie wach war und daß sie all diese schrecklichen Dinge nur geträumt hatte.

Ja, alles war in Ordnung. Es war nur ein Traum, einer dieser Alpträume, die in letzter Zeit immer häufiger wurden.

Sie sollte wirklich mal mit Dr. Fergusson darüber reden und sich was verschreiben lassen. Er war ein freundlicher, mitfühlender Mann, soweit es ihm sein voller Terminkalender erlaubte. Jeden Mittwoch besuchte er ihre Mutter, und jedesmal erkundigte er sich auch nach Millicents Wohlergehen. Aß sie richtig, mutete sie sich auch nicht zuviel zu? Sie solle nicht vergessen, daß auch sie nicht jünger werden würde – zweiundsechzig in diesem Jahr, nicht wahr. Mehr als einmal hatte er darauf bestanden, ihren Blutdruck zu messen, hatte dann die Augenbrauen in die Höhe gezogen, gehüstelt und sie eindringlich gebeten, die Dinge etwas langsamer anzugehen, sich nicht zu übernehmen. Doch er wußte genauso gut wie sie, daß die Pflege einer senilen, bettlägerigen Frau von zweiundneunzig Jahren, bei der sie niemand unterstützte, es nicht zuließ, die Dinge langsamer anzugehen und weniger zu tun. Aber da keiner von ihnen daran etwas ändern konnte, sagten sie sich freundliche Höflichkeiten, und er ging dann wieder seiner Wege. Zumindest war es schön, seine Anteilnahme zu spüren.

Es war sinnlos, nochmals auf Schlaf zu hoffen. Das frühe Morgenlicht drang bereits durch die Vorhänge, und die ersten Vögel zwitscherten schon. Durch die geöffnete Tür auf der anderen Seite des Flurs (in der Nacht ließ Millicent beide Türen weit offenstehen, damit sie das leise Wimmern ihrer Mutter nicht überhörte) konnte sie die Umrisse des großen Mahagonischrankes im Zimmer ihrer Mutter erkennen, der im morgendlichen Zwielicht gräulich schimmerte. Aus der verdunkelten Tiefe des Krankenzimmers konnte sie das abgehackte, röchelnde Schnarchen hören, das nun schon so lange das beständige Hintergrundgeräusch ihrer Tage und Nächte war. Nur noch selten erwachte die alte Frau aus diesem schrecklichen, unruhigen Schlaf, um zu wimmern oder zu brabbeln oder manchmal stumm und voller Verzweiflung in die Augen ihrer Tochter zu starren, um sie dringlich um irgend etwas zu bitten, das Millicent nur erraten konnte. Die Bettpfanne? Einen liebevollen Kuß auf ihren aufgesprungenen, übelriechenden Mund? Oder einfach nur eine schöne Tasse Tee, lauwarm und zuckersüß? Trotz der Schnabeltasse, die Millicent ihr halten mußte, tröpfelte ein Rinnsal über das faltige Kinn auf die Decke, deren Bezüge Millicent vier- oder fünfmal am Tag wechseln mußte, weil sie schmutzig und feucht geworden waren.

Millicent wußte nie genau, was ihre Mutter wollte, und oft gab sie ihr, die sie einst so geliebt hatte, die ihr soviel Kraft, Liebe und Trost in all den langen Jahren gegeben hatte, oft gab sie ihrer Mutter bereitwillig alles drei, die Bettpfanne, den Kuß und den kühlen Tee. Und wenn die alte Frau dann wieder in den geräuschvollen, unerquicklichen Schlaf fiel, konnte sie nicht sagen, was sie nun eigentlich gewollt hatte.

Vielleicht nichts davon. Vielleicht war die Kranke einfach aus purer Müdigkeit wieder eingeschlafen, erschöpft von der vergeblichen Anstrengung zu bitten..., zu bitten..., zu bitten um den einen Gefallen, den ihre Tochter ihr nicht tun wollte, nicht tun konnte.

Oder konnte sie doch? In der letzten Zeit, während der

langen, zermürbenden Tage der Pflege, der Hausarbeit und erneuter Pflege und während der noch längeren, unruhigen, schlaflosen Nächte, immer auf dem Sprung, immer mit einem Ohr in dem anderen Zimmer, um das rufende Wimmern nicht zu verpassen, hatte sich Millicent in den vergangenen Wochen immer häufiger dabei ertappt, wie sie sich den Kopf über die bevorstehende Entscheidung zermarterte und moralisch immer wieder neu abwog.

Es gab keinen Zweifel darüber, was ihre Mutter wollen würde; das heißt, ihre *wirkliche* Mutter, diese liebevolle, energische, unerschrockene Frau, die sogar noch im Alter von achtzig Jahren ihren Haushalt alleine führte und auch den Garten in Ordnung hielt; die in den Ferien ihre Enkel und Urenkel einlud und darüber hinaus sogar noch die Zeit fand, freiwillig im Krankenhaus zu arbeiten: über die Ansicht dieser kraftvollen, das Leben liebenden Persönlichkeit gab es keinen Zweifel:

»Du würdest es doch nicht zulassen, daß so etwas aus mir wird!« hatte sie mehr als einmal zu ihrer Tochter nach einem besonders schlimmen Arbeitstag in der Abteilung für Geriatrie gesagt. »Es ist gemein und obszön, einen Menschen so dahinvegetieren zu lassen, ein Haufen Fleisch mit Flüssigkeiten, die in ihn reingepumpt werden und wieder rauskommen, ohne Seele und Würde. Es ist grausam ..., das ist meine einzige, große Sorge, wenn ich ans Altwerden denke, daß ich so enden könnte. Du wirst das verhindern, versprich es mir. Wenn ich nicht mehr dazu in der Lage bin, wirst du dafür sorgen, daß sie mich anständig und rechtzeitig aus dieser Welt gehen lassen.«

Es war so einfach, dieses Versprechen zu geben, an einem Tag, an dem die Augustsonne durch das Küchenfenster flutete und das vermeintliche Opfer bis zu den Ellbogen im

Mehl stak, um einen Stapel Waffeln für die zwei neun- und elfjährigen Urenkel zu backen, die immer essen konnten wie die Scheunendrescher.

»Natürlich lasse ich so was nicht zu«, versprach sie und meinte es auch so, denn sie war in diesem Punkt mit ihrer Mutter ganz und gar einer Meinung und bewunderte und respektierte ihre Einstellung. Außerdem schien diese Möglichkeit so unglaublich unwahrscheinlich. Mutter war ein Mensch, der mitten in der Arbeit starb, wenn es soweit war. Sie würde einfach tot umfallen, während sie den vollbepackten Einkaufswagen im Supermarkt schob oder während sie zu energisch einem abgestorbenen Ast in ihrem Garten zu Leibe rückte.

Aber es war ganz anders gekommen: und wie konnte sie sicher sein, daß diese brabbelnde, senile alte Jammergestalt immer noch genauso dachte?

Einmal, es ist jetzt schon einige Jahre her, hatte Millicent ihrer Mutter, als diese noch ganz gesund und bei vollem Verstand gewesen war, genau diese Frage gestellt. Ihre Antwort kam sofort, ohne auch nur eine Sekunde zu zögern:

»Du mußt unbedingt tun, worum *ich* dich gebeten habe – *ich*, mein richtiges *Ich*. Die Person, die jetzt mit dir spricht, die du jetzt vor dir siehst, das bin *ich*, auf die mußt du hören. Höre nicht auf das, was dir ein seelenloses, verrücktes altes Weib sagt, wenn es dann noch sprechen kann, weil das dann nicht wirklich *ich* bin. Glaubst du etwa, ich würde einem solchen alten Wesen erlauben, darüber zu entscheiden, wie *ich* sterbe?«

Stolze Worte, die keinen Widerspruch zuließen. Im stillen hatte Millicent beschlossen, daß, sollte es jemals soweit kommen, sie genau das tun würde, worum ihre Mutter sie gebeten hatte. Wie sollte eine liebevolle Tochter einer so mutigen Frau, die sich nicht unterkriegen ließ, das abschlagen können? »Aah ... Aah ...!«

Das Schnarchen hatte aufgehört, und die ihr so vertrauten Klagelaute veranlaßten Millicent, schnell aus ihrem Bett zu klettern und hinüber zu ihrer Mutter zu laufen. Die Nachtruhe war damit vorbei.

Zu spät! Natürlich konnte diese arme, alte Kreatur nichts für das Mißgeschick. Millicent biß die Zähne zusammen und versuchte, die unfreundlichen und nutzlosen Vorwürfe zu unterdrücken, die ihr in den Sinn kamen. Und während sie das schmutzige Bettuch Stück für Stück unter dem reglosen Stück Fleisch wegzog, wurde ihr ganz plötzlich und mit überwältigender Deutlichkeit bewußt, daß sie diese widerwärtige Arbeit nie wieder tun müßte, wenn sie nur den Mut aufbrächte, nach ihrer Überzeugung zu handeln.

Niemals mehr, nie wieder. Schon heute abend könnte sie frei sein. Sie könnte ins Bett gehen und schlafen, schlafen und schlafen, die ganze Nacht, das erste Mal seit Jahren. Und ihre Mutter, ihre geliebte Mutter, könnte da liegen, endlich sauber und menschenwürdig, in einem schönen, sauberen Sarg, und all die Erniedrigungen wären vorbei.

Sauber! Sauber! Das schien irgendwie das Wichtigste für jemanden wie ihre Mutter zu sein, die so stolz, so geschickt gewesen war und immer irgend etwas in ihrem blitzblanken, aufgeräumten Haus zu tun gehabt hatte. Überall hatte sie Blumen hingestellt und die Fenster weit geöffnet, um die frische Morgenluft hereinzulassen.

Und später, als sie das Laken, das dritte seit gestern, unter laufendem, frischem, sauberem Wasser auswusch, beschloß Millicent, es zu tun. Ich werde tun, worum Mutter mich gebeten hat. Ich werde mein Versprechen halten.

Aber heute noch nicht. Nicht nach diesem Traum, der mich so mitgenommen hat. Nicht, wenn meine Hände so zittern wie jetzt und die Angst mir die Kehle zuschnürt beim bloßen Gedanken ...

Nein, heute nicht. Morgen.

Aber in der folgenden Nacht hatte sie wieder den gleichen Traum. Nicht genau den gleichen, aber er fing genauso an, mit dem Kissen, das sie ruhig und entschlossen auf das schlafende Gesicht drückte, und den zerbrechlichen, nachgiebigen Körper, der so still und offenbar zustimmend unter der Decke lag ...; und da war auch der unbestimmte Moment der Überraschung, der unsicheren Erleichterung, daß alles so einfach war ...

Doch dann ging der Traum anders weiter. Diesmal tauchte kein blasses, anklagendes Gesicht aus dem Kissen auf. Statt dessen, gerade als Millicent dachte, daß es geschafft sei, daß das Herz nicht mehr schlüge und sie nicht mehr atmen würde, in genau diesem Augenblick hörte sie unter der Bettdecke ein unheilverkündendes, gurgelndes Geräusch; es rumpelte und blubberte immer lauter, die Bettdecke schwamm schon darin, und überall verbreitete sich, wie der Rauch aus einem Vulkan, dieser Übelkeit erregende, vertraute Geruch.

Also ging *das* sogar nach dem Tod weiter und weiter und weiter bis in alle Ewigkeit! Im Traum schien Millicent diese Vorstellung überhaupt nicht absurd, und erstarrt vor Schreck blickte sie auf dieses stille, ermordete Wesen, das so monströs Exkremente ausschied, immer mehr und mehr, als ob es nie aufhören würde ... das ganze Bett voll ... es floß schon an den Seiten heraus ... und immer noch ging dieses unheilverkündende Gurgeln weiter und weiter und weiter ... mehr und mehr und mehr ...

Millicent erwachte wieder schweißgebadet; wieder mußte sie erst einige Minuten ganz ruhig liegen, zu sich selbst finden, sich klarmachen, daß alles nur ein Traum war.

Aber auch danach, und obwohl sie das vertraute, röchelnde Schnarchen laut und deutlich hörte, war sie noch nicht richtig erleichtert. Der Traum selbst war Unsinn, das war klar, aber vielleicht hat ihn ein Geräusch, eine Unruhe aus dem Zimmer gegenüber ausgelöst. Wahrscheinlich war es der alten Frau nicht gelungen, die Tochter durch ihr schwaches Stöhnen zu alarmieren, so daß ihr Bett wieder verschmutzt war. Millicent, die das im Unterbewußtsein mitbekommen hatte und sich unterschwellig schuldig fühlte, weil sie weiterschlief und nicht wach wurde, verarbeitete das ganze in einem schrecklichen Traum.

Ja, so muß es gewesen sein. So müde sie auch war – ihre Augen fielen ihr immer wieder zu –, sie hatte keine andere Wahl, als sich auf Zehenspitzen über den Flur zu schleichen und nachzuschauen.

Alles war in Ordnung. Es roch nicht – das heißt, es roch nicht nach Exkrementen, aber da war der immer gleiche, alles durchdringende Geruch von Krankheit und Alter, und der würde erst verschwinden, wenn auch die alte Frau nicht mehr da war. Seltsam, nur der Tod besaß die Kraft, den ihm eigenen Geruch wie ein heftiger Seewind fortzutragen.

Die alte Frau schnarchte laut und bewegte sich nicht, als Millicent sich über sie beugte. Das eingesunkene, blasse Gesicht sah so friedlich aus, wie es ihm in dieser Welt noch möglich war, aber trotzdem war es nicht wirklich entspannt. Dann und wann sah Millicent, wie es ein wenig zuckte, als wolle es irgend etwas verscheuchen; vielleicht die Mücken und Fliegen eines längst vergangenen Sommerabends einer glücklicheren Zeit – mit Freunden, die sich zum Plaudern abends nach dem Essen auf der Terrasse trafen, dem leisen Klingen der Kaffeelöffel und dem plätschernden Gemurmel lang verflossener, fröhlicher Unterhaltungen bis in die späte Sommernacht...

Jetzt müßte ich es tun – jetzt, auf der Stelle –, so daß diese schönen Erinnerungen ihre letzten Gedanken sind, so daß diese Art gedämpften Friedens in einem Augenblick der relativen Schmerzfreiheit das letzte ist, was sie von dieser Welt wahrnimmt...

Langsam und vorsichtig, um die Schlafende nicht zu stören, nahm Millicent das zweite Kissen und legte es vorsichtig über das schlafende Gesicht. Dann legte sie sich mit ihrem ganzen Gewicht darauf und preßte... preßte... preßte...

Nicht einmal der schlimmste Alptraum, die wildesten Auswüchse ihrer fieberhaften Phantasien hatten Millicent auf *so* etwas vorbereitet. Völlig unvermittelt, als ob irgendeine absonderliche Schockbehandlung aus einem Zukunftsroman sie plötzlich ins Leben zurückgerufen hätte, zappelte und hüpfte der Körper mit schier unglaublicher Kraft unter ihr. Die alten, faltigen Arme befreiten sich aus der Decke und flogen wie Dreschflegel im Kampf gegen die Luft. Die Beine, die sie seit Jahren nicht mehr bewegt hatte, zog sie mit einem Ruck hoch, so daß die Bettdecke auf den Boden fiel; spindeldürr wie ein Stock strampelten sie in der Luft und schlugen auf die Matratze. Der ganze todgeweihte Körper, der sich in den letzten Jahren kaum bewegt hatte, fiel zappelnd in die eine, dann in die andere Richtung, krümmte und hob sich, so daß Millicent mit all ihrer Kraft und unter Einsatz ihres ganzen Körpergewichts kaum in der Lage war, dieses Geschöpf unter sich zu halten.

Versprochen! Versprochen! Keine von ihnen hatte ahnen können, als sie vor Jahren dieses menschliche Abkommen der Nächstenliebe schlossen, daß es zu *so* etwas führt, daß das Leben, all seiner Grundlagen beraubt, selbst im letzten Atemzug wie ein Tiger kämpft, wahnsinnig, zielstrebig und mit fürchterlicher Kraft; mit gefletschten Zähnen und ausgestreckten Krallen schreit es sein aufbrausendes, unauslöschliches Verlangen in das Gesicht der Welt, weiterzugehen, weiter und weiter und weiter...

Angestrengt hielt Millicent den Körper unter sich und schluchzte: »Ich kann nicht... Ich kann nicht...!« – oder besser, dachte, daß sie schluchzte; aber irgendwie hörte sie keine Stimme. In ihrem Kopf hämmerte es: »Ich kann nicht... Ich kann nicht«, und das Schluchzen war tief in ihrem Herzen, ihre tränennassen Wangen waren eine Täuschung.

Als sie diesmal aufwachte, war es heller Morgen. Bestürzt sprang sie aus dem Bett, denn die breiten Streifen, die das Sonnenlicht auf den Teppich warf, verrieten ihr, daß es schon spät war, sehr spät. Und das ausgerechnet am Mittwoch, an dem Tag, an dem sowieso sehr viel zu tun war und der Arztbesuch anstand. Welch ein ärgerliches Zusammentreffen – aber es war klar, wie es dazu gekommen war. Als sie im Bett lag, um sich vom ersten Alptraum zu erholen, mußte sie wieder eingeschlafen sein, um direkt den nächsten Alptraum, fast eine Fortsetzung des ersten, durchzumachen.

Zwei Alpträume in einer Nacht! Das war nicht mehr lustig. Dagegen mußte sie endlich etwas unternehmen.

An diesem Nachmittag, als Dr. Fergusson seinen wöchentlichen Besuch bei ihrer Mutter abstattete, erzählte Millicent ihm von den fürchterlichen Träumen, unter denen sie in der letzten Zeit litt. Natürlich zeigte er sich sehr mitfühlend und verschrieb ihr bereitwillig Schlaftabletten, die stark genug waren, jegliche Träume auszuschalten.

»Sie übernehmen sich, meine Liebe«, warnte er sie wie schon so oft. »Soll ich wirklich niemanden von der Sozialstation . . . ?«

Aber Millicent gab nicht nach.

»Es geht schon«, versicherte sie ihm. »Ich muß nur ein wenig Schlaf nachholen, und dann bin ich wieder springlebendig.«

Er wollte sie nicht weiter drängen, weil er wußte, wie stolz die alleinstehenden Frauen dieser Generation waren, wie unabhängig und nicht bereit, auch nur die kleinste Schwäche zuzugeben. Sie waren wirklich zu bewundern. Außerdem war es ganz gut, daß es solche Menschen noch immer gab, denn das Pflegepersonal wurde immer knapper, und viele andere Patienten hatten keine Hemmungen, ihren Stolz zu überwinden und jegliche Hilfe in Anspruch zu nehmen, die sie irgendwie ergattern konnten.

Und natürlich konnte er nicht wissen, und selbst wenn er es wußte, würde er es für sich behalten, daß Millicent hauptsächlich deswegen keine Krankenschwester wollte, weil sie, war solch eine Person erst einmal im Hause, ihren Plan nur noch unter sehr großen Schwierigkeiten ausführen könnte.

Denn sie hatte die feste Absicht, ihn auszuführen, trotz

der Alpträume, trotz der Zweifel und Ängste, die sie bewegten. Versprochen war versprochen. Mutter hat ihr vertraut, und sie wollte, durfte ihr Vertrauen nicht enttäuschen.

In der darauffolgenden Nacht nahm sie eine der Schlaftabletten, und sie wirkte wunderbar. Innerhalb weniger Minuten versank sie in einen tiefen, traumlosen Schlaf, wie sie ihn seit Jahren nicht mehr genossen hatte. Am nächsten Morgen fühlte sie sich so ausgeruht, frisch und stark, so wohl und allem gewachsen wie schon lange nicht mehr. Und plötzlich überkam sie eine ruhige überwältigende Gewißheit, sogar mit einer gewissen Heiterkeit, daß es *jetzt* an der Zeit war. *Jetzt*, in der erfrischenden Kühle des Morgens, während die ersten Sonnenstrahlen durch die Bäume fielen und sie selbst sich so gut, so kraftvoll fühlte ... Und endlich mal eine Nacht ohne Alptraum, welch eine Wohltat. Seit Monaten schon hatten die Angstträume sie unerbittlich an der Ausführung ihrer Entscheidung gehindert, hatten jedesmal den so sorgfältig aufgebauten Mut vom Vortag in zitternde Feigheit verwandelt.

Es wurde immer heller, und die laue Luft war erfüllt von Vogelgezwitscher. Ein schöner Morgen zum Sterben, im Schlaf und – sehr wahrscheinlich – ohne jeglichen Schmerz.

Es war schon beinahe sieben, aber das Schnarchen aus dem Krankenzimmer war immer noch tief und regelmäßig. Mit ein wenig Glück würde sie gar nichts merken, ihre dunkle Welt des Komas würde nur noch ein wenig dunkler werden, ein wenig verwirrend, bevor die Bewußtlosigkeit sie für immer aufnahm. Ihre letzte Wahrnehmung, wenn sie überhaupt noch irgend etwas wahrnahm, wäre sicherlich friedvoll, wie ein langersehnter Regen, der auf ihre ausgetrocknete Seele niederprasselte und ihren verdorrten Geist bis zum Überlaufen füllte.

Ja, so würde es sein. Ein kleines Zittern vielleicht, wenn das Schnarchen so plötzlich unterbrochen wird, und dann haben die so mühsam arbeitenden Lungen Ruhe, die kraftlosen, unnützen Muskeln werden kaum merklich in eine tiefere Stille versinken.

Das war alles. Diese fiebrigen Alpträume, die aus einer hilfsbedürftigen, harmlosen alten Frau auf ihrem Totenbett ein kraftstrotzendes, bösartiges Monstrum machten, waren nichts anderes als krankhafte Ausgeburten ihrer eigenen Phantasie, die einem Geist entsprangen, der fast über seine Leidensfähigkeit hinaus von Sorge, Schuldgefühlen und Unentschlossenheit gemartert worden ist. Aber das hatte gar nichts mit der Realität zu tun. Die Wirklichkeit war ganz einfach nur traurig, beinahe schon alltäglich – ein alter, hilfloser Körper, der seinen Geist, sozusagen seinen Besitzer, überlebt hat. Ein Körper, der in Wirklichkeit schon tot ist, der nur noch daliegt und auf die letzte, unwesentliche Formalität »klinisch tot« wartet, die ihn endlich zu dem Totenschein und zur Beerdigung berechtigt.

Es war gar nichts Aufregendes, was Millicent nun tun würde, noch nicht einmal sehr wichtig, nur eine unwesentliche Formalität.

Auf Zehenspitzen schlich sie um das große Bett, wie schon so oft in ihren Träumen. Millicent hielt einen Augenblick inne, das Kopfkissen gegen ihre Brust gepreßt, weil sie fürchtete, die alte Frau könne unerwartet aufwachen. Das Schnarchen schien, obwohl es immer noch laut war, nicht mehr ganz so regelmäßig wie noch vor einer Minute zu sein ... und als sie sich ein wenig näher wagte, sah Millicent, daß das faltige, fahle Gesicht der Kranken nicht mehr so entspannt wirkte. Ihr Mund war zu einer leichten Grimasse verzogen, als ob ein stechender Schmerz bis in ihre Träume dringen würde. Auch die Lider zuckten unruhig, als ob die alten Augen darunter genug von der Dunkelheit hätten und sich einen unbekannten Weg zum Licht erkämpften.

Das war Mutter! Es war nicht zu glauben, ging über jede menschliche Vorstellungskraft, daß dieses Geschöpf wirklich und wahrhaftig *Mutter* war. Mutter, die so gern gelacht und geplaudert, ihren Haushalt geführt, mit den Kindern gespielt und Gott und die Welt beköstigt hatte. Irgendwo, tief verborgen hinter dieser verrunzelten Maske, in einer Dunkelheit und Stille, die keine Stimme mehr durchdringen konnte, war *sie* noch immer da.

Es war *Mutter*, die Millicent nun töten wollte, und wie konnte sie sicher sein, hundertprozentig sicher, daß *sie* das noch immer wollte, sie, die dort drinnen eingeschlossen und ohne jegliche Verständigungsmöglichkeit war, woher sollte Millicent es genau *wissen*?

Und sofort glaubte Millicent die Antwort zu hören. Laut und klar durch die Jahre hörte sie Mutters geliebte, altvertraute Stimme:

»Tu, worum *ich* dich gebeten habe! Laß diese alte Hülle nicht entscheiden, wie *ich* sterben werde.«

»Sie wird es nicht, Mama, sie wird es nicht!« flüsterte Millicent leise und eindringlich. »Ich werde es nicht zulassen!« Die Tränen liefen ihr über die Wangen, und ihr Herz strömte über vor Zärtlichkeit und Liebe, als sie das Kissen vorsichtig über das zuckende, verwelkte Gesicht drückte und festhielt, festhielt, festhielt, ganz eng an sie gelehnt, als ob sie ihre Mutter in einer letzten, liebevollen Umarmung hielte ...

Echte Liebe kennt keine Angst. Aber woher kam dann diese kalte Furcht, die sie so plötzlich erfaßte? Woher diese schreckliche Vorahnung und das Herzklopfen, das immer lauter und lauter wurde ...

Diesmal weckte sie das Geräusch von Stimmen, leisen Stimmen, nicht viel lauter als ein Flüstern:

»Ein Schlaganfall ... Ja. Ja, total, leider beidseitig.« Und dann eine andere Stimme, seltsam bekannt, doch Millicent konnte sie aus irgendeinem Grund nicht einordnen:

»Ich habe so etwas befürchtet ... hoher Blutdruck ... die anstrengende Pflege ... verweigerte jede fremde Hilfe ... immer so stolz. Ja, seltsam, daß man sie auf dem Boden fand und die Decke und die Kissen verstreut herumlagen ... es sah aus wie auf einem Schlachtfeld. Und die alte Frau lag zitternd und wimmernd auf der nackten Matratze ... Sie wird jetzt zu einem Problem, wo sich niemand mehr um sie kümmert. Im Augenblick ist sie hier, aber ...«

Hier? Wo war ›hier‹? Und wer waren überhaupt all diese Leute? Was ging da vor? Millicent versuchte, ihre Augen zu öffnen, aber irgendwie war es zu schwierig. Was war geschehen? Wo war sie? Schlief sie noch immer, träumte sie?

»Wo bin ich?« versuchte sie zu sagen – und jetzt war sie sicher, daß sie noch träumte, denn ihre Stimme gehorchte ihr nicht, wie es in Träumen so häufig geschieht. Und als sie versuchte, sich aufzusetzen, merkte sie, daß sie sich – typisch für Alpträume – überhaupt nicht bewegen konnte.

Jeder, der schon einmal einen Alptraum durchgemacht hat, weiß, daß es sinnlos ist, dagegen anzukämpfen. Das einzige, was man tun kann, ist, ruhig dazuliegen und zu warten, in der Gewißheit, daß man irgendwann aufwachen muß.

Und so kam es, daß Millicent, in der Gewißheit, irgendwann aufzuwachen, ganz ruhig dalag und wartete.

Und wartete ... und wartete ... und wartete ...

Spiel mit dem Feuer

Liebling, du weißt ja, wie gerne ich noch bleiben würde. Es tut mir genauso leid wie dir, aber...«

Aber.

Aber, aber, aber. Welche Ausrede hatte er *dieses* Mal, überlegte Stella verdrießlich. Welche es auch war, sie kannte sie schon, das war sicher. In einer über fünf Jahre alten Beziehung mit einem verheirateten Mann kennt man dessen Repertoire auswendig.

Aber ich muß Wendy beim Wochenend-Einkauf helfen. *Aber* der Handwerker für den Boiler kommt. *Aber* ich muß Carol zu den Pfadfindern bringen. *Aber* Simon liegt mit Fieber im Bett. *Aber* ich muß Tante Esmé vom Flughafen abholen.

Die letzte Ausrede war die mieseste von allen. Rückblikkend konnte Stella kaum ein Lachen unterdrücken, ein bitteres, hämisches Lachen, obwohl sie es damals überhaupt nicht lustig gefunden hatte. Es war so schnell gekommen, so grausam und (wie es sich herausstellte) ironisch schnell nach dem goldenen Septembertag, an dem Gerald ihr – wie es bei verheirateten Männern beinahe schon üblich ist – im hohen Gras am Flußufer die Tiefe seiner inneren Einsamkeit anvertraut hatte. Selbst als Kind, so schien es, hatte er unter der Einsamkeit gelitten.

»Ich hatte weder Bruder noch Schwester. Nicht einmal Onkel oder Tanten«, erklärte er traurig. »Ich habe mich oft nach diesem großen, zusammengehörenden, streitlustigen Familienverband gesehnt, mit den vielen Hochzeiten und Beerdigungen, wo man sich gegenseitig zum Essen besucht, um die angeheiratete Verwandtschaft durchzuhecheln. Ich sehnte mich nach etwas außerhalb dieser engen Kleinstfamilie, in der ich aufwuchs – nur ich und meine Eltern. Ich hätte alles gegeben für eine tadelnde Tante oder einen skandalumwitterten Onkel! Besonders Weihnachten fühlte ich ...«

Stella konnte sich nicht mehr daran erinnern, was zum Teufel es war, das Gerald an Weihnachten gefühlt hatte; es hatte etwas mit Mandarinen und jemandes Großvater zu tun, der draußen im Schnee Baumstämme zersägte, oder mit etwas Ähnlichem; auf jeden Fall war es nicht wichtig gewesen, darum hatte sie es vergessen. Was wichtig war, und das würde sie ihr Leben lang nicht vergessen, war der Gegensatz, den sie sofort entdeckt hatte, zwischen diesen rührseligen Erinnerungen und dem Märchen, das er ihr nur drei Monate später auftischte, von ›Tante Esmé‹, die er vom Flughafen abholen mußte.

»Weder Bruder noch Schwester.« Armer, einsamer, kleiner Junge, der darüber hinaus auch noch keine Tanten und Onkel hatte. Verflixt noch mal, wer aber war dann diese ›Tante Esmé‹?

Sie hatte ihm die Möglichkeit zur Berichtigung gegeben. Warum *Wendy* diese Frau nicht abholen könne, hatte sie ihn gefragt und sein Gesicht dabei genau beobachtet. Schließlich sei es Wendys Tante und nicht seine... »Aber nein, Liebling, wie kommst du auf diese Idee? Sie ist *meine* Tante. Als ich klein war, war sie schrecklich gut zu mir, und ich denke, das ist das mindeste, was ich für sie tun kann. Es ist wirklich sehr schade, aber... Du verstehst es doch, nicht wahr, Liebling?«

Natürlich hatte sie Verständnis dafür. Dazu sind Geliebte da.

»Aber natürlich, Liebling!« hatte sie ihm geantwortet, ohne mit der Wimper zu zucken; und anschließend – wie hatte sie darüber gelacht, als sie mit dem Weinen fertig war.

Sie mußte sehr vorsichtig sein, das war das Wichtigste. Ihn nur einmal bloßzustellen würde alles zerstören. Er hatte es ihr ganz, ganz deutlich vor Augen geführt, gleich zu Beginn ihrer Beziehung, daß Mißtrauen, Eifersucht und Besitzansprüche die Vorrechte der Ehefrau, und nur der Ehefrau seien. Es war vollkommen normal (dachte Gerald), daß Wendy ihn über Geschäftsreisen ausfragte, im Büro anrief, um festzustellen, ob er wirklich Überstunden machte, und seine Taschen nach Briefen oder verräterischen alten Theaterkarten durchsuchte. Aber bei Stella hielt er solch ein Verhalten für eine schwere Verfehlung, ein Angriff auf die natürliche Ordnung der Dinge.

»Schau, Liebling«, hatte er gesagt – und der kalte, grausame Ton seiner Stimme schien Stella für das äußerst geringe Vergehen völlig fehl am Platze: ein einziger kleiner Anruf im Büro, als sie versuchsweise die Sekretärin fragte, einfach nur fragte, wann er aus Wolverhampton zurück erwartet werde – »Schau, Liebling, wenn ein verheirateter Mann ein Verhältnis beginnt, dann tut er das, um vor genau diesen Dingen zu flüchten, nicht weil er davon noch mehr will. Für ihn ist es ohnehin schwierig genug, einige freie Stunden herauszuschlagen. Dazu braucht er keine Geliebte, die wie eine Katze vor dem Mauseloch darauf wartet, daß er einen Fuß vor die Tür setzt.«

Stella zeigte sich über diese grausame und völlig überflüssige Rede schrecklich verstimmt. Aber verstimmt zu sein half ihr mit Gerald nicht weiter, er ging einfach nicht mehr ans Telefon. Und so war sie nach einer gewissen Zeit nicht mehr verstimmt und beschloß, in Zukunft vorsichtiger zu sein. Deshalb ließ sie ihm Tante Esmé durchgehen, ohne auch nur den leisesten Protest anzumelden. Dümmer als die dümmste Blondine hatte sie sich gestellt, als sie ihr schwarzes, glänzendes Haar glattstrich und ihm mit großen, dunklen Augen vertrauensvoll lauschte, während er sich tiefer und tiefer in seinem Labyrinth von Lügen und Ausreden verstrickte, aus dem er nie wieder herausfinden würde, es sei denn, Stella wäre gewillt, ihm zu helfen.

Die Lügen hörten nämlich nicht auf, als ›Tante Esmé‹ am Flughafen abgeholt worden war: wochenlang gingen sie weiter, weil sich dieser Damenbesuch nicht nur als langanhaltend, sondern auch als sehr ereignisreich erwies. Ausgerechnet an dem Abend, den Gerald normalerweise mit Stella verbrachte, mußte er die Tante ins Theater ausführen. Als Stella und Gerald einen Ausflug aufs Land machen wollten, hatte sie die Grippe, und als Stella auch eine Grippe bekam, mußte sie alleine zurechtkommen, weil Tante Esmé gerade in dieser Zeit einen alten Schulfreund in Bournemouth besuchen wollte.

Und Stella hatte alles lächelnd geschluckt. Freundlich gab sie sich am Telefon verständnisvoll zustimmend, und nie hakte sie nach, nie protestierte sie. Es war mehr als ein Jahr vergangen (ein Jahr ist bestimmt lang genug – niemand konnte ihr jetzt noch unterstellen, daß sie Gerald kontrollieren wollte), als Stella es wagte, vorsichtig und mit gesenkten Augen, sich nach Tante Esmé zu erkundigen. »Habt ihr sie in der letzten Zeit mal wieder gesehen oder von ihr gehört?« fragte sie Gerald ganz nebenbei, als er, kurz vor Weihnachten und vollauf mit seiner Familie beschäftigt, schnell zu ihr herübergefahren kam, um ihr sein Geschenk zu bringen. Wieder ein Schmuckstück, ein teures. Darin war Gerald gut.

Stella dankte ihm freundlich, sogar warmherzig; und dann, noch immer freundlich, ließ sie die Bombe platzen:

»Hast du in letzter Zeit was von Tante Esmé gehört?« Seine simple, einfallslose Verlegenheit, die sein rosafarbenes, selbstzufriedenes Gesicht überzog, genoß sie, wie sie es nur noch selten genoß, mit ihm zu schlafen. Er zeigte nicht einmal die geringste Vorsicht, so vollständig hatte er die ganze Geschichte vergessen.

»Tante Esmé?« fragte er neugierig und ganz ohne Mißtrauen.

Stella hatte eigentlich vorgehabt, an diesem Punkt aufzuhören und es mit einem schnell dahingeworfenen »Ach, da habe ich irgend etwas mit einer anderen Familie durcheinandergeworfen« beiseite zu wischen, um ihn ungeschoren und ohne Schuldgefühle davonkommen zu lassen. Ihren Triumph hatte sie im stillen auskosten wollen, aber die Versuchung, weiterzumachen und die Falle zuschnappen zu lassen, war einfach zu groß.

»Tante Esmé, Liebling! Du weißt doch, die, die den ganzen letzten Winter bei euch war...«, und während sie das sagte, beobachtete Stella gleichzeitig mit Sorge und Freude, wie sich Schuld und Schrecken in seinem umgänglichen, zufriedenen Gesicht abzeichneten. Angst, Berechnung und Panik bestimmten seine Miene, dann faßte er sich wieder.

»Natürlich, wie dumm von mir! Die gute alte Esmé mußt du meinen! Sie ist keine Tante, sondern ein altes ›Erbstück‹ aus der Familie meiner Schwiegermutter, sie war Wendys Erzieherin. Die Kinder nennen sie Tante, weil, nun ja, du verstehst schon...«

Und natürlich *verstand* Stella. Lächelnd ließ sie ihn mit

einer Lüge vom Haken. Sie hätte auch eine solche ›Tante‹ als Kind gehabt. Tante Polly, improvisierte sie weiter, die aus Kuchenteig immer tolle Tiere formte ... Lächeln, erfinden, erzählen, die Situation entspannen – und bei alledem machte Stella schon wieder neue Pläne: »Wie geht es Wendys Erzieherin?« würde sie ihn in ein oder zwei Jahren unschuldsvoll fragen und sein Gesicht genau beobachten, während er in die Falle tappte. »Erzieherin? Aber Wendy hatte nie ...« Und während er nicht weiterwußte, würde sie ihn betrachten, ihre Augen nicht von seinem Gesicht abwenden, wenn es sich in Angst, Verwirrung und Schuldgefühlen auflöste.

Schuldgefühle, das war das Wichtigste. Schuldgefühle, die er so sehr verdiente und die schon so lange ausstanden wie eine unbezahlte Rechnung. Es gab ihr ein Gefühl der Macht, ihn hin und wieder so zur Rechenschaft ziehen zu können. Ein Gefühl der Macht, das die entsetzliche Schwäche ihrer tatsächlichen Position ein wenig ausglich, die fürchterliche Unsicherheit, wie weit sie ihn im Griff hatte. Ihn dann und wann so in Bedrängnis bringen zu können ermöglichte es Stella, überhaupt weiterzumachen, weil es eine Art Gleichgewicht wiederherstellte und den Spieß endlich einmal umkehrte.

Und natürlich machte es auch Spaß! Ein Spiel in der Art Fang-mich-wenn-du-kannst, ein lustiges Spiel. Zwar machte es in letzter Zeit nicht mehr ganz so viel Spaß wie früher, weil Gerald neuerdings besser aufpaßte und weniger leicht in die Falle lief. Er antwortete jetzt ausweichender und war weniger impulsiv mit verräterischen Bemerkungen wie: »Welche Fahrt nach Manchester, Liebling?« oder »Sie hatten doch nie die Masern gehabt ...« Inzwischen konnte man ihm ansehen, wie er, bevor er zu sprechen anfing, all seine neueren Lügen durchcheckte. Seine graugrünen Augen hatten dann einen abwesenden und verschlagenen Blick.

Und in dem Maße, in dem Gerald vorsichtiger wurde, wurde Stella geschickter. Die Fragen, mit denen sie ihm Fallen stellte, waren nicht mehr so direkt, sondern weitschweifig und unglaublich geschickt. Es war ein Spiel mit dem Feuer, und wie alle diese Spiele verlangte es Geschicklichkeit und Können, ein sicheres Auge und perfektes Timing. Wenn sie zu weit ging, würde Gerald einen fürchterlichen Streit anfangen. »Du bist besitzergreifend, stellst Ansprüche!« und all die anderen, uralten Vorwürfe, die ihr durch den Kopf jagten. Und er würde glauben, er könne sich alles erlauben,... würde sie tagelang alleine lassen, nicht einmal anrufen, und dann wieder freundlich lächelnd auftauchen, als sei nichts gewesen, und von ihr erwarten, daß sie ihm ein Steak braten und seine Hosen aus der Reinigung abholen würde. Er betrachtete sie als garantierten Bestandteil seines Lebens, als sei sie seine Frau: doch welche Frau, die bei Verstand ist, nimmt all die Nachteile auf sich, die eine Ehe mit sich bringt, und darüber hinaus auch noch all diejenigen einer Beziehung ohne Trauschein?

Es genau richtig hinzubekommen war ein Balanceakt auf dem Drahtseil. Erst vor wenigen Monaten hatte Gerald ihr tatsächlich gedroht, sie zu verlassen, wenn sie nicht aufhörte, ihm nachzuschnüffeln – obwohl nachschnüffeln sicher ein übertrieben harter Ausdruck für Stellas kleine, inszenierte Schau war, mit der sie Interesse an den Details der Geschäftskonferenz heuchelte, die er angeblich letztes Wochenende hatte.

»Aber Liebling, Lord Berners kann nicht beim Abendessen dabeigewesen sein!« hatte sie mit einem versöhnlichen kleinen Lächeln angeführt, um Gerald die Mühe zu ersparen, weitere witzige Zitate einer nicht existenten Rede zu erfinden.

»Am Morgen nach eurer Konferenz hat in der Zeitung gestanden, daß ...« – genau an dieser Stelle, aus heiterem Himmel ist er ausgerastet und auf sie losgegangen wie ein wildes Tier. Seine unglaubliche Wut, seine fürchterlichen, ungerechtfertigten Anschuldigungen schlugen alles bisher Dagewesene. Er erschreckte sie so sehr, daß sie kaum noch wußte, was sie tat oder sagte. Schließlich stürzte er aus ihrem Appartement, gelobte, nie wieder einen Fuß in ihre Wohnung zu setzen, und knallte die Tür hinter sich zu.

Es bedurfte schon einer Selbstmorddrohung, nichts Geringerem, um ihn umzustimmen. Trotz des Elends, das der Anlaß für die Selbstmorddrohung war, erinnerte sich Stella mit einer gewissen Befriedigung an ihren Brief, denn was sie da ihrer Feder entlockt hatte, war ein Musterbeispiel für Selbstmorddrohungen an widerspenstige Liebhaber. Der Text lautete:

Du darfst nicht denken, daß Du schuld daran bist, Liebling. Es ist meine Entscheidung, ganz allein meine. Wenn ich nicht ohne Dich leben kann, so ist das mein *Problem, nicht Deins. Glaube also nicht, mein Geliebter, Du müßtest nach Erhalt des Briefes zu mir eilen. Dich in irgendeiner Weise zu belästigen oder schuldig fühlen zu lassen, das ist das letzte, was ich will – oder je gewollt habe. Aber das ist alles unwichtig – bis du den Brief in Deinen Händen hältst, wird es zu spät sein. Dann werde ich schon ...*

Die Post war langsam in jener Woche. Es vergingen drei Tage, ehe sie endlich seinen schweren Schritt die Treppe heraufkommen hörte. Sofort begann sie, die Tabletten zu nehmen, stopfte eine ganze Handvoll in den Mund, als er ins Zimmer platzte.

Es hatte sich gelohnt. Tagelang war er ganz besonders freundlich zu ihr, besuchte sie ständig im Krankenhaus, und selbst als sie entlassen worden war, überhäufte er sie auch zu Hause mit Blumen und Geschenken, rief jeden Tag an und zeigte das Maß an Gewissensbissen, Zärtlichkeit und Selbstbeschuldigungen, das von einem Mann in solch einer Situation erwartet werden konnte.

Bis es ihn, natürlich, langweilte! Erst langweilte und dann schrecklich ärgerte. ›Erpressung‹ nannte er es jetzt, wenn Stella versuchte, ihn zu irgend etwas zu überreden, das er nicht wollte. Und Stella mußte nach und nach erkennen, daß sie wieder da angekommen war, wo sie begonnen hatte. Wieder mußte sie vorsichtig sein, äußerst vorsichtig. Sie konnte ihn nur halten, wenn sie jedem Streit aus dem Wege ging und sich unendlich tolerant und verständnisvoll zeigte, kurz, wenn sie ihm absolut alles durchgehen ließ.

Und so kam es, daß Stella an diesem sommerlichen Samstagnachmittag ihr Gesicht zu einem Lächeln verzog und, ohne den geringsten Protest zu äußern, hörte, was Gerald zu sagen hatte. Sie hatte natürlich gewußt, welche Art von Ausrede er anbringen würde. Verheiratete Männer haben immer so tugendhafte Gründe für Absagen. Kranke Frauen, Kinder, die die Ferien zu Hause verbringen, Besuche der Verwandtschaft – allesamt nicht nachprüfbar –, und alle beweisen, was für ein toller, liebevoller, rechtschaffener, pflichtbewußter Mensch dieser lügnerische Verräter ist.

Nun, was war es wohl diesmal?

Simon hatte Sportfest. Gerald war verrückt nach dem Kind.

»Das verstehst du doch, Liebling?«, und natürlich verstand sie es sehr gut. Verstand, daß er es vorzog, einen Neunjährigen in Sportschuhen über die Rennbahn laufen zu sehen, statt den ganzen, langen Nachmittag mit seiner Geliebten in einem kühlen, abgedunkelten Zimmer zu verbringen, durch dessen geschlossene Jalousien die Sonne spielerisch tanzende, geheimnisvolle Lichter auf die Bettdecke zauberte...

»Weißt du, Liebling, er könnte tatsächlich gewinnen. Mit seinen neuneinhalb Jahren könnte er den 200-Meter-Lauf der Kinder unter elf Jahren wirklich gewinnen. Er ist ein wunderbarer kleiner Läufer mit einem richtig athletischen Körper, hat Mr. Foulkes gesagt.«

Ein richtig athletischer Körper. Das Licht, das dabei in Geralds Augen aufblitzte, hatte Stella nie zuvor gesehen, nicht einmal im Bett, wenn ihre Liebe den Höhepunkt erreichte. Einen Augenblick lang versuchte sie sich vorzustellen, wie es wäre, die Mutter dieses kleinen, athletischen Körpers zu sein, den sie gemeinsam mit Gerald produziert hätte, das Recht zu haben, diesen idiotischen Stolz zu teilen... Beim Anblick des runden Gesichtes, das vor Selbstzufriedenheit aufleuchtete, überfiel Stella eine große Dunkelheit. Sie kam als eine schwarze, riesengroße Welle, die sie überwältigte und ihr die Sprache verschlug.

»Nicht eine Million Pfund könnten mich davon abhalten, dorthin zu gehen.« Seine Stimme drang durch die wirbelnde Dunkelheit zu ihr durch. »Nur um seinen Namen – ›Simon Graves‹ – durch die Lautsprecher zu hören, mein eigener Sohn! Und dann der Beifall... der Jubel...! Und das mit neuneinhalb Jahren. Die anderen Kinder sind alle über zehn, Liebling, *alle*. Er ist der einzige Neunjährige, dem es gelang ...«

Da hatte sie schon seine Lügen lieber, tausendmal lieber. Woher hätte sie wissen sollen, daß die Wahrheit, als sie schließlich über seine an Ausflüchte und Lügen gewohnten Lippen kam, so sehr schmerzte?

Die Schultore standen einladend weit offen, und durch sie paradierten im schönsten Sonnenschein Scharen von Müttern und Vätern, Schwestern, Freundinnen und Tanten. Mit weißen Sandalen, bunten Sommerkleidern oder blassen, frisch gebügelten Sommerhosen. Frauen wie Stella um die Dreißig gab es dort wie Sand am Meer. Wer sollte in dieser Menge auf sie aufmerksam werden? Es sei denn, sie würde sich selbst irgendwie verraten – dadurch, daß sie zu schnell ging oder daß sie zu auffällig suchend umherblickte.

Die Väter waren im Gegensatz zum weiblichen Anhang deutlich in der Minderheit, was Stellas Aufgabe um einiges erleichterte: sie stachen unter den bunten Kleidern so deutlich hervor wie dunkle Baumstämme. Stellas Augen irrten pausenlos von einem zum anderen, weil er überall sein konnte. Und angenommen, nur angenommen, er würde sie sehen, bevor es ihr gelungen war, ihn auszumachen!

Aber dieses Risiko war nicht hoch, denn sie hatte den Vorteil des Jägers gegenüber der Beute – sie wußte, was sie suchte und was sie zu tun beabsichtigte, wenn sie es fand. Im Gegensatz dazu hielt Gerald nicht nach ihr Ausschau – er dachte nicht im entferntesten daran, daß sie unter Umständen hier sein könnte. Außerdem hatte sie sich, so gut es ging, mit einer großen, runden Sonnenbrille und einem weißen Seidentuch um die schwarzen, glänzenden Haare unkenntlich gemacht.

Die Prozession zog langsam über den Rasen und schlängelte sich den gepflasterten Weg entlang – ein einziges Erzählen, Rufen und Grüßen; einige fächelten sich schon Luft gegen die Hitze zu. Langsam, aber mit klopfendem Herzen paßte Stella ihren Schritt der gemächlichen Geschwindigkeit der Menge an, und erst als sie sich auf dem Gras hinter einer langen Reihe mit Liegestühlen niederließ, konnte sie wieder befreiter atmen. Mit all diesen Stühlen vor ihr, konnte man sie kaum aus weniger als ein oder zwei Metern Entfernung entdecken, aber wenn sie den Hals reckte, hatte sie die Menge, die sich noch immer ihren Weg von den Schulgebäuden zum Sportplatz bahnte, gut im Blick. Hin und wieder tauchte ein dunkler Kopf auf, der die anderen überragte, und jedesmal stockte ihr der Atem, aber es war immer blinder Alarm.

Und nun wurde durch den Lautsprecher die Abfolge der Wettkämpfe bekanntgegeben. Das Stimmengewirr ebbte nach und nach ab, wie das Vogelgezwitscher in der Dämmerung, erwartungsvolle Stille machte sich breit.

Und Gerald war noch immer nicht da.

Hatte er sie etwa belogen? Hatte er diesen Nachmittag trotz all der leidenschaftlichen Erklärungen seines väterlichen Stolzes doch nicht wegen Simons Sportfest abgesagt? So ein Schwein, ein hinterhältiges, verräterisches Schwein. Diese Verschwendung der Gefühle – nicht zu reden von dem langen, heißen Nachmittag der Langeweile, den sie sich eingebrockt hatte, und alles völlig umsonst.

Das werde ich dir heimzahlen, Gerald Graves. Ich werde dich lehren, mich zu belügen, mich lächerlich zu machen. Hast du etwa gedacht, du könntest damit durchkommen? Ich werd's dir schon zeigen ...

Schon jetzt konnte sie fühlen, wie sich unter ihrem

Kopftuch am Haaransatz der Schweiß sammelte. Sie hatte noch niemals vorher solch ein Kopftuch getragen, und bei Gott, dachte sie, ich werde es auch nie wieder tun.

»Hürdenlauf für die Vierzehn- bis Sechzehnjährigen ...«

»400-Meter-Lauf für die Zwölf- bis Vierzehnjährigen ...«

Stella wurde vor lauter Langeweile beinahe schon übel; der Rücken schmerzte, die Augen schmerzten, die Sonne und die Langeweile benebelten ihre Gedanken.

Weitsprung, Hochsprung ... weiter und weiter wurde das Programm abgespult: es wurde gepfiffen, Rufe explodierten in der flimmernden Luft und erstarben wieder. Anfeuerungsjubel und Beifall klangen auf, ebbten wieder ab und klangen wieder auf. Eine Trophäe für dieses ... einen Preis für jenes ... die Sonne knallte, Stimmen wurden laut und wieder leise ..., und dann, als Stella gerade eindöste, hörte sie es:

»Simon Graves! Der Sieger über zweihundert Meter in der Klasse der Schüler unter elf Jahren! Simon Graves!«

Stella saß jetzt kerzengerade da und spähte durch den Wald der Liegestühle, um einen Blick auf das Sportfeld zu erhaschen. Aber noch bevor sie den dunkelhaarigen Jungen ausmachen konnte, der stolz auf die Seitenlinie zurannte, bemerkte sie etwas weiter rechts vor ihr einen kleinen Aufruhr.

»Simon! Unser Simon! Er hat es geschafft, Mami! Papa hat es gewußt! Oh, Simon ... Si-i-imon!«

»Schschsch, Liebling, schschsch, Carol, du mußt dich setzen ...« Eine etwas pummelige lächelnde Frau zerrte an dem Ärmel eines wild gestikulierenden kleinen Mädchens von ungefähr sieben Jahren und drängte sie wieder auf ihren

Platz. »Schschsch, Carol, nicht so laut, du bringst Simon in Verlegenheit. Oh, aber Papa wird sich freuen!«

»Papa wird sagen...« »Papa denkt bestimmt...« Und wo zum Teufel ist Papa, wenn man fragen darf? »Eine Million Pfund würden mich nicht davon abhalten«, hatte er gesagt. Gab es irgendwo jemanden mit mehr als einer Million, mit dem er diesen schönen Nachmittag verbrachte?

Stella, die durch die Stühle spähte, konnte sehen, wie der kleine Held von seiner Mutter und der jüngeren Schwester empfangen wurde. Da kam er angelaufen; sportlich, braungebrannt stürzte er sich voller Stolz in die Arme seiner Mutter und seiner Schwester. Um ihn herum konnte man vor lauter Glückwünschen kein Wort mehr verstehen.

Hinter den Stühlen und den aufgeregt lächelnden Menschen verborgen, beobachtete Stella die Szene. Sie verhielt sich mucksmäuschenstill. Welches *Recht* hatten diese drei zu solch ungetrübter Freude? Wußten sie nicht, daß die Basis für ihr Glück schon morsch war, daß ihr behagliches kleines Familienleben auf ein verrottetes, sich auflösendes Gebäude von Lügen und Betrug basierte? Papi hier und Papi da! Ihr wurde übel, wenn sie die gellenden Kinderstimmen voller grundloser Bewunderung hörte.

Langsam, ohne daß jemand sie bemerkte, stand Stella auf und arbeitete sich durch die Stuhlreihen. Sie erreichte das kleine Mädchen gerade in dem Augenblick, als sich ihre Mutter und ihr Bruder umgedreht hatten, um weitere Glückwünsche entgegenzunehmen. Schnell ließ sich Stella auf ihre Knie nieder und blickte dem Mädchen ins Gesicht.

»Weißt du, warum dein Vater nicht hier ist?« fragte sie sie mit freundlicher Stimme. »Weil er den Nachmittag im Bett mit mir verbracht hat. *Im Bett*. Verstehst du?«

Der verständnislose, dumme Gesichtsausdruck des Kindes machte sie beinahe wahnsinnig. Sie rückte noch näher.

»Im Bett. Wir haben zusammen geschlafen! Gebumst!« zischte sie. »Gebumst! Weißt du nicht, was das ist? Lernt ihr das denn nicht bei den Pfadfindern oder in der Schule?«

Der leere, verständnislose Ausdruck auf dem Kindergesicht veränderte sich nicht. Aber Stella war zufrieden, denn nachdem sie sich Reihe für Reihe wieder zurückgearbeitet hatte und schon fast wieder am Ende angekommen war, hörte sie Carol schließlich in lautes Weinen ausbrechen.

Es war fast zehn Uhr, als sie zu guter Letzt Geralds Schritte die Treppe heraufkommen hörte; und selbst nach all diesen Stunden war sie noch immer nicht sicher, ob sie ihn nun erwarten konnte oder ob er für immer fortbleiben würde.

Natürlich wird er böse sein. Aber sicherlich auch erleichtert! Fünf Jahre der Heimlichkeiten waren einfach zu viel. Es wird für alle eine Erleichterung sein, daß es endlich heraus ist.

»Glaubst du nicht auch, Liebling, daß es allerhöchste Zeit war, alles einzugestehen?« fragte sie das vierte oder fünfte Mal diese stumme, zusammengekauerte Person in ihrem Sessel. Seit seinem Erscheinen hatte sie versucht, irgendeine Antwort, eine Reaktion von ihm zu bekommen. Sie hatte alles probiert, ihm sogar zu dem Erfolg seines Sohnes gratuliert.

»Schade, daß du es nicht selbst erlebt hast«, konnte sie sich nicht verkneifen hinzuzufügen; aber selbst das konnte Gerald nicht zu mehr provozieren als zu der einfachen Klarstellung, daß er es gesehen hatte, vom Pavillon aus, wo einige Väter bei der Ausrichtung der Wettkämpfe geholfen hatten.

Dann wieder Stille. Sie versuchte es noch einmal.

»Es tut mir leid, Gerald, Liebling, daß Carol – daß das kleine Mädchen so geweint hat. Das wollte ich nicht, ich habe nur gedacht, daß die Kinder über uns Bescheid wissen sollten. Ich glaube nicht, daß man Kinder belügen und betrügen darf, sie haben ein Anrecht auf die Wahrheit. O Liebling, bitte schau mich nicht so an! Es war ein Schock für dich, aber ich bin sicher, wenn du in Ruhe darüber nachgedacht hast, wirst du sehen, daß es so das Beste war. Das Beste für *uns* und auch für Wendy. Sie kann unmöglich diese Lügen und Ausflüchte der vergangenen Jahre gewollt haben. Ich bin mir sicher, daß sie lieber wissen will, wo sie steht, so daß sie ihre Zukunft vernünftig planen kann. Ich meine, sie sieht sehr nett aus, und glaube, daß sie uns kaum Ärger machen wird, wenn sie erst begriffen hat, daß wir uns lieben. O Liebling, was ist denn los? Warum sagst du denn gar nichts? Laß uns was trinken und uns entspannen. Dabei können wir überlegen, was wir tun werden, wenn wir all das hinter uns haben. Diese Wohnung ist ein wenig zu klein für uns beide, aber mal angenommen, daß du die Hälfte von dem bekommst, was euer Haus wert ist, dann könnten wir zusammen ...«

Und jetzt, endlich, regte er sich. Er erhob sich schwerfällig, und sie dachte, daß er jetzt für sie beide ein großes Glas Whisky einschenken würde. Aber statt dessen ging er hinüber zu dem Tisch am Fenster, wo Stellas Schreibmaschine stand. Mühsam begann er mit einem Finger zu schreiben.

Stella ließ ihn ein, zwei Minuten gewähren und ging dann zu ihm, um zu sehen, was er schrieb.

Gerald B. Graves
27 Fairfield Gardens
Sydenham Way

Der lange schmale Umschlag starrte ihr aus der Schreibmaschine entgegen. Sie beobachtete verwirrt, wie er die letzten Buchstaben seiner Adresse fertigschrieb. »Was tust du da, Liebling?« fragte sie ihn schließlich mit einem kleinen Lachen. »Schreibst du einen Brief an dich selber...?«

Und dann sah sie ihn, in seiner rechten Hand. Ihren eigenen Selbstmordbrief vom letzten Herbst – »Wenn du diesen Brief in deinen Händen hältst, Liebling, werde ich tot sein...«

»Es ist unbestreitbar deine Handschrift«, bemerkte er im Unterhaltungston. »Und die Adresse ist auf deiner Schreibmaschine geschrieben. Der Poststempel wird auch von hier sein, weil ich den Brief einwerfen werde, wenn ich gehe. Er wird übermorgen zum Frühstück kommen, genau rechtzeitig, um ihn der Polizei zu zeigen. Und nun, meine Liebe, ist nur noch eine Kleinigkeit zu erledigen, dann sind wir fertig.«

Als er aufstand und sich zu ihr umdrehte, fiel das Licht der Lampe in sein Gesicht, und sie konnte den Ausdruck seiner Augen sehen.

»Nein... nicht!« Flüsternd wich sie einen Schritt zurück und stand weinend an die Wand gedrückt.

»Es soll so aussehen, als sei es Selbstmord gewesen«, betonte er, als ob er es ihr ausdrücklich noch mal klarmachen wollte, und als er langsam auf sie zukam, war Stellas letzter zusammenhängender Gedanke: Er wird es tun! Und er wird damit durchkommen, er wird sich da herauslügen, so wie er sich immer aus allem herausgelogen hat.

Was für ein perfekter Lügner er war, wußte sie schließlich besser als jeder andere, denn sie ist es gewesen, die ihm das beigebracht hatte; sie hatte ihn dressiert, wie einen Zirkusaffen, fünf lange Jahre.

Glückspilz

Als ich Lucy einlud, auf einen Drink zu mir zu kommen und mir ihr Herz auszuschütten, hatte ich nicht im entferntesten damit gerechnet, daß sie den ganzen Abend für sich beanspruchen würde, ganz zu schweigen von dem, was in dieser Nacht noch geschah. Ich habe eigentlich immer zu tun, und wenn ich nur die leiseste Ahnung gehabt hätte, was mich da erwartete, hätte ich es irgendwie vermieden. »Gerade jetzt paßt es überhaupt nicht«, hätte ich ihr vorsichtig entschuldigend erklärt. »Selbstverständlich helfe ich dir gern, jederzeit, Lucy! Aber gerade jetzt ist es einfach unmöglich. Komm doch morgen, oder wann es dir sonst paßt, und erzähle mir dann alles ...«, so oder mit ähnlichen Ausreden hätte ich sie abzuwimmeln versucht.

Aber natürlich hatte ich damals nicht gewußt, wie sich diese Geschichte entwickeln sollte. Es schien eine alltägliche, um nicht zu sagen abgedroschene Angelegenheit zu sein: schon wieder eine kaputte Ehe, noch eine desillusionierte, verbitterte Ehefrau, die in ihren mittleren Jahren sitzengelassen wurde, während ihr ebenso in die Jahre gekommener, mit Bauch und all den anderen Kennzeichen versehener Ehemann davonschwebte, mit einer kleinen, blonden Tippse, die vielleicht mal gerade halb so alt war wie er.

Das passiert doch ständig. Die einzige Überraschung in diesem Fall war, daß ausgerechnet Lucy so etwas erleben sollte. Bis zu diesem Zeitpunkt schien Lucy immer auf der Sonnenseite des Lebens gewesen zu sein. Sie hatte einen vielversprechenden Job bei einer Illustrierten bekommen, noch bevor sie zwanzig war; die folgenden Jahre reiste sie in der Weltgeschichte herum und berichtete von Modeschauen aus Orten wie Biarritz oder Helsinki. Schließlich traf sie im Urlaub einen umwerfend gut aussehenden Romeo, der nicht nur ernste Absichten hatte, sondern auch ein beträchtliches, ständig wachsendes Einkommen aus einer sicheren Stellung in der erfolgreichen väterlichen Weinimportfirma.

So war es immer schon gewesen, auch in der Schulzeit. In jenem Frühling, als wir alle verzweifelt vorgaben, Grippe zu haben, um uns vor der gefürchteten Erdkunde-Arbeit zu drücken, war Lucy die einzige, die tatsächlich Fieber hatte, und zwar recht hohes. Sie hatte überhaupt nichts Besonderes, zeigte weder im Unterricht noch im Sport außergewöhnliche Talente und arbeitete auch nicht mehr als alle anderen. Sie hatte einfach nur Glück. ›Glückspilz‹ nannten wir sie, grün vor Neid, wann immer es ihr gelang, ihre Ziele zu erreichen und ihre Wünsche zu verwirklichen. Ich hatte immer geglaubt, daß das Glück ihr auch weiterhin hold bleiben würde, daß man entweder unter einem Glücksstern geboren worden war oder nicht.

Deswegen war ich überrascht, aber auch ein wenig bestürzt (weil es mich immer leicht aus der Fassung bringt, wenn alte Bekannte sich plötzlich ganz anders als gewohnt verhalten), als ich Lucys tränenerstickte Stimme erkannte. Ich war gerade von der Arbeit nach Hause gekommen. Sie bat mich darum, gleich herüberkommen zu dürfen: »Es ist etwas Schreckliches passiert!« schluchzte sie. »Hugo hat mich verlassen! Ich muß einfach mit dir darüber reden.«

Ich weiß nicht mehr, was genau ich geantwortet habe, wahrscheinlich waren es betroffen mitfühlende Äußerungen, die dann schließlich damit endeten (und wie könnte eine alte Freundin das verweigern), daß ich sie einlud, zu mir zu kommen.

Obwohl es mir an diesem Abend nun wirklich nicht in den Kram paßte. Ich hatte noch viel zu tun. Auch ich hatte eine gute Stellung bei einer Illustrierten – aber *ich* hatte dies ausschließlich zwanzigjähriger harter, zielstrebiger Arbeit zu verdanken, nachdem ich meine Laufbahn als Telefonistin begonnen hatte. Der Erfolg ist mir nicht gerade in den Schoß gefallen, so wie Lucy. Jetzt habe ich einen verantwortungsvollen Posten und muß wichtige Redaktionsschlußzeiten einhalten. Deswegen geschieht es häufig, daß ich Arbeit mit nach Hause nehme, um sie am Abend zu erledigen.

Aber man hat seine Prioritäten. Und selbstverständlich rangiert eine alte Freundschaft ziemlich weit oben. Also räumte ich seufzend meine Unterlagen fort, stellte alles für die Drinks bereit und drehte das Gas für den Kamin auf, so weit es ging. Kuschelige, gemütliche Wärme halte ich für eine besondere Wohltat, wenn man sich schlecht fühlt, und ich wollte meine Wohnung so einladend wie möglich wirken lassen. Ich bin keine sonderlich engagierte Hausfrau, und da ich allein lebe, werde ich schon mal etwas nachlässig, wenn ich beruflich viel zu tun habe. Ich muß also zugeben, daß die Wohnung sich damals nicht gerade von der besten Seite zeigte. Es war nicht aufgeräumt, und alles war leicht angestaubt. Doch wenn das Deckenlicht im Wohnzimmer aus blieb, wirkte die Wohnung durch den auf der höchsten Stufe brummenden Gaskamin und durch die Gläser und Flaschen, die auf dem niedrigen Tisch funkelten, anheimelnd. Anheimelnd genug auf jeden Fall für einen Abend der Tränen und des Kummers eines Ehedramas.

Ich weiß nicht, ob es der Gin war oder ob Lucy sich schon immer so in Banalitäten verloren hatte – früher habe ich es nie bemerkt –, aber ich muß zugeben, daß mich die Banalität ihres Lamentierens an jenem Abend schockierte.

»Die besten Jahre meines Lebens...!« schluchzte sie. »Wirft mich weg wie einen alten Handschuh!«

Ich hoffte (sagte ich ihr), daß sie mit Hugo nicht in diesem Ton redete, weil dies kaum der Weg war, einen treulosen Ehemann, der die ungewohnten Schmeicheleien genießt, die einer brandneuen Geliebten so leicht über die Lippen kommen, wieder auf die rechte Bahn zu locken.

Lucy wies diesen Gedanken zornig von sich.

»So mit Hugo reden? Also wirklich, wofür hältst du mich? Natürlich tue ich so, als ob mir das gar nichts ausmacht. Ich habe ihm gesagt, daß es mir verdammt egal ist, was er tut oder läßt! Ich habe ihm gesagt, daß er mit jeder Frau Londons ins Bett steigen kann, mich juckt das nicht im geringsten! Es ist mir einfach egal...«

Das war schon eher die Lucy, die ich kannte. Es war gut, statt der von Tränen getrübten Augen den alten Kampfgeist wieder aufblitzen zu sehen. Aber trotzdem war ich mir nicht sicher, ob das die richtige Taktik war – einem Mann zu sagen, daß es einem völlig gleichgültig sei...?

Wir diskutierten in aller Breite die Vor- und Nachteile des »Mir-ist-alles-gleichgültig«-Liedes. Das führte natürlich dazu, daß wir auch über all die anderen Mittel und Wege, die betrogenen Ehefrauen zur Verfügung standen, berieten.

Wie wäre es, Gleiches mit Gleichem zu vergelten? Sich selbst einen Liebhaber zulegen und abwarten, was er dazu sagt?

Lucy schüttelte energisch den Kopf.

»Oh, Jennifer, das kann ich nicht, wie sollte ich auch? Verstehst du nicht? Ich bin über vierzig und bin nie ... ich wollte sagen ... Oh, das könnte ich einfach nicht. Ganz davon abgesehen, liebe ich Hugo immer noch. Ich liebe ihn! Trotz allem! Obwohl er mir so etwas angetan hat, ich liebe ihn noch immer. Wirklich!«

Das komplizierte natürlich die Angelegenheit. Da gab es zwar eine ganze Reihe wohlerprobter Mittel, die ihr die Möglichkeit gaben, zurückzuschlagen, wie zum Beispiel damit zu drohen, einen Rechtsanwalt einzuschalten oder, natürlich hinter seinem Rücken, mal mit seinem Vorgesetzten zu reden (in diesem Fall seinem Vater). Aber bei einem Mann, den man immer noch liebte, durfte man solche Mittel nicht einsetzen, gleichgültig, wie mies er sich benommen hatte.

Also blieben uns nur noch die verfeinerten Methoden, und ich versuchte, ihre Aufmerksamkeit darauf zu lenken.

Wie wäre es denn, wenn sie sich mit IHR in Verbindung setzte. Sie einfach besuchte und ihr in einem Gespräch von Frau zu Frau einmal aufzeigte, welch einen Schaden sie anrichtete, wie sie das Leben dreier Menschen zerstörte und so weiter und so fort ...!

Sie besuchen? Lucy war empört. Niemals würde sie sich dazu herabwürdigen, auch nur die Adresse dieser Person herauszufinden, geschweige denn einen Fuß in ihre Wohnung zu setzen. »Bestimmt wohnt sie in einem heruntergekommenen Zimmer irgendwo in der Nähe der Fulham Road! Mit alter, fleckiger Bettwäsche, Bergen schmutzigen Geschirrs, und wahrscheinlich riecht es nach ranzigem Fett und verfaulten Lebensmitteln.« Als ich sie vorsichtig unterbrach und ihr andeutete, daß der wohlgesetzte, anspruchsvolle Hugo wohl kaum auch nur einen Augenblick lang solch eine Umgebung akzeptieren würde, brach sie nur wieder in Tränen aus.

»Das ist doch das Erschreckende, Jennifer! Sie hat ihn so verändert. Er ist kaum noch wiederzuerkennen – ich kann seine Reaktionen überhaupt nicht mehr abschätzen. Es ist, als ob sie ihn mit einem schrecklichen Fluch belegt hätte, ihn in einen anderen Menschen verwandelt hätte. Das ist das Schlimmste überhaupt, wie er sich als Mensch verändert hat. Sie zieht ihn in den Schmutz, ruiniert ihn. Sie nutzt ihn nur aus, Jennifer, ich weiß es! In Wirklichkeit gibt sie keinen Pfifferling für ihn; sie ist ganz einfach bösartig, ein Blutsauger; wenn sie alles erreicht hat, was sie will, und seine Ehe zerstört hat, wird sie ihn ... Oh, Jennifer, wenn ich ihm nur klarmachen könnte, wie sie wirklich ist, was sie wirklich von ihm will.«

Sie hielt inne, und ich nahm an – fälschlicherweise, wie sich herausstellte –, daß dies das Zeichen war, an dieser Stelle meinen freundschaftlichen Rat einzubringen.

»Schau, Lucy«, begann ich, »soll ich vielleicht einmal mit Hugo reden? Vielleicht könnte ich ...«

Sie schüttelte den Kopf, verzweifelt. »Das ist furchtbar lieb von dir, Jennifer, aber das hätte überhaupt keinen Zweck. Er ist blind vor lauter Liebe und würde nur wütend über deine Einmischung sein, denn so würde er das nennen. Außerdem weiß ich gar nicht, wo er ist. Das heißt, er ist natürlich bei *ihr*, aber ich weiß nicht wo. Ich habe dir doch erzählt, daß ich nicht weiß, wo sie wohnt, und es auch gar nicht wissen will.«

Und so weiter und so weiter. Um Mitternacht herum war ich erschöpft, oder besser gesagt, am Ende mit meinem Latein. Wir hatten alles gesagt, was in solch einer traurigen, aber doch beinahe schon alltäglichen Situation zu sagen ist, und nun wollte ich nur noch in mein Bett. Erst jetzt gab mir Lucy zu verstehen, daß sie nicht, wie ich es natürlich angenommen hatte, mit ihrem Auto gekommen war. Schließlich hatten sie zwei, nein sogar drei Autos. Normalerweise geht sie keinen Schritt zu Fuß, und es wäre ihr nie im Traum eingefallen, öffentliche Transportmittel zu benutzen.

An diesem Tag aber hatte sie es getan. So spät in der Nacht jedoch fuhren Busse und U-Bahnen nicht mehr. Sie mußte also die Nacht bei mir verbringen. Gezwungenermaßen machte ich ihr in meinem Gästezimmer das Bett fertig und bemühte mich, nicht allzu ungehalten zu erscheinen. Ich schaltete ihr die Heizdecke ein, brachte ihr eine Tasse heiße Milch und einige Plätzchen, legte ihr ein paar leichte Romane hin, für den Fall, daß sie nicht schlafen konnte, und vergaß auch nicht den freundlichen Pflichtsatz einer guten Gastgeberin: »Wenn du sonst noch irgendeinen Wunsch hast, mußt du es nur sagen.«

Eine gute Gastgeberin, ja, aber man muß schon eine Heilige sein, um mit Gleichmut der Tatsache ins Auge sehen zu können, daß der Gast wirklich noch etwas will; und das zwanzig Minuten nachdem man es sich im Bett gemütlich gemacht hatte und gerade in den ersten Tiefschlaf gesunken war.

Ein schlurfendes Geräusch hatte mich geweckt, Papierrascheln und ein klickender Laut. Noch halb im Schlaf machte ich meine Nachttischlampe an – da stand sie, am anderen Ende des Zimmers, in dem geblümten Morgenrock, den ich ihr überlassen hatte, und kramte in der obersten Schublade meiner Kommode.

»Oh, Jennifer, es tut mir so leid«, entschuldigte sie sich. »Ich wollte dich nicht wecken. Ich suche bloß ein paar

Schlaftabletten – ich weiß ja, daß du welche hast. Es tut mir so leid, ich dachte, ich könnte sie finden, ohne dich zu stören ...«

Wie sie auf diese Idee gekommen war, wird mir ewig ein Rätsel bleiben, weil sie gar nicht wissen konnte, wo ich die Tabletten hatte. Ich bewahrte sie nämlich im Badezimmer auf. Verärgert kroch ich aus dem Bett und ging mit ihr hinüber. Ich spürte, daß meine Gastfreundlichkeit deutlich im Schwinden begriffen war, aber ich tat mein Bestes, meine Verstimmung unter Kontrolle zu halten, während ich das richtige Röhrchen heraussuchte und eine der großen blauen Tabletten in ihre ausgestreckte Hand gleiten ließ.

»Oh, Jennifer, bitte! Kann ich nicht noch eine haben? Eine wird nicht reichen, bestimmt nicht, du kannst dir nicht vorstellen, was ich in den letzten Nächten ...«

»Sie sind ganz schön stark«, bemerkte ich zurückhaltend. »Du solltest wirklich nicht mehr als eine ... Na gut, in Ordnung!« gab ich dann aber am Ende nach, weil mich eine Welle der müden Erschöpfung erfaßte. »Da nimm sie, hier, bitte!«, und ich gab ihr noch eine.

Erst als ich wieder in meinem Bett lag und schon eine Weile versucht hatte, mich zu entspannen, dämmerte es mir, daß ich vielleicht unfreiwillig einen Selbstmordversuch unterstützt hatte. Vielleicht war die ganze Vorstellung – die lautstarke Wühlerei in meiner Kommode und ihr Getue, daß sie mich nicht wecken wollte – bloß ein schlechter Trick, damit ich ihr verriet, wo ich die Tabletten aufbewahrte? Vielleicht sollte ich doch besser mal nachsehen gehen, ob mit ihr alles in Ordnung war?

Zum Teufel damit! Ich hatte genug – ich war erschöpft. Ich konnte schon wieder spüren, wie der Schlaf mich übermannte, langsam, aber sicher ...

Und dann, es war nicht zu fassen, keine halbe Stunde später, klingelte das Telefon. Nur mühsam konnte ich den tiefen Schlaf abschütteln und nahm den Hörer ab. Und wer hätte das gedacht – es war nicht für mich.

So war die Nacht, die Lucy bei mir verbracht hat.

Erst am nächsten Tag hörte ich es in den Radionachrichten, als ich schon im Büro war. Alle wußten es schon, obwohl es für sie natürlich nicht besonders interessant war: Dieser Weinimporteur, Hugo Soundso, war mit eingeschlagenem Schädel in seinem Bett aufgefunden worden.

Obwohl wir viel zu tun hatten, mußte ich behaupten, daß es mir nicht gutginge, und sofort nach Hause fahren. Die Verblüffung stand meinen Kollegen ins Gesicht geschrieben, normalerweise ging bei mir die Arbeit vor, aber was sollte ich machen? Lucy hatte tief und fest geschlafen, als ich die Wohnung heute morgen verlassen hatte, und ich wollte unbedingt verhindern, daß sie allein war, wenn die Polizei kam. Da gab es eine Menge Lügen, die ich zu erzählen hatte, und ich wollte sie parat haben, bevor sie versuchen würden, Lucys Alibi zu knacken. Ja, würde ich sagen, sie war bei mir gestern abend. Ja, sie hat die ganze Nacht tief und fest geschlafen. Ich selbst habe ihr zwei sehr starke Schlaftabletten kurz nach Mitternacht gegeben, die sie selbstverständlich für Stunden außer Gefecht gesetzt haben mußten. Ja, während der Nacht habe ich mehrmals nach ihr geschaut, nur um sicherzugehen, daß mit ihr alles in Ordnung war...

Was ich Ihnen nicht sagte – und niemals sagen werde –, ist, daß, als ich das erste Mal in ihr Zimmer ging, um sie ans Telefon zu holen, das Bett leer war und die beiden blauen Tabletten unversehrt auf dem Nachttisch lagen. Ich erzählte auch nicht, daß ich, als ich verwirrt in dem Zimmer stand, hörte, wie ein Auto ungefähr hundert Meter weiter die Straße runter aufheulte, was in der Stille der tiefen Nacht klar und deutlich zu hören war. Und schon gar nichts erzählte ich ihnen von Hugos Anruf. Nicht einmal Lucy habe ich etwas davon gesagt, weil mir klar war, daß sie im Leben nicht mit diesem Anruf von ihm zwischen zwei und drei Uhr in der Frühe gerechnet hatte. Der arme Mann war verzweifelt und rief überall an, weil er seine Frau suchte; und als ich sie an den Apparat holen wollte und wieder mit der Nachricht zurückkehren mußte, daß sie verschwunden war, schien er nur noch verzweifelter. Ich beschloß, einen tüchtigen Anranzer wegen Taktlosigkeit zu riskieren, und ergriff die Gelegenheit beim Schopf, ihm ein paar passende Worte zu seiner Blonde-Sekretärinnen-Affäre zu sagen und ihm klar vor Augen zu führen, wie unglücklich Lucy war; aber er war weit davon entfernt, mich anzuranzen oder wütend zu sein. Er war verblüfft, wirklich und wahrhaftig. Welche blonde Sekretärin? Wovon ich überhaupt spräche? Er und Lucy seien sich hundertprozentig treu, das müßte ich doch wissen! Er hätte nie eine andere Frau auch nur angesehen und wird es auch nie...

Und so weiter und so weiter. Obwohl ich selbst zwar nicht verheiratet bin, bin ich doch kein kompletter Idiot. Wenn ein Mann aus tiefstem Herzen die Wahrheit spricht, dann kann ich das erkennen, und ich bin mir sicher, daß Hugo in jener Nacht, und in den letzten Minuten bevor er starb (wie es sich später herausstellte), die Wahrheit sprach.

Nun, die Polizei kam und ging, und ich erzählte meine Geschichte. Sie erfuhren weder von Lucys Verschwinden noch von Hugos Anruf, und sie werden es auch niemals erfahren. Wie ich zu Anfang schon sagte, Freundschaft steht gleich zu Anfang auf meiner Liste der Prioritäten. Wochenlang suchten sie noch diese blonde Sekretärin, die die schwere, bronzene Statue als Mordinstrument verwendet haben soll. Es wurde angenommen, daß sich das Liebespaar gestritten hatte, weil Hugo plötzlich ins eheliche Schlafgemach zurückkehren wollte (wo er dann natürlich auch tot aufgefunden worden ist), und die junge Frau sei vor Wut und Eifersucht einfach außer sich gewesen. Wie ich schon sagte, sie wurde gesucht, aber nie gefunden.

Wie auch! Eine blonde Sekretärin! Jetzt verstand ich, warum Lucy sich nicht dazu herabwürdigen wollte, die Adresse des Mädchens herauszufinden, das irgendwo in der Nähe der Fulham Road wohnen sollte.

Bald schon wuchs Gras über die Geschichte, wie alle Neuigkeiten irgendwann ihren Reiz verlieren. Bloß noch ein ungelöster Mordfall in der riesigen, betriebsamen Stadt; das nächste, was ich von Lucy hörte, schon wenige Wochen danach, war, daß sie mit einem sonnengebräunten Playboy, der um einiges jünger und beinahe ebenso reich war wie sie, die Flitterwochen auf den Bahamas verbrachte. Ich glaube nicht, daß er genauso reich ist wie sie, weil Hugo ein wirklich wohlhabender Mann gewesen war und das gesamte Vermögen seiner ›geliebten Frau‹ vermacht hatte.

Lucy, ein Glückspilz? Ich habe mich in all den Jahren häufig über diese Glückssträhne gewundert. Nun ja, wahrscheinlich hat das Glück wirklich hin und wieder seine Hand im Spiel gehabt.

Die Doktorarbeit

Der Anfang war genau wie in einem Groschenroman, so verblüffend ähnlich, daß ich mich wirklich für groß, dunkelhaarig und gutaussehend hielt. Aber wer täte das nicht in solch einer Situation, in der ich mich an jenem Nachmittag befand.

Lassen Sie mich Ihnen die Geschichte kurz erzählen, und Sie werden mich verstehen. Ein junger Akademiker mit Diplom, im heiratsfähigen Alter (das bin ich), beschließt, für den Sommer ein malerisches Landhäuschen zu mieten. Dort angekommen, trifft er eine schöne Blondine, die bereits von dem zuständigen Makler die Schlüssel zur Besichtigung geholt hat und ihm zuvorzukommen scheint. Die beiden begegnen sich (welch eine Überraschung!) auf der romantischen, von Wein umrankten vorderen Veranda. Zuerst (wie es beinahe schon zwangsläufig in dieser Art Geschichten ist) ist sie ziemlich unfreundlich zu ihm, um nicht zu sagen hochnäsig. Aber nach wenigen Minuten ...

Jetzt glauben Sie vielleicht, daß Sie die Geschichte selbst weiterführen können, ohne auch nur einmal zu stocken, direkt bis zum Happy-End mit Hochzeitsglocken. Aber, wie das Leben so spielt, liebe Leser, Sie können es nicht. Ich sagte zwar, daß alles anfing wie in einem billigen Roman, aber das Ende war doch ganz, ganz anders: es war ein Ende, wie es – zumindest soweit mir bekannt ist – in dieser Art Romane nicht vorkommt.

Schließlich möchte die Leserschaft keine Schreckensgeschichten serviert bekommen, und schon gar keine mit traurigem Ende. Sie möchte gerne was von der schönen, heilen Welt hören, davon, daß am Horizont immer ein Silberstreifen auftaucht und ähnliches mehr. Und warum auch nicht? So unrealistisch ist das doch gar nicht; im wirklichen Leben wenden sich schließlich viele Dinge zum Besten, und viele Menschen sind eigentlich relativ glücklich. Das muß ich mir immer wieder ins Gedächtnis rufen, wenn ich glaube, alles nicht mehr ertragen zu können. Es gibt so etwas wie ein Happy-End, sage ich mir dann. Es hätte nicht unbedingt so enden müssen, wie es dann geschah.

Ich muß mich entschuldigen. Wahrscheinlich gehen meine Gedanken diese Wege, weil ich Schriftsteller bin – oder besser gesagt, ein Schriftsteller *in spe*, einer aus jener Legion junger Männer, die jedes Jahr mit einem ziemlich guten Diplom für Englisch die Universität verlassen und nun nur noch ein einziges Ziel vor Augen haben: auf gar keinen Fall Lehrer zu werden. Da aber das Englischdiplom einzig und allein für den Lehrberuf von Nutzen ist, tat ich, was so viele andere törichte – und besser situierte – Absolventen vor mir getan hatten. Ich nahm meine Ersparnisse, einen Notgroschen, den mir meine geliebten Großeltern vermacht hatten, und beschloß, mir genau ein Jahr lang, keinesfalls länger, Zeit zu geben, Schriftsteller zu werden. Wie allgemein bekannt ist, müssen *richtige* Schriftsteller von allem Abstand gewinnen, und so kam es, daß ich im Alter von zweiundzwanzig Jahren an einem heißen Juninachmittag unter den wild wuchernden Weinranken des Landhäuschens ›Green End‹ meinem Schicksal begegnete.

Der Garten war wirklich eine kleine heile Welt für sich. Kapuzinerkresse, Tigerlilien und Levkojen blühten um die Wette, alles wuchs und gedieh in dem süßen Duft des Überflußes, wie man es von Bildern über diese altmodischen Landhausgärten kennt. Und das Mädchen unter dem Wein wirkte ebenfalls wie eine Blume, groß und schlank, mit rot-goldenem Haar, das die Sommersonne in Flammen setzte. Nur ihr Gesichtsausdruck hatte nichts mit einer Blume gemein – das Gesicht und die arrogante, besitzergreifende Art, mit der sie den großen, schweren Türschlüssel am Mittelfinger ihrer rechten Hand hin und her schwenkte.

»Ich war zuerst da!« begrüßte sie mich kampflustig, obwohl ich bis dato noch überhaupt gar keinen Versuch gemacht hatte, dies in Frage zu stellen. Die Rechte schöner Mädchen in Frage zu stellen war nicht unbedingt meine Art. »Ich war heute morgen schon vor neun Uhr bei dem Makler, und anschließend habe ich mit Miss Fry gesprochen...«

Ich, ich, ich. Hier war eine Frau, die wußte, was sie wollte. Eine Frau, mit der zu streiten sinnlos war.

Aber wann hat diese Tatsache schon mal irgend jemanden – besonders, wenn er eine Universitätsausbildung genossen hat – von einem Streitgespräch abgehalten?

»*Ich* habe auch mit Miss Fry gesprochen«, log ich, ohne rot zu werden (in Wirklichkeit war Miss Fry für mich nur ein Name auf der Liste des Immobilienmaklers); und um das Maß voll zu machen, setzte ich hinzu: »Sie sagte mir, daß ich genau der Mieter sei, den sie...«

»Das kann doch nicht wahr sein!« Empört schüttelte die junge Frau den Kopf, so daß er wie ein Flammenwerfer wirkte. »Das hat sie zu *mir* gesagt. Sie hat gesagt, daß ich genau die Mieterin sei, die sie...!«

»Das hat sie nicht!«

»Doch!«

Gleichzeitig bemerkten wir, daß wir wie die Kinder stritten, und brachen in lautes Gelächter aus; wenig später befanden wir uns in dem Haus auf Erkundungsgang.

Ich weiß nicht, was Theresa (so hieß das Mädchen, wie ich erfahren hatte) dachte, als sie sich umschaute; ich selbst hatte auf den ersten Blick erkannt, daß dies die ideale Umgebung für einen angehenden Schriftsteller war. Alles war zugestaubt und vernachlässigt worden. In der Küche mit dem Steinfußboden funktionierte nichts, außer einem vereinzelten Kaltwasserhahn, und das auch nur mit Unterbrechungen und schrecklichem Getöse. Der Küche gegenüber, auf der anderen Seite des Flurs, lag ein Raum, der wohl als Wohnzimmer fungieren sollte; eine dunkelgrüne Höhle, weil das mit Spinnennetzen verzierte Fenster von der üppigen Vegetation draußen fast zugewachsen war und die Sonne aussperrte. Eine enge, altersschwach ächzende Holztreppe führte nach oben unter das Dach, wo sich ein langes, niedriges Schlafzimmer befand mit nur einem einzigen, winzigen, vor Schmutz blinden Fenster und einer abgeschrägten Decke. Alles war von einer zentimeterdicken Staubschicht bedeckt. Seit Jahren hatte hier niemand mehr saubergemacht, warum sollte also ich damit beginnen?

All dies war für eine Frau reine Verschwendung, denn bestimmt wäre ihr erster Gedanke, mit einem Eimer Wasser und einem Besen alles zu zerstören.

Ich versuchte, das alles Theresa zu erklären; aber als der mir nur allzu vertraute Ausdruck der ›Streiterinnen für die Emanzipation‹ auf ihrem Gesicht erschien, änderte ich schnell meine Taktik. Es gab auch noch andere Wege, sie von dem Haus abzubringen.

»Sie wissen doch bestimmt«, und ich schwöre, daß ich in diesem Augenblick auch nicht eine Sekunde lang dachte, daß es wahr sein könnte, »Sie wissen doch bestimmt, daß es in diesem Haus spukt, wenn man den Gerüchten glauben darf.«

Heute kann ich nicht mehr sagen, welche Reaktion ich mir von diesem Märchen erhofft hatte. Ich kann kaum erwartet haben, daß ein Mädchen wie Theresa bei dem Gedanken daran blaß vor Angst erzittern und sagen würde, daß sie in diesem Falle nichts dazu bewegen könnte, dieses Haus zu mieten, daß ich es für mich allein haben könnte. Trotzdem war ich am Boden zerstört, als sie nur lachte.

»Aber natürlich weiß ich das! Darum möchte ich ja unbedingt für eine Weile darin wohnen. Ich schreibe eine Doktorarbeit darüber, *Aberglauben unter der Landbevölkerung*, und so ...«

Und so warf die späte Nachmittagssonne schon lange Schatten in dem wild verwucherten Garten, und der Duft der Blumen war beinahe schon verflogen, bis sie mit ihrer Geschichte über die Arbeit, über ihr Soziologiestudium und über ihren Freund, der vielleicht nachkam, vielleicht aber auch nicht, fertig war.

Und danach war ich an der Reihe. Ich erzählte ihr von meinen hochfliegenden Plänen, über die Schrecken eines Diploms für Englisch, wenn man schon zweiundzwanzig Jahre alt war; aber als die Sprache darauf kam, wie ich diese Flucht finanzieren konnte, war ich nicht in der Lage, von der Erbschaft zu reden. Es ist ja bekannt, wie diese Generation über ererbten Wohlstand denkt. Ich schämte mich einfach zu sehr. Und so erzählte ich ihr statt dessen eine blitzschnell improvisierte Geschichte. Ich hätte schon einen Roman geschrieben, und mein Verleger sei so sicher, daß es ein Bestseller werden würde, daß er mir einen ordentlichen Vorschuß gewährt hätte ...

Hätte ich Theresa damals schon so gut gekannt, wie ich sie später kennenlernen sollte, niemals hätte ich ihr solch eine Lügengeschichte erzählt. Aber damals war sie einfach eine attraktive fremde Frau, die ich gerne beeindrucken wollte. Ich hatte keine Ahnung, wie sich unsere Bekanntschaft entwickeln sollte, noch hätte ich gedacht, daß wir uns nach diesem Nachmittag jemals wiedersehen würden.

Aber wie das Leben so spielt: Eins führt zum anderen, und am Ende dieses langen Sommertages hatte ich nicht nur meine zugegebenermaßen fadenscheinigen Ansprüche auf das Haus aufgegeben, sondern auch angeboten, ihr beim Einzug zu helfen, was ich dann auch zwei Tage später tat.

Zu diesem Zeitpunkt sah ich wirklich keinen Grund mehr, warum ich nicht einfach mit ihr zusammen dort einziehen konnte ins spinnennetzverhangene Schlafzimmer unter dem Dach. Theresa hielt mir Colin, ihren Freund, dagegen. Aber was war eigentlich mit dem? Er war ja nicht da, oder? Wer hat denn beim Einzug geholfen, er oder ich? Ich sollte ihn nicht schlechtmachen, gab sie zurück. Er käme wahrscheinlich an diesem Wochenende, am Freitagabend wahrscheinlich, vielleicht auch erst am Samstag...

Statt zu streiten und dadurch den Sonnenschein, den Geruch der Heublumen, das Gefühl, Hand in Hand mit ihr durchs lange Sommergras zu spazieren, statt all diese Freuden aufs Spiel zu setzen, gab ich mit einem Schulterzucken nach und willigte ein, erst einmal mein Zimmer im Gasthof zu behalten. Weil sie darauf bestand, versprach ich ihr auch noch, mich am Wochenende vom Landhaus fernzuhalten.

Das war ein Rückschlag, der mich aber nicht sonderlich deprimierte. Schließlich war es etwas ganz Besonderes, sich schön langsam ineinander zu verlieben. Wir hatten ja noch den ganzen Sommer vor uns, und die Zeit arbeitete für mich, zumal dieser Colin nur an vereinzelten Wochenenden erschien.

Zumindest glaubte ich das ...

Und an dieser Stelle ist der Teil des Groschenromans mit garantiertem Happy-End zu Ende, obwohl ich es damals nicht erkannte. Im Gegenteil. Als ich am Montagmorgen zum Landhaus kam und erfuhr, daß Colin nicht gekommen war, jubilierte ich innerlich. Ich kann mich noch ganz genau daran erinnern, wie ich dort unter den Weinranken stand und die Neuigkeiten von Theresas Enttäuschung gierig einsog, als sei sie einer der vielen Sommerdüfte, der sich mit den Düften der Levkojen und Bartnelken vermischte. In diesem Augenblick fühlte ich den ganzen goldenen Sommer auf meiner Seite, er schmiegte sich an mich wie eine große, warme, schnurrende Katze und sollte mich zu einem neuen, unvergleichbaren Glück führen.

Vielleicht hätte ich da, im Augenblick der Freude und des Triumphes, bemerken müssen, daß etwas nicht in Ordnung war. Ich kann nur feststellen, daß ich es nicht bemerkte. Ich fühlte einfach eine unglaubliche Freude, daß mein Rivale so leicht und schmerzlos ausgeschaltet worden war, und es kam mir nie in den Sinn, Theresa zu fragen, was denn geschehen war. Noch weniger kam es mir in den Sinn, ihr zu diesem Verlust mein Beileid zu bezeugen oder zu überlegen, warum im ersten Augenblick, als sie mir die Tür öffnete, so etwas wie Furcht in ihren Augen aufgeleuchtet hatte ...

Es war aber sofort wieder verschwunden; und es gab keinen Zweifel, daß sie sich darüber freute, mich zu sehen. Lächelnd nahm sie meine Hand, führte mich in die kühle, dunkle Küche und begann sofort, von ihrer Arbeit zu berichten. Es ginge gut voran, erzählte sie, während sie den alten, gußeisernen Kessel auf den Ofen setzte, um Kaffee zu kochen; sie mache wirklich Fortschritte ..., und da dies genau das war, was ich von meiner Schriftstellerei nicht behaupten konnte, überfiel mich ganz plötzlich eine Welle der Eifersucht, die ich mir aber nicht anmerken ließ.

Und Theresa bemerkte auch wirklich nichts. Denn einerseits wollte ich ihr noch immer nicht erklären, daß ich nicht der etablierte und erfolgreiche Schriftsteller war, der zu sein ich vorgegeben hatte, und andererseits wollte ich, daß sie weitersprach mit dieser rauhen, eifrigen Stimme, und wollte weiter zusehen, wie sie in der Küche geschäftig hin und her lief, wobei ihr leuchtendes Haar je nach Lichteinfall mal rot, mal golden glänzte.

Von Anfang an erschien mir das Thema von Theresas Arbeit etwas seltsam, aber nicht absolut außergewöhnlich für eine Soziologiearbeit. Und der Ernst, mit dem sie sich ihrer Arbeit und dem Sammeln der notwendigen Daten widmete, wirkte auf mich eher rührend denn makaber. Hauptsächlich verbrachte sie ihre Arbeitszeit damit, beim schönsten Juniwetter im Dorf herumzuspazieren und die alten Leutchen auszufragen, was deren Großeltern über das ›Geisterhaus‹ erzählt hatten; oder den Pfarrer dazu zu bringen, ihr die Gebeine in der Krypta zu zeigen; und dann schrieb sie alles in ihrer großen, runden, kindlichen Handschrift auf und sortierte es unter Titel wie »Gebeine, geheiligte und gewöhnliche«, »Vampire, verschiedene« und so weiter.

In den langen Sommertagen erschien mir dies alles vollkommen harmlos und eher charmant. All die Geschichten, die sie über das Landhaus ausgrub – über eingemauerte Bräute, klappernde Skelette und noch andere mehr –, riefen in mir nur eine leichte Verwunderung wach, daß sie dafür tatsächlich bezahlt wurde. Ich begann sogar mit dem Gedanken zu spielen, selbst eine Doktorarbeit zu schreiben.

Aber ich will fair bleiben. Es waren nicht nur Mönche ohne Köpfe und Gespenster, die seit Jahrhunderten dort herumlungerten wie gelangweilte Jugendliche an einem Sonntagnachmittag. Hier und da kam auch ein Krümelchen realer Geschichte zum Vorschein.

»Während der Herrschaft von Heinrich IV.«, hatte sie einmal an einem wunderschönen Nachmittag vorzulesen begonnen, während die Bienen zwischen den Ringelblumen und den Lupinen geschäftig summten: »Während der Herrschaft von Heinrich IV. wurde verfügt, daß die Geschworenen nach der Vereidigung keine weiteren Beweisstücke sehen oder zur Kenntnis nehmen durften als die, die dem Gericht bereits zur Verfügung gestellt worden waren...«

Mit den Bienen, der Sonne und ihrer musikalischen, eifrig atemlosen Stimme nur wenige Zentimeter von meinem Ohr, war es nicht verwunderlich, daß ich den seltsamen Einfällen der Gerichtsbarkeit im 14. Jahrhundert nicht allzuviel kritische Aufmerksamkeit schenkte, sondern der Geschichte lauschte, für die das Vorangehende als Einleitung diente. Es ging um ein unglückliches Edelfräulein, deren Geliebter wegen eines Mordes vor Gericht stand, den er nicht begangen hatte – nicht begangen haben konnte –, weil er jene schicksalhafte Nacht in ihren Armen verbracht hatte, so daß nur mehr sie, sie allein auf der ganzen Welt, seine Unschuld beweisen konnte. Hin und her gerissen zwischen der mädchenhaften Sittsamkeit jener Zeit und der Angst um das Leben ihres Geliebten, konnte sie sich einfach nicht entschließen, was zu tun war. Sie kämpfte mit ihrem mittelalterlichen Gewissen, betete zu ihrem mittelalterlichen Gott und hoffte, daß der arme Mann auch ohne ihr Eingreifen freigesprochen werden würde. Erst am letzten Tag, als das Urteil verkündet werden sollte, brachte sie genug Mut auf, ihr beschämendes Geheimnis preiszugeben.

Aber jetzt war es zu spät. Die Geschworenen waren wütend und verzweifelt, weil sie von dieser verspäteten Zeugenaussage, obwohl sie entscheidend war, keine Kenntnis mehr nehmen durften und nunmehr gezwungen waren, diesen allseits beliebten jungen Mann schuldig zu sprechen, obwohl sie wußten, daß er unschuldig war.

Sie haben ihr nie verziehen. In der Nacht nach der Vollstreckung des Urteils kamen sie gemeinsam ins Dorf, alle zwölf, um sich zu rächen; aber, siehe da, das Mädchen war verschwunden und ist auch nie mehr gesehen worden.

Das war sehr vernünftig von ihr, sollte man meinen; das erste und einzig Vernünftige, was sie in dieser leidigen Geschichte getan hatte, aber im 14. Jahrhundert sah man es natürlich etwas anders. Nachdem die zwölf Geschworenen tagelang das Dorf und die Felder und Wälder in der Umgebung nach ihr abgesucht hatten, gaben sie es schließlich auf und beschlossen, sie mangels körperlicher Anwesenheit zu verfluchen; mit Priester, Kerzen und allem, was dazugehörte, beteten sie darum, daß ihre Seele niemals Ruhe finden möge.

Die sie natürlich auch nicht fand (ansonsten wäre die Geschichte für Theresas Arbeit kaum von Nutzen gewesen), wie auch die Seelen der zwölf Geschworenen nicht, die ihre Wut, Frustration und ihren schwer angeschlagenen Sinn für Gerechtigkeit mit ins Grab nahmen. Und so kam es, daß manchmal auf dem Stück der Straße, die vom Friedhof ins Dorf führt, die Umrisse von zwölf in Mänteln gehüllten Gestalten im Mondlicht zu erkennen und die Schritte längst verstorbener Beine zu hören sind, die Beine der Männer, die nach 600 Jahren noch immer auf Rache sinnen.

Theresa war natürlich von dieser traurigen kleinen Geschichte begeistert und wollte sie so schnell wie möglich aufschreiben, solange sie die Einzelheiten noch frisch in ihrem Gedächtnis hatte. Schließlich diktierte sie sie mir, weil sie so – wie sie behauptete – besser denken konnte; wir legten sie unter der Überschrift »Mehrfache Erscheinungen« ab und aßen anschließend zu Abend.

Inzwischen hatte ich mich daran gewöhnt, aber zu Anfang war ich doch sehr erstaunt über die Unbekümmertheit, mit der Theresa die grausigen Entdeckungen ihrer täglichen Arbeit unter den entsprechenden Überschriften abheftete und dann offensichtlich keinen Gedanken mehr daran verschwendete. Ich fragte sie oft, ob sie denn niemals Angst hätte, so allein in dem alten, knarrenden Haus, nachdem ich sie verlassen hatte und zurück ins Hotel gegangen war.

Dieser Gedanke schien sie sehr zu überraschen.

»Ich untersuche und studiere doch dieses Thema«, versuchte sie zu erklären. »Man kann doch vor etwas, das man untersucht, keine Angst haben. Man kann dem überhaupt nicht viel Gefühl entgegenbringen.«

Und als ich an meine eigenen Erfahrungen dachte, an die Examen, in denen ich über Hamlet oder Macbeth geprüft worden war, wußte ich genau, was sie meinte. Ich nehme an, daß dies eines der Berufsrisiken des akademischen Lebens ist, daß Gefühle auf dem Boden der exakten Forschung versickern; das hat seine Vorteile, aber auch seine Nachteile. Auch für uns, denn das bedeutete, daß Theresa keine Angst hatte, ich mir um sie keine Sorgen machen brauchte und daß in dieser friedvollen Umgebung unsere Beziehung in aller Ruhe, ohne Sorge oder Angst aufblühen konnte.

Als dann eines Morgens, ungefähr eine Woche darauf, Miss Fry, die Besitzerin des Landhauses, mich auf der Dorfstraße anhielt und beschuldigte, absichtlich ihre neue Mieterin mit Spukgeschichten über das Haus zu ängstigen, fiel ich aus allen Wolken.

Inzwischen war mir Miss Fry vom Sehen wohl bekannt, aber dies war das erste Mal, daß wir miteinander geredet hatten. Sie sah nicht aus wie eine Dame, mit der man sich unbeschwert unterhalten kann: so um die Sechzig, aber noch sehr rüstig; sie fuhr immer mit dem Fahrrad, und ihre kräftigen Beine nahmen die Hügel mit einer Geschwindigkeit, die meine verwöhnte, den Müßiggang liebende Generation erröten ließ.

Als sie also bremste und über die Straße zu mir herüberkam, ganz in grauem Tweed und voll der gerechten Empörung, die in ihrem wettergegerbten Gesicht geschrieben stand, wußte ich zunächst nichts zu antworten. Die Beschuldigung war so verrückt und so weit hergeholt, daß ich einfach nichts damit anfangen konnte. *Ich* sollte das gewesen sein, der Theresa all diesen abergläubischen Unsinn einredete. *Ich* sollte ihr so schreckliche Geschichten erzählt haben, daß sie sich jedesmal zu Tode ängstigte, wenn sie die Nacht allein in dem Haus verbringen mußte. Die schiere Ungerechtigkeit dieser aus der Luft gegriffenen Anschuldigungen verschlugen mir den Atem.

»Aber *sie* ist doch diejenige, die...« begann ich ärgerlich und hielt dann inne. Theresa hatte mir ganz zu Anfang das

Versprechen abgenommen, daß ich niemandem, absolut niemandem über das Thema ihrer Arbeit erzählen würde. Sie verwendete bei ihren Befragungen die ›Tiefe-Interview-Technik‹. Das bedeutet, daß sie ihre Opfer in ein Gespräch verwickelte und ihnen die Antworten auf ihre Fragen entlockte, ohne daß diese bemerkten, was sie überhaupt bezweckte. Denn wenn erst einmal im Dorf bekannt war, daß sie die Leute für eine Doktorarbeit befragte und all das Erzählte aufschrieb, dann würden die Antworten auf ihre Fragen nicht mehr spontan und unbefangen kommen.

Ihre Erklärung, nicht meine. Denn ich glaubte (obwohl ich es ihr natürlich nicht sagte), daß die Dorfbewohner sowieso schon mißtrauisch waren. Ich habe Theresa allerdings niemals bei einer Befragung zugesehen. Die Stunden, die sie mit ›Feldforschung‹ verbrachte (so nannte sie das, wenn sie herumlungernde Dorftrottel überraschte und in ein Gespräch verwickelte), waren genau die Stunden, die ich in meinem Zimmer über meiner Schreibmaschine brütete, und so kann ich das nicht mit Bestimmtheit behaupten, sondern nur vermuten. Mein Tip war, daß die Dorftrottel, wenn sie sich von ihrem ersten Schock erholt hatten und ihren bäuerlichen Blick auf diesen umwerfenden Schopf und ihre großen, grün gesprenkelten Augen gerichtet hatten, alles taten, um sich diesen Anblick solang als möglich zu erhalten. Dorftrottel sind nicht blöd, das habe ich inzwischen erkannt, und sobald sie entdeckten, daß Theresa Spukgeschichten über das Landhaus hören wollte, nun, dann erzählten sie ihr halt ein paar Schauergeschichten, Sonderanfertigungen für diese Gelegenheit. An Stoff mangelte es ihnen nicht, denn schließlich gab es das Fernsehen, und ihr Wissen über ländlichen Aberglauben glich wahrscheinlich Theresas Wissensschatz aufs Haar. Werwolf für Werwolf.

Aber ich schweife vom Thema ab. Die Richtigkeit von Theresas Forschungsmethoden war in meiner momentan mißlichen Lage völlig nebensächlich. Der Punkt war, daß ich versprochen hatte, und zwar leichten Herzens, daß ich mit niemandem über das Thema ihrer Arbeit sprechen würde. Und so war ich in der Konfrontation mit Miss Fry und deren absurden Beschuldigungen völlig wehrlos. Miss Fry zu erklären, daß Theresa, falls sie sich ängstigte (und ich wußte zufällig, daß dies nicht der Fall war), selbst es war, die sich die Angst mit ihrem Forschungsprojekt einjagte, das wäre ein Vertrauensbruch gewesen, zu dem ich nicht fähig war, und schon gar nicht, wenn das Vertrauen von einem schönen Mädchen in mich gesetzt wurde.

»Äh«, sagte ich und »Mmh, ja, sie ...«, auf Miss Fry muß ich wie das verkörperte schlechte Gewissen gewirkt haben. Sie überging einfach meine schwachen Einwände, und mit lauter, alles übertönender Stimme, die von einem bis zum anderen Ende der Dorfstraße zu hören war, fuhr sie mit ihren Vorwürfen fort. Wie ich es wagen konnte, meine Erfindungsgabe (es hatte sich inzwischen herumgesprochen, daß ich zum Schreiben ins Dorf gekommen war), wie ich dieses Talent dazu mißbrauchen konnte, ein junges, beeinflußbares Mädchen in Angst und Schrecken zu versetzen. (Theresa und beeinflußbar – wie glücklich mich das gemacht hätte.) Ich hätte versucht, sie aus dem Haus zu graulen. Erst vorgestern morgen, noch bevor Miss Fry überhaupt aufgestanden wäre, sei das arme Kind zu ihr gelaufen und habe in einem Zustand, der an Hysterie grenzte, an ihre Tür geklopft und irgend etwas von seltsamen Stimmen, von Gerippen, die ans Fenster klopften, von geheimnisvollen

Schritten und gespenstischem Geheule im Landhaus berichtet...

Und so weiter und so fort. Ich wußte, daß das alles erfunden und erlogen war, weil ich Theresa gestern und auch vorgestern besucht und von ihr nicht ein Wort darüber gehört hatte. Warum sich aber Miss Fry eine solch absolut lächerliche Geschichte ausdenken sollte, dazu reichte meine Phantasie nicht. Vielleicht waren alte, sechzigjährige Jungfern so. Was aber einen wunden Punkt traf, war die Unterstellung, daß ich, ein ernsthafter, aufstrebender und gesellschaftskritischer Schriftsteller, mein »schriftstellerisches Talent« für solch eine unglaubliche Zusammenstellung altmodischer Spukgeschichten mißbraucht haben sollte. Ich fühlte mich in meiner Berufsehre gekränkt und wandte mich in ohnmächtigem Zorn Miss Fry zu – ohnmächtig, weil ich ihr ja nicht wirklich meine Meinung sagen konnte, ohne das Versprechen, das ich Theresa gegeben hatte, zu brechen.

Trotzdem gab ich mein Bestes. Ich habe sie nicht direkt eine dumme, alte Schnüfflerin genannt – etwas in den rechthaberischen Augen der Tochter eines Obersten verbot solch eine Sprache –, aber ich glaube, daß sie verstanden hatte, was ich ihr sagen wollte, denn als sie wieder auf ihr Fahrrad stieg, zitterte sie vor Wut.

»Das wird Ihnen noch leid tun!« rief sie zurück, als sie schon kräftig in die Pedale trat. »Das wird Ihnen noch leid tun. Der Herr Pfarrer hat mir erst letzte Woche erzählt...«

Hätte ich damals doch besser hingehört und herausgefunden, was der Pfarrer ihr gesagt hatte. Aber woher hätte ich damals wissen sollen, daß es sich gelohnt hätte, hinzuhören. Ich hatte den Pfarrer erst einmal getroffen, seit ich meinen Wohnsitz hierher verlegt hatte, und hatte beschlossen – ein voreiliges Urteil, wie ich zugeben muß –, daß er nicht ganz klar im Kopf war.

Es war an jenem ersten Montagmorgen, an dem ich ihn getroffen hatte. Ich ging auf der Straße, die zu dem Landhaus führte. Mein Kopf war voller düsterer Gedanken wegen dieses ›Wochenend-Freundes‹ (denn ich wußte da natürlich noch nicht, daß er gar nicht aufgetaucht war), als ich in der Biegung vor mir schnelle Schritte hörte. Einen Augenblick später tauchte der Pfarrer vor mir auf, schwarz wie ein Rabe in seinem Ornat. Er schritt tüchtig aus, und als er näher kam, konnte ich hören, wie er vor sich hin schimpfte:

»Sünde ... vor meinen eigenen Augen ... die Verkörperung des Bösen ...«

Zuerst dachte ich, er redete mit mir, und überlegte mir gerade die richtige Antwort, denn »Auch ich wünsche Ihnen einen guten Morgen, Herr Pfarrer« schien nicht ganz der richtige Ton an dieser Stelle zu sein; da erkannte ich, daß er gar nicht mit mir sprach, daß er mich gar nicht bemerkt hatte, obwohl seine blassen, verwirrten Augen direkt in meine schauten. Er war irgendwie in Trance oder tief im Gebet versunken oder etwas Ähnliches, dachte ich damals; und als er an mir vorbeiging, ohne mich auch nur eines einzigen Blickes zu würdigen, seufzte ich erleichtert auf. Das letzte, was ich an diesem schönen Morgen hören wollte, war ein Vortrag über das Böse.

Und deswegen hatte ich ihn abgestempelt, den armen, alten Mann – obwohl, so alt war er gar nicht, um die Fünfzig, würde ich schätzen. Ich konnte also nur lachen, als Miss Fry seinen Namen nannte, um ihren Argumenten Nachdruck zu verleihen. Heute wünschte ich, daß ich es nicht getan hätte, wie ich auch heute wünsche, daß ich gehört hätte, was sie mir zum Abschied zugerufen hatte; aber wie hätte ich damals auch nur ahnen können, daß sich über Pfarrer Pinkertons steifem Kirchenkragen und unter seinem spärlich gewordenen grauen Haarkranz das einzige menschliche Hirn befand, das bereits das Geheimnis kannte, das mich retten konnte. Ich wußte ja noch nicht einmal, daß es ein Geheimnis gab. In Miss Frys melodramatischen Äußerungen gab es nichts, was mich darauf hätte bringen können, daß es tatsächlich irgend etwas Geheimnisvolles um das Landhaus gab, daß diese alten Mauern tatsächlich die Mächte des Bösen beherbergen könnten, daß in diesem Haus, in dem Theresa ihre Tage und einsamen Nächte verbrachte, wirklich Gefahr lauerte, echte, tödliche Gefahr.

Also lachte ich, wie ich schon sagte. Nach all diesen beschämenden und unbegründeten Anschuldigungen, auf die ich nicht richtig antworten konnte, war es gut, am Ende wenigstens den letzten Lacher zu haben. Ich lachte, als Miss Fry ihr großes, tweedbekleidetes Hinterteil in den Sattel hob, und ich lachte noch immer, als sie beleidigt die Straße hinunterfuhr. Das Vorderrad schwankte wie seit Jahrzehnten nicht mehr, so ärgerlich war sie.

Theresa fand das alles sehr lustig. Und ich nehme an, das war es auch. Ich selbst tat ja alles dazu, es möglichst lustig klingen zu lassen, denn ich wollte nicht, daß Theresa dachte, ich hätte auch nur einen Augenblick Miss Frys Anschuldigungen ernst genommen – ganz besonders den Teil, daß Theresa völlig verängstigt und aufgelöst an Miss Frys Tür geklopft haben sollte. Das war der Teil, über den Theresa am meisten lachte, jedoch nicht, bevor sie sich mit einigen kurzen Fragen vergewissert hatte, daß ich mit keinem Wort über das Thema ihrer Arbeit gesprochen hatte. Als ich ihr das versichern konnte, entspannte sie sich wieder, und ich werde nie vergessen, wieviel Spaß wir noch hatten an diesem Nachmittag im hohen Gras hinter dem Haus. Mein Arm lag um ihre biegsame Taille (mehr erlaubte sie mir zur Zeit nicht, wegen Colin, der noch immer nicht aufgetaucht war), und wir redeten über Miss Fry.

Kein sehr romantisches Thema, könnte man meinen. Aber das stimmt nicht. Wenn man jung, sorglos und verliebt ist, gibt es nichts Befriedigenderes, als all die Menschen zu betrachten, die nichts dergleichen sind. Menschen wie Miss Fry: alt, häßlich und einsam – und alles durch eigenes Verschulden, weil sie nie den Mut hatte, das Glück zu ergreifen, als die Möglichkeit sich bot ... Miss Fry hatte nie in den Armen eines Mannes im hohen Junigras gelegen ..., hatte niemals geflüsterten Liebesworten gelauscht ...

Ich weiß nicht, warum wir uns sicher waren, daß sie so etwas nicht kannte. Wir hatten sie »katalogisiert«, um in Theresas Arbeitsjargon zu bleiben. Der Typ der verknöcherten alten Jungfer war genau das, was wir an diesem goldenen Nachmittag brauchten, um durch diesen Kontrast unsere ewige Jugend und unser Glück noch zu verstärken. Die bloße Betrachtung von Miss Frys Geziertheit und Altjüngferlichkeit gab uns das Gefühl der köstlich mühelosen Ausgelassenheit, obwohl wir beide von der Hitze völlig erschlagen dalagen.

»Die arme Alte muß halb wahnsinnig sein vor Eifersucht«, erklärte Theresa mit ihrem psychologischen Scharfsinn, während sie selbstgefällig mit meinem Ohrläppchen spielte, um zu beweisen, wie sehr sie sich doch von Miss Fry unterschied. »Du mußt das verstehen: Als sie hörte, daß ich noch studiere, muß sie sofort an jene seltsamen, verdreckten Figuren aus ihrer Zeit gedacht haben;

aber als sie mich dann gesehen und… nun… bemerkt hatte, daß ich einen ziemlich netten jungen Mann kennengelernt hatte, der… Was?… Aber ja, Liebling, du bist nett, natürlich, ich habe nie behauptet… Aber nein, Liebling, hör auf. Denk daran, wir haben ausgemacht…«

»Wir« war eine glatte Übertreibung, aber ich ließ es durchgehen. Wie ich schon sagte, es war sehr heiß, und es war angenehm, Theresas ernsthafte, rauhe Stimme so nahe an meinem Ohr zu hören, wie sie weiter- und weiter- und weiterredete.

»Verstehst du«, erklärte sie weiter. »Sie sieht dich in der Rolle des Schurken. Eines echten, altmodischen Schurken, wie der aus den Romanheftchen ihrer Jugendzeit. Sie glaubt, daß du etwas wirklich Böses mit mir im Sinn hast.«

»Das habe ich«, unterbrach ich sie, aber Theresa fuhr unbeirrt fort, Miss Fry zu analysieren, ihre unterdrückten Bedürfnisse, ihre sexuellen Ersatzphantasien, bis ich schließlich, um ganz ehrlich zu sein, beinahe eingeschlafen war.

Aber den Kern der Geschichte bekam ich doch mit. Miss Fry hatte mir also aus all diesen vielschichtig komplizierten Gründen, denen ich nicht meine volle Aufmerksamkeit geschenkt hatte, die Rolle des sich freundlich stellenden Vergewaltigers aus der Nachbarschaft zugedacht, der zunächst einem ahnungslosen Mädchen einredete, daß es in dem Haus, das sie für den Sommer gemietet hatte, spuke, und anschließend sich erbot, ihr beizustehen und sie vor den nächtlichen Besuchern zu beschützen…

»Das ist eine gute Idee!« rief ich an dieser Stelle dazwischen und rückte noch ein wenig näher. »Grrrrrr… rrr! Huuhuuhuhuuu! Nun mach schon! Sei erschrocken! Erkennst du denn nicht die Stimme eines Geistes! Und du willst Fachmann auf diesem Gebiet sein…?«

»Blödsinn!« Sie befreite sich aus meinem Arm, und wenig später gingen wir ins Haus und kochten uns eine Tasse Tee. Selbst heute, wo ich Bescheid weiß, klar und deutlich vor Augen habe, was folgte, muß ich noch immer sagen, daß dieser Tee, den wir mit hinaus in den Garten nahmen, der beste Tee meines Lebens war. Kochend heiß, wie Tee zu sein hat, und doch war er so erfrischend wie eisgekühltes Wasser an diesem sengend heißen Nachmittag. Ich kann mich auch gut daran erinnern, welchen Spaß wir hatten, während wir ihn tranken. Wir lachten viel, bewarfen uns mit Gras und machten nur noch Unsinn.

Und in dieser Nacht schickte mich Theresa das erste Mal nicht fort, als es dunkel wurde.

Wie kann ich nur beschreiben, was weiter geschah? Wo soll ich anfangen? Ich werde nicht erzählen, wie wir uns liebten, denn die Erinnerung daran ist noch immer schmerzlich, so unglaublich war es; es brachte uns einander so nahe, es war schöner als alles, was ich bisher erlebt hatte. Vielleicht sollte ich direkt danach wieder einsetzen, nur wenige Minuten später, höchstens eine halbe Stunde.

»Komm, wir kochen uns einen Tee«, schlug Theresa vor, schwang ihre langen Beine aus dem Bett und tastete auf dem staubigen Boden nach ihren Schlappen. »Danach habe ich immer Lust auf eine Tasse Tee.«

Aus den Tiefen des Bettes murmelte ich etwas, was weder ja noch nein hieß. Nicht, daß ich eine Tasse Tee abgelehnt hätte, aber noch lieber wollte ich einfach liegenbleiben und das Wohlgefühl genießen.

Aber ich hatte schon keine Wahl mehr. Theresa fand ihre Hausschuhe und schlappte aus dem Zimmer. Ich aber zog die Decke noch ein wenig höher und blieb einfach liegen, absolut zufrieden damit, zu beobachten, wie die Sterne am Himmel auftauchten; einen nach dem anderen konnte ich durch das kleine, staubige, rechteckige Fenster sehen. Das ist es, dachte ich damals. Das ist das Leben. Das ist vollkommenes Glück.

In dem Bett konnte ich hören, wie Theresa unten geschäftig hin und her lief, den großen Kessel auf den Ofen setzte, die Schubladen auf- und zumachte, das leise Klirren des Geschirrs und das nostalgisch herzerwärmende Geräusch der Schritte einer Frau auf dem Küchenboden.

Und dann hörte ich, wie sie plötzlich aufschrie.

Ich sauste aus dem Bett und die Treppe hinunter, bevor ich auch nur einen einzigen Gedanken fassen konnte. Sie war nicht in der Küche, sondern im ›Wohnzimmer‹ – diesem kleinen, dunklen Raum, der bei Tag von den wuchernden Pflanzen in ewiges grünes Licht getaucht war und der nun, bei Nacht, fast völlig dunkel dalag. Nur vereinzelte Strahlen des Mondlichtes fanden einen Weg durch das Blättergewirr und warfen eine Art silbriges Netz auf die alten, aus den Fugen geratenen Dielen. In dieser spärlichen, unregelmäßigen Beleuchtung konnte ich Theresa gerade noch erkennen, wie sie sich in eine Ecke des Raumes drückte. Sie war noch immer nackt, weil sie sich nicht die Mühe gemacht hatte, zu den Slippern auch noch den Hausmantel überzuziehen.

»Liebling!« rief ich und stolperte auf meinem Weg zu ihr über die Möbel. »Liebling, was...? Wer...?«

Endlich hatte ich sie erreicht, und als ich meinen Arm um ihre Schulter legte, bemerkte ich, daß sie von Kopf bis Fuß zitterte, von schrecklichem Schluchzen geschüttelt – zumindest dachte ich das einen Moment lang.

Aber es war Gelächter. Die Erleichterung war beinahe ein ebenso großer Schock wie der Schrei. Ich schüttelte sie in einer Mischung aus Dankbarkeit und Empörung.

»Was zum Teufel...?« begann ich.

»Es tut mit leid, Liebling«, japste sie zwischen ihren Lachanfällen, »aber es war so lustig. Erst fand ich dieses schreckliche Messer«, und an dieser Stelle schwang sie vor meinen Augen eine gefährlich aussehende Waffe, fast dreißig Zentimeter lang, die in der Dunkelheit furchteinflößend blitzte. »Es lag in der Schublade in der Küche, ich habe es aber vorher noch nie gesehen. Es hat mich richtig erschreckt; und dann mußte ich plötzlich an Miss Fry denken!« Wieder konnte sie sich kaum halten vor Lachen. »Die arme, alte Miss Fry. Stell dir doch mal vor, sie hätte das Messer gefunden. Sie hätte felsenfest geglaubt, daß es die Waffe ist, mit der du mich heute abend bedroht und vergewaltigt hast...!«

Inzwischen mußte auch ich lachen. Ich ging auf ihre Laune ein, und bald alberten wir beide – noch immer splitternackt – herum.

»Ehre oder Leben!« rief ich mit einer melodramatisch drohenden Stimme und schwang dabei im Spiel wild das Messer. »Sie sind in meiner Hand, edles Fräulein! Heute nacht werden Sie mir zu Willen sein...!«

Ihre Hilferufe wirkten sehr überzeugend, wie auch ihre Verkörperung einer in Panik versetzten Jungfrau, die ihre Ehre verteidigte. Die Schreie wurden immer gellender, während sie zwischen den Möbelstücken hin und her sprang und ich sie spielerisch verfolgte. Ein Stuhl fiel um, dann eine Vase. Das Geräusch zersplitternden Glases brachte mich wieder zur Besinnung.

»Es ist genug, Liebling!« Ich versuchte, Theresa mit

einer Hand aufzufangen. Sie sprang aber weiter hin und her, scheinbar völlig fasziniert von ihrem Spiel. Ich versuchte, ihre Arme zu erhaschen, sie um die Taille zu fassen, aber jedemal wand sie sich aus meinem Griff. Ich wurde langsam unruhig.

»Genug, Theresa, wirklich, es reicht!« wiederholte ich eindringlich. »Wir zerschlagen sonst noch alles! Und wenn du nicht aufhörst, so zu schreien, werden sie wirklich noch glauben, daß ich dich vergewaltige...«

»Aber natürlich glauben sie das« – Theresa stand plötzlich ganz still da, sie hatte sich schlagartig völlig beruhigt, wieder ganz unter Kontrolle – »das war schließlich der Zweck der Übung. Und wenn du nicht jetzt und hier versprichst, mir zweitausend Pfund zu geben...«

Zuerst dachte ich natürlich, daß sie noch immer spaße.

»...und dabei komme ich noch billig weg!« rief ich fröhlich dazwischen und fügte lachend hinzu: »Welch eine Schande, daß die gute Miss Fry unser Scharmützel nicht vom Fenster aus beobachtet hat! Sie hätte mich wegen Vergewaltigung hinter Gitter gebracht, noch bevor ich um ›Mildernde Umstände‹ hätte bitten können.«

»Sie hat und sie wird«, Theresa war ganz ruhig. »Ich habe ihr Gesicht am Fenster gesehen, gerade als du angefangen hast, mich mit dem Messer durch den Raum zu jagen... Dein Einsatz war perfekt. Ich wußte, daß sie ungefähr so lange brauchen würde, bis sie nach meinem ersten Schrei mit ihrem Fahrrad hier sein konnte. Auf dem Lande kann man Schreie weithin hören, besonders nachts.

Außerdem hat sie das ja erwartet, seit ich ihr von deinen unheimlichen Vergewaltigungsphantasien erzählt habe, den ganzen Unsinn über die Geschworenen aus dem 14. Jahrhundert..., und alles in deiner eigenen Handschrift...

Aber ja, natürlich waren es Vergewaltigungsphantasien! Was glaubst du denn, was zwölf wutentbrannte Männer aus dem Mittelalter sonst mit ihr gemacht hätten. Natürlich hätten sie sie vergewaltigt, bevor sie sie umgebracht hätten, und sei es nur, um sicherzugehen, daß sie in die Hölle kommt. Jeder weiß mindestens so viel über das Mittelalter – ganz gewiß aber Miss Fry, obwohl ich meinen würde, daß sie zu sehr Dame ist, um so etwas in Worte zu fassen. Aber sie hat das schon richtig verstanden! Und sie stimmte mir zu, daß ein junger Mann, der sich mit solch seltsamen Phantasien herumträgt, sehr schnell gefährlich werden könnte. Wenn du mich je bedrohen solltest oder wenn ich irgendwann einmal Angst hätte, sollte ich nur, so laut ich könne, schreien, und in ein paar Minuten wäre sie mit dem Fahrrad hier... Und sie war hier, gerade rechtzeitig, um alles sehen zu können, was sie sehen sollte, und um Hilfe zu holen. Inzwischen wird sie das halbe Dorf geweckt haben! Gleich wirst du wirklich das Geräusch rachesuchender Schritte hören. Du hast geglaubt, es sei ein Spaß, ja...?

Mein Lieber, du mußt dich entscheiden, was darf es sein? Sechs Jahre für Vergewaltigung oder zweitausend Pfund bis morgen nachmittag? Und erzähle mir nicht, du hättest kein Geld. Dieser Bestseller...«

Da hatte sie sich natürlich verkalkuliert. Zweifellos hatte das Spiel mit dem armen, harmlosen alten Pfarrer wunderbar funktioniert, der an jenem unglückseligen Tag, als er ihr die Gebeine in der Krypta gezeigt hatte, seine Karriere aufs Spiel gesetzt hatte. Ich erinnerte mich gut an diesen ungläubig erstaunten Ausdruck in seinen Augen, an besagtem Montagmorgen, als er von ihr zurückkam, nachdem er das Schweigegeld gezahlt hatte; bis dahin hatte er nicht an die Macht des Bösen geglaubt, aber jetzt war er davon überzeugt.

Und ich auch. In wie vielen abgelegenen Dörfern und wie vielen anderen einfältigen Pfarrern und vor Liebe blinden jungen Männern hatte sie den gleichen Streich gespielt mit ihrer erfundenen ›Doktorarbeit‹ oder vielleicht auch mit einer anderen Geschichte, die dem Bildungsniveau des Opfers angepaßt war?

»Nun, für was entscheidest du dich?« wiederholte sie ihre Frage. Ihr weißer, nackter Körper leuchtete wie eine Kerze in der Dunkelheit. »Ich kann ihnen erzählen, daß wir bloß herumgealbert haben – oder ich kann ihnen die andere Geschichte erzählen! Entscheide dich! Sie werden gleich hier sein!« Tatsächlich, ich konnte schon quietschende Reifen und Stimmen am Ende der Straße hören. Die ersten Lichtkegel der Scheinwerfer drangen in den Garten.

»Schnell! Entscheide dich!« zischte sie, aber selbstverständlich hatte ich mich schon entschieden. Für Pfarrer Pinkerton war es unmöglich gewesen, ihr nicht nachzugeben: sein Beruf stand auf dem Spiel.

Aber meiner nicht. Und da hatte sich Theresa ebenfalls verkalkuliert – und nicht nur deswegen, weil sie mir mein Märchen mit dem Bestseller abgenommen hatte. Selbstverständlich wollte ich nicht auf Grund einer falschen Beschuldigung eine Gefängnisstrafe verbüßen, genausowenig wie ich wollte, daß mir jemand mein Herz brach und meinen Glauben an die Menschheit zerstörte. Aber bei Gott, wenn es denn so sein soll, dann werde ich bald einen

Bestseller in meinen Händen haben, und einen gesellschaftskritischen dazu.

Oder, wenn ich so recht darüber nachdenke, sollte ich mein Glück vielleicht doch mit einer altmodischen Gruselgeschichte versuchen?

Warum eigentlich nicht?

Ein Fall der höchsten Dringlichkeitsstufe

»Nein, nein danke, kein Telefon. Es ist zu gefährlich.« Miss Emmeline Fosdyke schien entschlossen, und die junge, noch völlig unerfahrene Sozialarbeiterin, für die dies der erste Tag im Projekt ›Sichere Wohnungen für ältere Mitbürger‹ war, schaute von dem Formular auf, das sie gerade ausfüllte.

»Kein Telefon? Aber Miss Fosdyke, in Ihrer, ich meine mit Ihrer, äh, mit Ihrer Arthritis und Ihrer eingeschränkten Bewegungsfähigkeit und überhaupt... Sie stehen auf unserer Liste der Personen, die das Haus nicht mehr verlassen können, und als solche haben Sie das Recht – äh, ich meine, ein Telefon ist doch absolut notwendig. Es ist Ihre Verbindung zur Außenwelt!«

Der letzte Satz, ein wörtliches Zitat aus dem soeben erst absolvierten Kurs der Altenpflege, gab Valerie Coombe wieder ein wenig Selbstvertrauen. »Sie müssen ein Telefon haben, Miss Fosdyke! Sie haben Anspruch darauf. Und wenn Sie sich wegen der Kosten Gedanken machen, dann beruhigen Sie sich bitte! Unsere Abteilung – jeder, der über fünfundsechzig Jahre alt ist und bei dem die Notwendigkeit besteht...«

»Bei mir besteht keine Notwendigkeit«, beharrte Miss Fosdyke stur auf ihrem Standpunkt. »Zumindest nicht für ein Telefon!«

In dem Lehrgang hatte Valerie nichts gelernt, was sie auf so etwas vorbereitet hätte. Suchend schaute sie sich in der nagelneuen Wohnung des Altenprojektes nach einer Eingebung um. Aber sie fand nichts. Die gefällige, zweckmäßige Einrichtung war genauso ideenlos wie das unfertig ausgefüllte Formular vor ihr. Telefon-Bewilligungen: In Fällen der höchsten Dringlichkeitsstufe...

Dies war ein Fall der höchsten Dringlichkeitsstufe, das war klar. Valerie blätterte noch einmal kurz durch die Papiere in ihrer Akte.

Fosdyke, Emmeline J., ledig, Schneiderin, in Rente. Keine Verwandten. Grad der Behinderung: 100 Prozent: Arthritis, Diabetes, Herzmuskelschwäche...

Die Berichte in den Akten ließen überhaupt keinen Zweifel aufkommen. Valerie schaute von den rationell präzisen Daten auf und sah wieder einen Menschen vor sich, einen wirklichen, einfallsreichen, unbegreiflichen Menschen, ein Wesen, dessen Augen in nutzlosen Falten verwelkter Haut versanken, die aber trotzdem noch im verborgenen unbeugsamen Widerstand ausstrahlten.

Warum nur waren alte, kranke Leute nicht nur einfach alt und krank? Warum nur zeigten sie noch so viele andere Eigenschaften, Eigenschaften, die ihre Formulare nicht berücksichtigten und die nirgendwo hineinpaßten.

»Aber stellen Sie sich doch einmal vor, Sie werden krank, Miss Fosdyke!« wagte Valerie einen weiteren Vorstoß. Ihre Augen hielt sie fest auf die Auflistung der Behinderungen gesenkt.

Vorstellen?

»Selbstverständlich bin ich krank!« zankte Miss Fosdyke. »Seit Jahren schon, und ich werde immer kranker. So ist das eben mit alten Leuten. Warum also auch noch ein Telefon?«

Verzweifelt ging Valerie in Gedanken ihre Aufzeichnungen aus dem Lehrgang durch – Gefahren in der Altenpflege: Isolation, geistige Verwirrung, Untertemperatur; Tote, die tagelang in der Wohnung liegen, bis der Milchmann endlich ein halbes Dutzend volle Milchflaschen vor der Tür bemerkt...

Das ist eine einfache Aufgabe, hatten sie ihr im Büro erklärt – eine einfache Aufgabe als Valeries ersten Auftrag, den sie allein bewältigen sollte. Einfach an den Türen in dem Wohnblock des Projektes klingeln und diejenigen auflisten, die auf Grund ihres Alters oder ihrer Behinderung Anspruch auf ein Telefon hatten. Sie hatte sich vorgestellt, wie alte, wässerige Augen sie dankbar anstrahlten, wie sie mit gemurmelten Dankesworten überschüttet würde, wenn sie die gute Nachricht bekanntgab.

Warum nur war Miss Fosdyke nicht so? Mit ihren siebenundachtzig Jahren, hilflos, wie sie war, warum nicht?

»Miss Fosdyke, sie *brauchen* ein Telefon!« wiederholte Valerie. Ein Ton der Verzweiflung machte sich in ihrer Stimme breit, als sie die vertrauten Gründe des Altenpflegekurses verließ. »Sie wissen doch selbst, daß Sie es brauchen. In Ihrer Lage, stellen Sie sich doch einmal vor, daß Sie einen Arzt brauchen!«

»In meinem Alter braucht niemand mehr einen Arzt. Schauen Sie sich doch meine Akte an, darin sind doch meine Krankheiten vermerkt. Unheilbar, jede einzelne. Kein Arzt der Welt könnte auch nur eine einzige davon heilen, warum sollte ich also einen Arzt brauchen?«

Starrköpfig. Schwierig. Dem eigenen Vorteil gegenüber blind. Natürlich wurde auch in dem Lehrgang von diesen Begleiterscheinungen des Alterungsprozesses gesprochen, aber so schönfärberisch, daß, als sie schließlich mit der Wirklichkeit konfrontiert wurde, sie diese nur mit Mühe erkannte.

Aber sie erkannte sie: freundlich, aber sicher auftreten,

sich nicht in ein Streitgespräch verwickeln lassen. Lächelnd notierte sie Miss Fosdykes Namen auf ihrer Liste und verließ die Wohnung mit aufmunternden, freundlichen Worten.

»Bald geht es Ihnen bestimmt wieder besser, Miss Fosdyke!« rief sie ihr fröhlich auf dem Weg nach draußen zu. Dann aber rannte sie beinahe mit ihren langen, jungen Beinen den Flur hinunter, um der schlagfertigen Entgegnung der Alten zu entgehen. »Besser? Seien Sie doch nicht töricht! Schlechter werde ich mich fühlen. Ich werde mich immer weiter schlechter fühlen, bis ich tot bin. So ist das in meinem Alter. Erzählen sie euch in eurer Ausbildung denn *nur* Lügen?«

»Was für ein Morgen!« stieß Valerie halb lachend, halb seufzend vor Erleichterung hervor, als sie in der Kantine mit ihren Kolleginnen zu Mittag aß. »Da war eine arme Alte, fast neunzig, die Anspruch auf ein Telefon hat, und wißt ihr, was sie sagte ...?«

Die anderen beugten sich vor, begierig auf eine lustige Geschichte zur Abwechslung, und Valerie versuchte, die Anekdote so amüsant wie möglich zu erzählen und den ungereimten Wortlaut genau wiederzugeben: »Nein, kein Telefon! Es ist zu gefährlich!«

Zu gefährlich? Was konnte die Alte nur meinen? Marys erklärender Vorschlag über heftig atmende männliche Stimmen in der späten Nacht brachte ein lebhaftes Gespräch in Gang. Berichte persönlicher Erlebnisse lenkten die Unterhaltung von Miss Fosdyke und deren seltsamem Benehmen ab, und nur mit Schwierigkeiten gelang es Valerie, das Gespräch wieder auf das Thema zurückzulenken.

»Mit siebenundachtzig!« – »Die Glückliche!« war die

allgemeine Meinung der anderen. Natürlich las man hin und wieder von alten Frauen, die angegriffen und beraubt worden sind – wie diese Urgroßmutter, die erst vor wenigen Monaten nackt und ermordet hinter der Theke ihres Süßwarenladens gefunden worden war. Und vor einigen Jahren war es einer alten Dame in einer Kellerwohnung in Islington gelungen, ihre Ehre mit einem Schnitzmesser zu verteidigen. Deswegen konnte man aber nicht sagen, daß so etwas zum Alltag gehörte.

»Mit siebenundachtzig!« wiederholten sie immer wieder erstaunt und kicherten ein wenig darüber. Sie, die sich der Gefahren ihrer herrlichen Jugend und Schönheit bewußt waren, konnten es sich gut leisten, bedauernd zu lächeln, die Schultern zu zucken und zu vergessen.

Es waren beinahe drei Monate vergangen, seit sie das Telefon hatte, als Miss Fosdyke zum ersten Mal das schwere, männliche Atmen am Telefon hörte. Es war spät Sonntagnacht – gegen Mitternacht, typisch für anonyme Anrufer –, und zufälligerweise lag Miss Fosdyke noch nicht im Bett. Sie döste unruhig in ihrem großen Lehnsessel. Nach dem anstrengenden Tag fühlte sie sich zu müde und zu zerschlagen, um sich auszuziehen und für die Nacht zurechtzumachen, weil dies für sie eine schwierige und kräfteraubende Verrichtung war.

Es war nämlich ein harter Tag gewesen, die Sonntage waren häufig die anstrengendsten Tage für die Bewohner des Altenprojektes. Dies war der Tag, an dem die Verwandten aller Altersstufen mit Blumensträußen und Pflanzen, deren Größe vom Ausmaß ihrer Schuldgefühle bestimmt wurden, durch die Schwingtüren hereinströmten, um einen Nachmittag der überwältigenden Langeweile mit ihren

Lieben zu verbringen; oder um die besagten ›Lieben‹ auf ihren Krücken oder in ihren Rollstühlen mit nach Hause zu nehmen, so daß sie einige Stunden mit ihnen in der kleinen, schäbigen Welt draußen verbringen konnten.

Wie klein und schäbig sie war, das wußte Emmeline Fosdyke sehr genau, weil alle sechs Wochen ihre alte Freundin Gladys und ihr Mann (der neuerdings auch an Arthritis litt) sie zum Tee in ihrem großen, dunklen, ungemütlichen Heim abholten. Sie zerrten sie über die fürchterliche Treppe am Eingang, setzten sie vor einen Teller mit altem Gebäck und eine Tasse lauwarmen Tee und erwarteten von ihr, daß sie neidisch sei. Nicht etwa auf ihr Glück zu zweit, denn glücklich waren sie nicht, sondern einfach auf ihre Ehe. Sicherlich verdient jede Ehe, wie schrecklich sie auch sein mag, den Neid einer verknöcherten alten Jungfer von siebenundachtzig.

Besonders dann, wenn sie, wie in diesem Fall, darauf aufgebaut wurde, daß eine liebe Freundin der anderen den Verlobten abspenstig gemacht hatte. Damals war er Soldat im Ersten Weltkrieg gewesen, beeindruckend schmuck in seiner braunen Uniform, obwohl man es sich heute kaum noch vorstellen konnte. Emmeline erinnerte sich an jenen himmelblau-goldenen Oktobernachmittag, den letzten Nachmittag seines Urlaubes, an dem sie ihn verloren hatte, als sei es erst gestern geschehen.

»Er sagt, du seist frigide!« hatte ihr Gladys gutgelaunt zugeflüstert und die goldenen Blätter von ihrem Rock gefegt. Sie strahlte vor Freude darüber, etwas Verbotenes getan zu haben und das Glück der Freundin an einem einzigen Nachmittag zerstören zu können. »Er sagt, du seist nicht zu gebrauchen!«

Danach folgten die Details, überraschend intim für das

Alter der Freundinnen und die damalige Zeit. Sie hinterließen eine Wunde, die nie wieder ganz verheilte. Darum heiratete Emmeline nie. Wer könnte sich denn schon nach solch einem Erlebnis je wieder der Geringschätzung eines Mannes aussetzen.

Erst später, ermutigt durch das Alter und die Änderung ihrer Ansichten, wunderte sich Emmeline über Gladys' Verhalten während der folgenden fünfundsechzig Jahre. Selbstverständlich hatte Emmeline sie nie darüber befragt, und Gladys hätte ihr auch niemals eine Antwort darauf gegeben; aber Gladys' schmaler, bitterer Mund und die grauen, abgekämpften Gesichtszüge des einst so strahlenden Soldaten waren Antwort genug.

Der Besuch an jenem Sonntag war außergewöhnlich anstrengend gewesen. Zunächst hatte es statt des üblichen Gebäcks Kümmelkuchen gegeben, und der Kümmel war ihr unter das Gebiß geraten und brachte sie nicht nur in außerordentliche Verlegenheit, sondern schmerzte sie darüber hinaus fürchterlich. Als Krönung des Ganzen war Gladys' Wellensittich, der während der vergangenen elf Jahre alle fünf bis sechs Minuten ›Percy möchte eine Traube‹ gesagt hatte, am Mittwoch gestorben und hatte in der Konversation eine Lücke hinterlassen, die kaum zu schließen war.

So kam es, daß Emmeline, nachdem sie den Kümmelkuchen, die Autofahrt, die Langeweile und die dafür erforderliche physische Anstrengung hinter sich gebracht hatte, schließlich völlig erschöpft den Wohnblock wieder erreichte. Sie war zu nichts anderem mehr fähig, als in ihrem Sessel zu sitzen und darauf zu warten, daß es Zeit wurde, ins Bett zu gehen.

Sie hatte nicht einschlafen wollen. Schon vor langem hatte sie gelernt, daß im Alter Schlaf so sorgfältig eingeteilt werden mußte wie Geld: wenn über Tag zu viel davon verbraucht wurde, blieb nichts mehr für die Nacht. Eigentlich hatte sie nur dasitzen wollen, wach, ohne an etwas zu denken, bis die Zeiger ihrer Uhr viertel vor zehn zeigen würden, dann wäre es Zeit, sich für das Bett fertigzumachen.

Nach siebenundachtzig Jahren ist es schwer, an nichts zu denken. Aus dem Wirrwarr der vergangenen Jahrzehnte findet immer irgend etwas seinen Weg an die Oberfläche. Und so war es auch, als Emmelines Kopf immer tiefer auf die Brust sank und ihre Lider sich langsam schlossen. Eine unbestimmte, schon beinahe vergessene Furcht drang nagend in sie ein. Etwas aus lang, lang vergangenen Jahren, längst vorüber und vorbei, und doch hatte es noch die Macht, sie aufzuscheuchen.

Ich muß mich beeilen, machen, daß ich hier wegkomme – das waren die letzten Gedankenfetzen, die in ihr Bewußtsein drangen. Dringlichkeit pochte hinter ihren geschlossenen Augen, das Gefühl, irgend etwas unbedingt noch rechtzeitig schaffen zu müssen, noch einen bestimmten Zug zu bekommen, Türen zu verriegeln oder Entscheidungen zu fällen. Und dann schienen Stimmen näher zu kommen ... Rufe ... Autos kamen ... der Koffer nur halb gepackt.

Emmeline Fosdykes schlafender Körper war ganz tief in den Sessel gesunken und zuckte immer wieder leicht zusammen, während sie die alte Krise noch einmal erlebte. Das angestrengt pumpende Herz versorgte ihre kraftlosen Muskeln mit einer Extraportion Sauerstoff für die im Traum stattfindende Jagd durch Straßen, die es schon lange nicht mehr gab. Ihr Atem ging kaum merklich schneller, ihre alten Lungen weiteten sich ein winziges bißchen mehr, weil sie rennen mußte – rennen, rennen, durch ein lang vergangenes winterliches Morgengrauen ...

Das Telefon weckte sie. Irritiert durch den so unerwarteten, verwirrenden Lärm, der ihren Traum unterbrochen hatte, blieb Emmeline einen Augenblick lang verwirrt sitzen. Wer? Wo? ... Dann kam sie langsam zu sich.

Alles in Ordnung. Es war hier und jetzt. Sie, Emmeline Fosdyke, siebenundachtzig, saß bequem in ihrem eigenen Sessel in ihrem eigenen Wohnzimmer an einem friedvollen Sonntagabend. Sie war zu Hause, in Sicherheit, zurück von diesem schrecklichen Ausflug zu Gladys und hatte nun wieder ganze sechs Wochen Zeit, bevor sie sich mit einem erneuten Besuch befassen mußte. Da gab es nichts, worüber sie sich Sorgen machen mußte, überhaupt nichts. Und ganz bestimmt nichts, was ihrem Herzen Anlaß gäbe, so unangenehm wild zu hämmern; es dröhnte in den Ohren und pulsierte hinter den Augen.

Aber natürlich, das Telefon klingelte noch immer, klingelte, klingelte und klingelte, als wollte es nie aufhören. Wer könnte es bloß sein, der sie so spät an einem Sonntagabend anrief? Wie spät war es überhaupt? Mit verschlafenen Augen blinzelte Emmeline auf die Uhr und erkannte leicht erschrocken, daß es schon nach Mitternacht war.

Mitternacht! Sie mußte stundenlang gedöst haben! Das bedeutete, daß sie selbst mit einer Schlaftablette niemals ...

Und immer noch klingelte das Telefon; und nun, da ihr Kopf langsam klarer wurde, sah Miss Fosdyke ein, daß sie sich melden mußte.

»Hallo?« flüsterte sie. Ihre Stimme war belegt und zitterig vom Schlaf. Dann meldete sie sich wie gewohnt: »Emmeline Fosdyke, wer ...?«

Keine Antwort. Nur ein langsames, regelmäßiges Atmen

– absichtlich laut. Das Geräusch brauste in ihren Ohren wie eine gleichmäßige Brandung. Ein, aus, ein, aus.

Mehrere Sekunden lang saß Miss Fosdyke einfach nur da, sprachlos, die Hand, die den Hörer fest umschlossen hielt, wurde feucht, und in ihrem Kopf wirbelten die Gedanken durcheinander. Während der langen Jahrzehnte in einsamen Appartements hatte sie schon zahlreiche Anrufe solcher Art erhalten, und sie wußte sehr genau, daß es keine unfehlbare Methode gab, mit ihnen fertig zu werden. Wenn man einfach den Hörer auflegte, ohne ein Wort zu sagen, riefen sie wahrscheinlich später in der Nacht noch einmal an. Sprach man andererseits doch mit ihnen, dann standen die Chancen fünfzig zu fünfzig, daß sie sogleich einen langen, zusammenhanglosen, obszönen Monolog begannen. Es war eine nervenaufreibende Situation für eine alte Frau, die spät in der Nacht völlig allein in ihrem Appartement war.

Miss Fosdyke entschied sich, den Stier bei den Hörnern zu packen.

»Hören Sie«, Emmeline versuchte, ihrer Stimme einen ruhigen Ton zu geben und das Zittern zu verbergen. »Hören Sie, ich weiß nicht, wer Sie sind oder warum Sie anrufen, aber ich denke, ich sollte Ihnen sagen, daß ich ...«

Daß ich was? Ganz allein bin? Siebenundachtzig Jahre alt bin? An Arthritis leide? Die Polizei anrufen werde?

Das wäre ein Witz! Jeder, der schon so lang wie Emmeline Fosdyke in das Schubfach ›alte Jungfer‹ gehörte, wußte zur Genüge, was von offiziellen Stellen zu erwarten war, wenn man sich über Belästigungen beschwerte. Nein, das bloß nicht, niemals wieder.

All ihre Überlegungen erwiesen sich als überflüssig. Die ersten Worte schienen ausgereicht zu haben. Mit einem leisen Klicken wurde der Hörer am anderen Ende aufgelegt. Emmeline lehnte sich mit einem Seufzer der Erleichterung in den Sessel zurück, ein gewisser Stolz erfüllte sie angesichts der vollbrachten Leistung. Seltsam, daß diese Anrufe immer dann kamen, wenn man überhaupt nicht mit ihnen rechnete – spät in der Nacht wie dieser, oder sogar in den frühen Morgenstunden rissen sie einen aus dem tiefsten Schlaf.

Wie damals, vor fünf Jahren – oder waren es sechs? –, als sie mutterseelenallein in der trübseligen Wohnung in der Holloway Road wohnte. Sogar heute noch zitterte sie, wenn sie an diese fürchterliche Nacht dachte und an deren mögliches Ende. Und dann noch einmal, vor ein paar Jahren, als sie gerade in das Ein-Zimmer-Appartement in Wandsworth eingezogen war. Auch dort war, wie hier, das Telefon gerade erst installiert worden ...

Ich habe es ihr ja gesagt. Dieser affektierten, besserwisserischen kleinen Rotznase von Sozialarbeiterin – niemand kann behaupten, daß ich sie nicht gewarnt hätte. Ich habe ihr gesagt, daß ein Telefon gefährlich ist, aber natürlich mußte sie es besser wissen, mit ihrem läppischen Lehrgang, der sie, wie sie glaubt, dazu qualifiziert, von nun an und für immer recht zu haben.

Lehrgang, also wirklich – als ob das Leben nicht eine viel härtere und bessere Schule war als so ein Lehrgang, den sich eine Wohlfahrtsstelle in unendlich langen Sitzungen mit unendlich langem Palaver ausdachte.

Fast schon ein Uhr. Emmeline hatte es immer noch nicht gewagt, sich auszuziehen oder irgendeine andere der gewöhnlichen Vorbereitungen für die Nacht zu treffen. Obwohl schon mehr als eine halbe Stunde seit dem mysteriösen Anruf vergangen war, konnte sie sich noch immer nicht entspannen. Natürlich war es mehr als wahrscheinlich, daß nichts weiter geschehen würde, daß dieser schreckliche Kerl aufgegeben und es anderweitig probiert hatte. Doch sicher war es nicht. Das beste war, auf alles vorbereitet zu sein.

Und so schaltete sie vorsichtshalber das Licht aus, wikkelte sich in eine warme Decke gegen die aufkommende Kühle der Nacht und wartete, hellwach in der samtenen Dunkelheit.

In dem großen Wohnblock war es zu so später Stunde ganz still. Nicht ein Schritt, nicht ein Husten, nicht mal das Quietschen einer Tür war zu hören. Selbst der Hausmeister unten in seinem Zimmer schlief bestimmt schon.

Nie zuvor war Emmeline zu solch einer Stunde wachgelegen, auf jedes Geräusch lauschend. Ihre Gedanken wanderten zu früheren nächtlichen Anrufen, als die Geräusche draußen klarer und lauter geworden waren. Waren sie wieder da?

Emmeline zitterte am ganzen Körper. Diesmal würde sie nicht davonkommen, niemals! Vor zehn Jahren, ja, selbst sogar noch vor fünf, hätte sie wenigstens noch laufen können, wäre in der Lage gewesen, durch die Tür und aus dem Haus fortzurennen, und hätte, wenn es erforderlich gewesen wäre, tage- oder sogar wochenlang fortbleiben können.

Jetzt konnte sie das alles nicht mehr. Diesmal war sie hilflos, wie ein Fisch auf dem Trockenen. Als ihr dieser Gedanke durch den Kopf schoß, drang durch das Summen ihres neuen Hörapparates ein anderes Geräusch: Laut und deutlich hörte sie das scharfe Klicken des Schlosses, als die Türklinke niedergedrückt wurde.

Vorsichtig, geschickt und völlig geräuschlos griff Emmeline Fosdyke in der Dunkelheit nach dem langen, scharfen Schnitzmesser, das immer bereitlag.

Es war eine Schande, wirklich, daß man ihnen das antun mußte, nachdem man so nett am Telefon gewesen war. Nachdem man seinen Namen genannt und den Eindruck erweckt hatte, daß das nervöse, rauhe Flüstern die Stimme eines ängstlichen jungen Mädchens sei. Es war wirklich eine Schande, aber was sollte sie sonst tun?

In der tiefen Dunkelheit, wenn die fremden männlichen Lippen rauh verlangend gegen ihre gepreßt wurden, dann erlebte sie den Augenblick ihres Triumphes, einen seltsamen, wundervollen Moment, der sie glauben ließ, daß der unbekannte, übelriechende Regenmantel eines Fremden tatsächlich die braune Uniform längst vergangener Zeiten wäre; daß die blinden Umarmungen in der Dunkelheit die zärtlichen Berührungen ihres ersten Geliebten wären. In jenen kurzen, unbegreiflichen Sekunden, in denen ein schmieriger, grunzender Fremder sie in seinen Armen hielt, fühlte sie sich wieder jung und verliebt, unter dem tiefblauen Sommerhimmel der Kriegszeit.

In diesen kurzen, verrückten Augenblicken konnte sie es zulassen, daß kräftige männliche Hände in der Dunkelheit mit ihrer Jacke kämpften, die Knöpfe ihrer Bluse öffneten und ihren Weg suchten, immer näher und näher... Es war eine Schande, wirklich eine Schande, daß genau in dem Augenblick, gerade bevor die eifrigen, neugierigen Hände die hängenden leeren Hautsäcke entdecken und dann vor Abscheu zurückprallen würden, genau in diesem Augenblick mußte sie den armen namenlosen Fremden erstechen, wenn möglich direkt ins Herz.

Sie mußte. Es war Notwehr. Selbst das Gesetz würde ihr

zustimmen, wenn sie jemals in die Hände desselben fallen würde.

Sie mußte es tun – mußte sie alle erstechen, rasch und zielsicher, bevor sie die Möglichkeit hatten, zu entdecken, wie alt sie war. Und daß sie nicht mehr zu gebrauchen war.

Etikette

Wann genau ging eigentlich das Gefühl der Beschämung, der bloßen, unterwürfigen Beschämung, in Sorge über? Und die Sorge dann in nackte Angst und in die Ahnung einer nahenden Tragödie?

Agnes drehte die Nachttischlampe ein wenig und beugte sich zu ihrem Mann hinunter, um das unruhige Zucken der geschlossenen Augenlider besser beobachten zu können. Das dämmerig grüne Licht schien die Falten in dem Gesicht, das in die Kissen gesunken war, noch schärfer hervorzuheben, und plötzlich sah er schrecklich alt aus. Aber natürlich kann eine Krankheit, eine ernsthafte Krankheit, die Menschen so verändern, manchmal sogar innerhalb weniger Stunden.

Wie viele Stunden waren denn schon vergangen? Sie schaute auf Lady Olivias Wecker – es war nämlich das Schlafzimmer ihrer Gastgeberin, in das Bert getragen worden war nach dem gedämpften Tumult wohlerzogener Bestürzung, als er am Tisch, gerade als die Kalbsmedaillons aufgetragen wurden, einen Zusammenbruch erlitten hatte. Agnes schaute auf den Wecker und konnte kaum glauben, daß es tatsächlich erst kurz nach neun war. Weniger als eine Stunde war vergangen, seit Bert mit einem Glas Weißwein in der Hand mitten im Satz einer amüsanten Geschichte, die er seiner Tischnachbarin, der Frau eines hiesigen Parlamentsabgeordneten, erzählte, langsam seitwärts aus seinem Stuhl glitt und auf den Boden krachte, wobei er einen großen Streifen des glänzenden Tischtuches mit sich riß. Mit dem fürchterlichen Lärm von zersplitterndem georgischen Porzellan und kostbaren Gläsern verschwand er mit zuckenden Gliedern in dem Durcheinander auf dem Teppich.

Wie konnte er nur? Das war, mußte sie zu ihrer Schande gestehen, ihre erste, ganz spontane Reaktion auf diese Katastrophe gewesen. Wie konnte er nur! Und das vor all diesen wichtigen Leuten! Lady Olivias antikes Service, ihre wertvollen Gläser! Wut, eine rasende, seit Jahrzehnten aufgestaute Wut, erfaßte Agnes in diesen lautlosen Sekunden des Skandals, bevor die Aufregung einsetzte. Die wütende, ohnmächtige Wut einer Frau, die von ihrem Mann bis auf die Knochen blamiert worden ist, der sie vor aller Welt auf absolut unverzeihliche Weise gedemütigt hatte, sich selbst demütigte – vor den Augen der Freunde.

Nein, nicht Freunde; Freunde könnten so etwas vielleicht verzeihen, nach ein oder zwei Wochen sogar darüber lachen. »Weißt du noch, diese schreckliche Nacht, als der gute alte Bert . . . ?« Aber Lady Olivia und ihre illustren Gäste waren keine Freunde, nicht in diesem Sinne. Sie waren alle viel zu wichtig und viel zu reich, um Freunde zu sein. All diese unglaublich erfolgreichen Männer und diese aufrechten, mit Diamanten behängten Frauen waren nicht *Freunde*, sondern Menschen, deren Wohlwollen man zu gewinnen suchte, deren Entgegenkommen so wichtig war: Industriemagnaten, Diplomaten, Fernsehstars. Es hätte einfach nicht schlimmer kommen können.

Selbstverständlich würden alle annehmen, Bert sei betrunken gewesen. Agnes selbst glaubte es ja auch. All diese Whiskys vor dem Essen und dazu diese leisetreterischen Kellner, die die ganze Zeit den Tisch umkreisten und das Glas ihres Mannes immer und immer wieder füllten . . .

Agnes kannte seine Schwäche, besonders in Streßsituationen. Jeden Schluck, den er zu sich nahm, hatte sie registriert, jedes Glas, das er seit Betreten des Hauses geleert hatte, gezählt. Noch bevor sie in den großen Speisesaal defilierten, waren ihre Nerven zum Zerreißen gespannt, nur seinetwegen. Und als dann endlich der Zusammenbruch kam, begleitet vom gespenstischen Glitzern des rutschenden Silbers und der kostbaren Gläser, begann sie, noch ehe sie es richtig begriff, zu beten: Bitte, lieber Gott, laß ihn tot sein; bitte, lieber Gott, mach, daß er nicht einfach nur betrunken ist! Am Tisch einer vornehmen Gesellschaft zu sterben war verzeihlich, alle anderen Gründe nicht.

Er war nicht tot, natürlich nicht! Trotzdem benahmen sich alle wunderbar, wie es in einem solchen Haus eigentlich zu erwarten war. Ohne ihrem zerbrochenen Geschirr und den zersplitterten Gläsern auch nur einen einzigen Blick zu schenken, beruhigte Lady Olivia ihre Gäste, veranlaßte, daß das Opfer vorsichtig und auf der Stelle nach oben in ihre Schlafräume gebracht wurde, und rief sogar selbst den Arzt an.

»Ganz plötzlich krank geworden«, beschrieb sie mit besorgtem Ton den Vorfall. Ihre Stimme war klar und deutlich durch die großen Türen zum Speisesaal zu hören. Nicht ein einziges Wort oder der Tonfall verrieten, daß ihr klar war, daß der Patient einfach umgekippt war.

Das war *conduite*! Beschämt schlich Agnes hinter ihrem bloßgestellten, ohnmächtigen Ehemann die Treppe hinauf und fühlte, wie Dankbarkeit in ihr aufstieg. Obwohl sie bei dem Gedanken daran, was Lady Olivia jetzt wohl wirklich dachte, vor lauter Scham am liebsten in den Erdboden versunken wäre, war es doch eine große Erleichterung, daß sie sich auf Lady Olivias Verschwiegenheit verlassen konnte.

Wollte sie einen Brandy oder den Imbiß, der auf einem

Tablett hochgeschickt worden war, oder lieber die Tasse Tee? Agnes schüttelte verneinend ihren Kopf, immer noch sprachlos vor Scham. Dann schwebte Lady Olivia, die ihren Pflichten als Gastgeberin ihren beiden, mit Schande überhäuften Gästen gegenüber korrekt, ja sogar zuvorkommend nachgekommen war, aus dem Zimmer.

Welch eine Haltung! Welch ein *savoir faire*! Agnes, die schuldbewußt am Bett ihres Mannes kauerte, fühlte unfreiwillige Bewunderung in sich aufsteigen. Bis zu diesem Zeitpunkt wird das Chaos unauffällig beseitigt worden und die Gesellschaft wieder voll im Schwung sein, dank Lady Olivia, der es mit Leichtigkeit gelang, daß sich ihre Gäste gleich wieder wohlfühlten, als sei überhaupt nichts geschehen.

Das ist echter Adel, dachte Agnes mit einem schiefen Lächeln. Seit Jahrhunderten steckt es ihnen im Blut, diese absolut zuverlässige Geistesgegenwart, diese unerschütterliche Fassade, die einfach allem standhält. Armer Bert, mit all seinen verzweifelten Anstrengungen, die soziale Leiter hochzukommen; er wird es nie schaffen, niemals! Dafür benötigte man tausend Jahre, und Bert, mit seinen dreiundvierzig, kämpfte erst seit zehn Jahren darum.

Man brauchte ihn nur anzuschauen! Er wußte ja noch nicht einmal, wieviel er vertrug, ganz zu schweigen von den anderen, anspruchsvolleren Disziplinen der Selbstbeherrschung!

Erst in diesem Augenblick, als Agnes in das ruhige Gesicht ihres Mannes blickte, auf das der grüne Schatten der Nachttischlampe fiel, ergriff sie eine schreckliche Ahnung.

Dies sah überhaupt nicht nach einem Rausch aus – zumindest nicht nach der Art Rausch, an den sie sich im Laufe der Jahre gewöhnt hatte. Wo war der Schluckauf, das schwere röchelnde Atmen, das Erbrechen über anderer Leute Teppiche? Die grausamen, unerträglichen Demütigungen der Vergangenheit wurden wieder wach – aber plötzlich schienen sie nur noch wie kleine, unbedeutende Nadelstiche angesichts der neuen, unbekannten Furcht, die sie nun erfaßt hatte. Jetzt hätte sie alles gegeben für eines dieser ekelerregenden Anzeichen; wie gerne wäre sie jetzt, in diesem Augenblick, in der altvertrauten Panik zum Waschbecken geeilt, um mit einem feuchten Handtuch Lady Olivias wertvollen Bettüberwurf zu retten.

Aber dazu gab es keine Veranlassung, diesmal nicht. Inzwischen schien dieses Stadium schon hinter ihm zu liegen. In dem grünlichen Licht der Lampe betrachtete sie noch einmal das Gesicht ihres Mannes. Es erschien wächsern und starr. Selbst das Zittern der Lider hatte aufgehört; er lag da wie tot, nur das schwache Auf und Ab der Bettdecke verriet, daß er überhaupt noch atmete. Aber er atmete zu schnell und unregelmäßig, als ob Lungen und Herz aus dem Rhythmus gekommen wären.

Verzweifelt wünschte sie den Arzt herbei. Durfte sie deswegen Aufsehen erregen? Die Glocke am Kopf des Bettes läuten und jemanden belästigen? Durfte man nach den Bediensteten der Gastgeberin klingeln? War das erlaubt, wenn jemand im Sterben lag?

Sie drehte die Lampe wieder weg, lehnte sich über Bert und versuchte noch einmal, ihn aufzuwecken.

»Bert!« rief sie ziemlich laut, »Bert, wach auf! Alles ist in Ordnung, alles wird gut! Lady Olivia ist nicht böse auf dich, sie –«

Aber es war sinnlos. Sie schüttelte ihn, rief ihm laut ins Ohr, aber es kam kein betrunkenes, unverständliches Gemurmel als Antwort, kein unbeholfenes Umhertasten beinahe gefühlloser Hände. Die Hand, die sie in ihren Händen hielt, war weich und kühl und erinnerte sie an Lilien und an die unmittelbare Nähe des Todes.

Sterben! Wie konnte so etwas nur möglich sein? Bert und Sterben! Der habsüchtige, rücksichtslose Draufgänger Bert. Unmöglich. Sterben, das paßte einfach nicht zu ihm.

Wann kam denn endlich der Arzt? Eine Stunde war schon vergangen, seit er angerufen wurde – er mußte doch wissen, daß es sich um einen Notfall handelte. Ein Mann von dreiundvierzig, der plötzlich einen Kollaps hatte – das kann alle möglichen Gründe haben.

Herzinfarkt? Schlaganfall? In Gedanken stöberte sie in ihrem spärlichen medizinischen Wissen und versuchte, die letzten Minuten vor der Katastrophe zu rekonstruieren. Hatte Bert irgendwie komisch ausgesehen? Krank? Hatte er sich seltsam benommen? Beim Empfang im Salon hatte er sehr nervös und unruhig gewirkt.

Von ihrem Beobachtungsposten am hinteren Ende des Zimmers hatte Agnes sehen können, wie er mit einem schlanken, hochnäsig wirkenden Mann, einem Fernsehstar, wie sie später erfuhr, eine heftige Auseinandersetzung hatte, in der er den kürzeren gezogen haben mußte. Nicht, daß sie aus der Entfernung gehört hätte, worüber sie gesprochen hatten, aber daran, wie Bert die Nase plötzlich hoch trug, und an der arroganten Gestik, mit der er sein leeres Glas einem vorbeikommenden Kellner zurückgab, hatte sie erkannt, daß der andere ihn ausgestochen haben mußte.

Aber nicht krank, nein. Er war einfach ins Abseits geraten, hatte in dieser Gesellschaft den Boden unter den Füßen verloren und war zu stolz, es sich einzugestehen.

Und bei Tisch? Oder besser während der Vorspeisengänge des so abrupt beendeten Mahles, dessen Fortsetzung weder sie noch er genießen konnte? Vom Kopf des riesigen Mahagonitisches aus hatte sie als besorgte Ehefrau beobachten können, wie er eine Unterhaltung mit Mrs. Beltraves begann, der Frau des konservativen Parlamentsabgeordneten. Wie üblich gab er an, erzählte, wie er seinen Einfluß geltend gemacht hatte, um den Plan des Stadtrates zu vereiteln, direkt neben dem Künstlerzentrum eine Anstalt für jugendliche Strafgefangene zu bauen. Ob er wirklich mit Sicherheit wußte, daß dies ein Projekt der Labour-Party und nicht der Konservativen gewesen war? Nicht, daß das auch nur das Geringste ausgemacht hätte. Mrs. Beltraves' eingefrorener Gesichtsausdruck zeigte mehr als deutlich, daß sie die politischen Angelegenheiten im Wahlkreis ihres Mannes zu Tode langweilten.

Zumindest aß Bert etwas – das wird die zahlreichen Whiskys neutralisieren, hatte sie zufrieden überlegt und weiter beobachtet, wie er einen übervollen Teller verschiedener *Horsd'œuvres* in sich reinstopfte. Gänseleberpastete, Austern in Aspik, Garnelenspieße; war es nicht ein *Fauxpas*, solche Unmengen zu vertilgen, als hätte er seit einer Woche nichts mehr zu essen bekommen?

Aber jetzt, als Agnes neben ihm auf der Bettkante kauerte und die Aufregung und Sorge immer größer wurde, verschwendete sie keine weiteren Gedanken an die Etikette. Völlig anders geartete, unheilvollere Vorstellungen nahmen langsam von ihr Besitz.

Gänseleberpastete! Von Gänseleberpastete konnte man eine Lebensmittelvergiftung bekommen. Und von Schalentieren ebenfalls. Sie hatte davon gehört, daß man bei Lebensmittelvergiftungen so urplötzlich zusammenbrechen konnte, obwohl die Krankheit normalerweise erst eine

Stunde nach dem Genuß der verdorbenen Nahrung ausbrach. Andererseits, wenn es eine Lebensmittelvergiftung war, müßten auch die anderen Gäste betroffen sein. Die Möglichkeit, daß nur Bert...

Möglichkeit? Erst jetzt wurde Agnes klar, in welche Richtung ihre besorgten Gedanken wanderten. Sie fühlte, wie ein heftiges Schütteln sie ergriff, Schweiß lief ihr über die Stirn, ihr Magen schien sich umzudrehen.

Mord! Absichtlich verabreichtes Gift! Eine vergiftete Portion der Gänseleberpastete – oder sind es die Austern gewesen? Alles auf diesem verschwenderisch gedeckten Tisch, der unter der Last der exotischen, unbekannten Dinge zu ächzen schien, könnte es gewesen sein. Und Bert, der arme, leichtgläubige Bert, der in all seiner Überheblichkeit auch nicht besser als sie selbst wußte, wie diese Dinge schmecken *sollten*, der arme Bert (und sie konnte es ihm nachfühlen, weil sie es genauso gemacht hätte), hatte *alles* geschluckt, ungeachtet dessen, wie bitter oder ungenießbar es war. Niemals hätte er erkennen lassen, daß all diese Delikatessen etwas Unbekanntes für ihn waren.

Und wenn jemand, der ihn und diese heimliche Bildungslücke kannte und seinen Stolz richtig einzuschätzen wußte, von diesem Wissen profitiert hatte? Aber wer? Wer aus dieser illustren Gesellschaft könnte Berts Feind sein?

Die meisten von ihnen – war die Antwort. Ein Mann wie Bert, der sich rücksichtslos seinen Weg an die Spitze erkämpft hatte, der alles, was ihm im Wege stand, beiseite fegte – solch ein Mann machte sich Feinde. Ist er irgendwann einmal zu rücksichtslos gewesen? Hatte blind auf jemandes Gefühlen herumgetrampelt, ohne zu wissen, wie sehr er dabei verletzte? Hatte er irgend jemanden zu solch vergeltungssüchtigem Haß aufgestachelt? War dies am Ende das, was Bert sich mit all seinen Kämpfen, seinen Bemühungen um Aufstieg und Anerkennung, seiner egoistischen Selbstverherrlichung erreicht hatte? Mord, Tod durch Vergiften?

Der bloße Gedanke verschlug Agnes den Atem. Ihr Kopf drehte sich, das Herz schlug ihr im Halse. Solch eine Kaltblütigkeit! Diese fürchterlich unverfrorene Einfachheit der Methode! Ein wenig pharmazeutische Kenntnisse, ein kleiner Einblick in Berts Prahlerei und seine zweifelhafte Selbsttäuschung, wenige Sekunden allein im Speisesaal, und die Sache war gelaufen. Man würde es auf versehentlich verdorbene Speisen zurückführen, das war so gut wie sicher.

Besonders dann natürlich, wenn es zwei der Gäste getroffen hatte, wovon einer das Glück hatte, durchzukommen. Als Agnes mit dröhnendem Kopf auf ihrem Stuhl zusammensank und schließlich bewußtlos auf den Boden rutschte, glitt Bert flink unter seiner Decke hervor und eilte an ihre Seite.

In dem sorgfältig ausgewählten grünen Licht wirkte ihr Gesicht tödlich blaß, so wie seines vorher; aber diesmal wurde diese Illusion sehr schnell Wirklichkeit. Eine Weile, vielleicht eine halbe Stunde lang, fühlte er ihren Puls, der immer schwächer wurde. Seine Ohren lauschten dem angestrengten, unregelmäßig rasselnden Atmen. Als beides endlich aussetzte, erhob er sich und lief leise über den Flur zu dem oberen Absatz der großen, gewundenen Treppe.

Halbwegs verdeckt durch das eichene Treppengeländer, spähte er nach unten. Lady Olivia führte gerade ihre Gäste aus dem Speisesaal in den großen Salon. Als es ihr gelang, unbemerkt einen raschen Blick nach oben zu werfen, zeigte er ihr das Siegerzeichen, den erhobenen Daumen.

Es war gelaufen, wie im Traum.

Probe aufs Exempel

Schon wieder hatte er alles verdorben. »Du hast sie doch genommen, Liebling?« flüsterte er fragend. »Du hast es nicht vergessen? Du bist dir doch sicher?«

Natürlich wußte sie es genau. Wie sollte es möglich sein, daß eine Frau nicht wußte, ob sie ihrer Pflicht, die sie von ganzem Herzen verabscheute und gegen die sich ihr ganzes inneres Wesen sträubte, nachgekommen war – der täglichen Einnahme der Pille.

Sechs – nein, fast sieben Jahre waren es nun schon her, als Bernhard so vernünftig und liebevoll seine Bedingungen dargelegt hatte.

»Wir werden uns nicht anketten lassen, nicht wahr, Liebling?« Und dabei hatte er sie in der Dämmerung eines Sommerabends, eine oder zwei Wochen vor ihrer Hochzeit, an sich gezogen. »Ein paar Jahre wollen wir ganz für uns bleiben, nur wir zwei, so wie jetzt, meinst du nicht auch, Christina?«

Und natürlich stimmte sie ihm zu, denn wenn seine Lippen die ihren berührten, war in ihrem Kopf kein Raum mehr für Gedanken. Ihr Körper erbebte in seinen Armen, und es schien nichts mehr zu geben, was noch hinzugefügt werden müßte.

»Ja, Liebling ... natürlich! Das wird schön, nur wir beide, allein ...«

Sie war aber nicht ehrlich gewesen. Schon damals hatte sie gewußt, daß sie das nicht wollte. Aber irgendwie schien es in der bezaubernden, lauen Sommernacht nicht so wichtig.

Es war doch nur eine kleine Lüge, eine kleine Lüge aus Liebe, nur ein weiteres freundliches Geräusch der Welt, die in die Nacht überging; so natürlich wie das leise Flattern der erwachenden Nachtfalter; so natürlich wie das leise Zwitschern der Vögel, die sich in den Zweigen der großen, alten Ulme in Vaters Garten zur Nachtruhe einfanden. Nur eine Lüge, eine winzig kleine Lüge; noch dazu eine ganz private, die niemanden auf der ganzen Welt etwas anging, außer sie selbst und Bernhard natürlich. Die Möglichkeit, daß solch eine private Lüge eines Tages der Grund dafür sein könnte, daß die Polizei um Mitternacht an ihre Haustür klopfen und ihr Foto auf der Titelseite aller Zeitungen des Landes prangen könnte, diese Möglichkeit hatte sie wohl kaum in ihren Überlegungen berücksichtigen können.

Daß ihr später einmal eventuell irgend etwas Unangenehmes aus dieser sorglosen Unaufrichtigkeit erwachsen könnte, damit hätte sie eigentlich rechnen müssen, aber das war ihr nicht in den Sinn gekommen. Sie hatte überhaupt nicht an die Zukunft gedacht. Und warum sollte sie auch? Wenn man sich so glücklich fühlt, ist die Zukunft nicht mehr als ein unwichtiges Ärgernis, das man problemlos ignorieren kann. Wer wirklich liebt, beansprucht das Hier und Jetzt als sein rechtmäßiges Erbe.

Die Zukunft ist für andere.

Aber jetzt war die Zukunft da. Sie hatte sie eingeholt, wie andere auch, als sie gerade wegschaute, waren sieben Jahre vergangen. Sieben Jahre der Ehe sind vorbeigezogen, sieben der wenigen fruchtbaren Jahre einer Frau, die so kostbar sind und nie wiederkehren. Sie war der Zeit schon sieben Jahre näher gerückt, in der die Schwangerschaft für eine Frau immer unwahrscheinlicher, mehr und mehr zu einem

Zufall wird. Erst vor einer oder zwei Wochen hatte sie in einer Zeitschrift gelesen, daß sie schon jetzt das optimale Alter für eine Schwangerschaft überschritten hatte und als ›Ältere Primipara‹ klassifiziert werden würde – ein schrecklicher Fachausdruck für Frauen, die älter sind als fünfundzwanzig, wenn sie ihr erstes Baby bekommen. Älter als fünfundzwanzig! Und da war Christina, die bald dreiunddreißig Jahre alt wurde – ›Senile Primipara‹ würden sie das dann wohl nennen.

Während Bernhard tief und friedlich neben ihr schlief, lag Christina in der Dunkelheit wach und sann verdrießlich darüber nach, ob es nicht auch anders hätte kommen können. Wenn sie in der Vergangenheit klüger und geschickter taktiert hätte, vielleicht wäre es ihr dann doch gelungen, Bernhard zu ändern – so zu ändern, wie sie es immer heimlich gehofft hatte. Ihn ändern in die Sorte Mann, der zur Ruhe kommt und sich auf die Verantwortung der Vaterschaft freut, der gerne die Verpflichtungen, die Ungewißheiten, die Jahrzehnte der Kosten und der Sorge auf sich nimmt... in die Sorte Mann, die andere Mädchen offensichtlich problemlos fanden und heirateten.

Hätte sich Bernhard so verändern können? Wenn sie vielleicht mehr herumgenörgelt hätte? Oder weniger? Oder wenn sie nicht ganz so offensichtlich von den Babys ihrer Freunde geschwärmt hätte, nicht so häufig Patenschaften übernommen hätte und ganz allgemein weniger deutlich in ihren Anspielungen und der Hervorhebung ihrer mütterlichen Sehnsüchte gewesen wäre?

Oder wenn sie von Anfang an offen mit ihm darüber diskutiert und ihm ihren Standpunkt von vorneherein ehrlich dargelegt hätte? Wenn sie es nicht zugelassen hätte, daß ihr der Zauber einer Sommernacht jedes Denkvermögen raubte und sie zu Versprechungen verführte, die sie unmöglich einhalten konnte? Aber dann hätte sie ihn natürlich verloren.

Oder vielleicht doch nicht? Ruhelos wälzte sich Christina in ihren Kissen und versuchte, sich an die ergebnislosen Diskussionen zu erinnern, die sie in den ersten Tagen ihrer Ehe, vom Zaun zu brechen gewagt hatte. Zu einer Zeit, als sie ihr Glück selbst noch kaum fassen konnte und ihre einzige Sorge war, daß irgend etwas die glückselige Harmonie ihrer Tage stören könnte.

Wie ein Streit zum Beispiel.

So bewegte sie sich also vorsichtig, näherte sich dem Thema der Elternschaft auf Umwegen und mit unendlicher Geschicklichkeit: »Jetzt, wo du diese tolle Gehaltserhöhung bekommen hast, Liebling, könnten wir doch, wenn es unbedingt erforderlich wäre, ohne meinen Verdienst auskommen ...?«

Normalerweise begegnete er solchen Andeutungen mit typisch männlichem Einfühlungsvermögen; er begriff einfach nicht, worauf sie hinauswollte, und listete als Antwort auf der Rückseite eines alten Briefumschlages die harten finanziellen Tatsachen auf, die ihr schöner weiblicher Kopf offensichtlich zu berücksichtigen vergessen hatte. »Siehst du, Liebling, überhaupt keine Chance, wie wir das schaffen sollten. Es wäre verrückt. Außerdem liebst du doch deinen Beruf, du bist wirklich Spitze darin – die cleverste kleine Werbetexterin der ganzen Stadt, wie man so hört.« So brachte er mit einem dicken Kuß und einem Haufen Komplimente die unbefriedigende und ergebnislose Diskussion zu einem Ende.

Und wenn, wie es hin und wieder doch geschah, er ihre

Andeutungen verstand, führte er sofort seine Schwester Rose als abschreckendes Beispiel an: »Schau dir doch nur einmal an, was sie für ein Leben hat!« gab er ihr dann zu bedenken. »Ja, Liebling, ich weiß, daß du sie seit unserer Hochzeit nicht mehr gesehen hast, aber das ist ja der springende Punkt! *Darum* hast du sie nicht mehr gesehen. Sie sieht niemanden mehr, weil sie das Baby füttern muß oder weil Charly Asthma hat oder weil Trudi in der Schule Theater spielt oder sonst irgend etwas ansteht. Außerdem ist sie immer zu müde oder der ganze Haushalt völlig durcheinander oder etwas anderes in dieser Richtung! Nein, meine Liebe, meine Frau ist zu solch einem Leben nicht verdammt, meine Frau soll Spaß haben. Wir genießen unser Leben, Liebling! Wir werden reisen, eine super Wohnung haben, tolle Parties geben, viele aufregende und interessante Leute kennenlernen...«

Und genau so kam es, als die Jahre vergingen. Sie machten tolle Reisen. Beide verdienten in ihren jeweiligen Berufen gut, und so konnten sie sich eine wunderschöne Wohnung leisten, in der sie tolle Parties gaben. Und was die interessanten und aufregenden Leute betraf – nun ja, Christina vergrub ihr Gesicht in das Kissen und versuchte, jetzt, in den trübseligen, frühen Morgenstunden, nicht daran zu denken. Zumindest nicht an die interessanten, aufregenden Frauen: berückend schöne Frauen mit einzigartigen Karrieren und einzigartigem Sexleben; Frauen, die geistreich, gebildet und selbstsicher waren; Frauen, die überhaupt niemals an Babys dachten und die Bernhard mühelos das Leben bieten konnten, das er sich wünschte.

»Eifersüchtiges, engstirniges Zankweib!« so hatte Bernhard sie in einer der Auseinandersetzungen angegiftet, die in letzter Zeit so häufig aufflammten und immer verletzender und unerbittlicher wurden. »Nur weil ich Marcia nach Hause gebracht habe und dann noch auf ein Glas mit hineingegangen bin! Was hätte ich denn sonst machen sollen? Schließlich war ich der Gastgeber! Um diese Zeit fahren weder Bus noch Bahn. Sie hat doch kein Auto mehr! Und das bloß, weil dieser Schuft von Ehemann bei der Scheidung das Auto und das halbe Haus für sich beansprucht hat! Darüber haben wir uns unterhalten! Sie hat es in der letzten Zeit nicht leicht gehabt, und ich verstehe nicht, warum du wegen ihr so bösartig bist. Was sie braucht, ist ein wenig Mitgefühl, Verständnis ...«

Mitgefühl! Verständnis! Tränen der Wut und der lang aufgestauten Frustration liefen Christina die Wangen hinunter. »Und was ist mit dem Mitgefühl und Verständnis für mich? Wie wäre es mal damit, sich in eine Frau hineinzuversetzen, deren Ehemann kein Baby will, weil er es für wichtiger hält, daß sie sein aufregendes Leben teilt, und der dann Nacht für Nacht mit anderen Frauen loszieht und erst um zwei Uhr morgens wieder nach Hause kommt ...?«

Das war natürlich arg übertrieben, typisch für Anschuldigungen, die in Wut vorgebracht werden; darüber hinaus hätte sie kaum einen schlechteren Augenblick wählen können für das heikle Thema, das seit langem zwischen ihnen stand.

Bernhard hörte schlagartig auf zu schreien. Seine Stimme wurde ganz ruhig.

»Ein Baby! Das ist das einzige, woran du jemals denkst! Du bist ja schon besessen von dem Gedanken. Das ist das einzige, was dich noch interessiert. Wenn du auch nur einmal, nur einen Moment lang an mich gedacht hättest, an meine Gefühle! Wenn du mal probiert hättest, mich zu verstehen, statt der ewigen Versuche, mich zu ändern!« Bevor Christina auch nur protestieren oder ihre verletzenden Äußerungen zurücknehmen konnte, warf er die Tür der Wohnung hinter sich zu und verschwand in der Winternacht. Sie hörte, wie die Haustür zufiel, wie er den Wagen anließ, und bei diesem Geräusch warf sie sich, noch immer in ihrem neuen, glitzernden Partykleid, auf das Bett und weinte sich in den Morgen.

Am Morgen kam Bernhard natürlich zurück. Er konnte ja auch kaum unrasiert und im zerknitterten Abendanzug zur Arbeit gehen. Christina beobachtete ihn aufmerksam, aber ohne jeden Versuch der Versöhnung. Beide sprachen kein Wort, und so gingen sie dann, noch immer wortlos, zur Arbeit.

Natürlich hielt dieser Zustand nicht an. Sie hatten auch davor schon genauso schlimme Auseinandersetzungen gehabt – nun ja, zumindest ähnlich schlimme –, und immer waren sie nach ein paar Tagen, höchstens nach einer Woche, vorbei. Ihre Strategie – und alle Ehepaare haben eine eigene Strategie des Streitens, die über die Jahre immer weiter perfektioniert wird –, Bernhards und Christinas Strategie war einfach die, nach einer gewissen Zeit so zu tun, als sei überhaupt nichts passiert. Sie räumten sich einige Stunden oder auch einen Tag der stummen Feindschaft ein, in der niemand ein Wort sprach; und dann, als sei eine Uhr abgelaufen, die nur sie selbst wahrnehmen konnten, begannen sie plötzlich wieder, sich miteinander zu unterhalten. Eine ziemlich gestelzte Unterhaltung zu Anfang, Small talk und sorgfältig ausgewählte, triviale Themen; aber nach und nach, spätestens nach einer Woche, ging dies wieder in ganz normale Gespräche über, und der Streit war vorüber. Es war keine schlechte Strategie, sie funktionierte.

Der große Nachteil war, so wurde Christina im Laufe einer dieser unerquicklichen Tage der emotionalen Genesung klar, der große Nachteil war, daß auf diesem Wege niemals ein Problem gelöst wurde. Sie diskutierten nie über den Streitpunkt. Da lag er, wie eine vernachlässigte Topfpflanze, die weder gegossen noch gedüngt wurde; schließlich ging sie auf Grund der Vernachlässigung ein und wurde dann in den Abfall geworfen, ohne daß ihr jemand nachtrauerte.

Aber nichts geriet in Vergessenheit. Zumindest nicht bei Christina. Und diesmal begann ihr zu dämmern, daß langsam, aber sicher zu viele dieser Auseinandersetzungen auf solche Weise in die Tiefen ihres Gedächtnisses verbannt wurden. Durch die heimliche Ansammlung erreichte sie nichts. Sie glaubte nicht mehr daran, daß die wiederholten Streitereien, die immer notwendiger erschienen und intensiver wurden, eines Tages eine Meinungsänderung herbeiführen könnten.

Statt dessen schien das Gegenteil Wirklichkeit zu werden. Mit jeder Auseinandersetzung, die folgte – und die wegen Marcia war nur die neueste von vielen in der letzten Zeit –, verhärtete sich Bernhard in seiner Haltung; sein Widerstand gegen die Gründung einer Familie wuchs ins Unendliche. Christina machte alles nur schlimmer, und sie wußte, daß es so war, jedesmal, wenn sie das verbotene Thema ansprach.

Sie mußte damit aufhören. Auf der Stelle. Es mußte auch anders gehen.

Wenn sie zum Beispiel (im stillen natürlich, nur für sich selbst) eine totale Amnesie vorgeben würde. Wenn sie ab sofort nie wieder das Wort ›Baby‹ über ihre Lippen kommen lassen würde, Monat um Monat um Monat.

Tatsächlich waren dann beinahe auf den Tag genau drei Monate vergangen, als dieser Vorsatz gebrochen wurde. Und die Umstände, wie das geschah, waren derart, daß nicht einmal ihre schlimmsten Ahnungen sie auf so etwas vorbereitet hatten.

Gleich von Anfang an war es ein schlechter Tag, ein grauer, unerbittlicher Februarmorgen, an dem der Regen gegen die Fenster schlug. Nach einer Nacht unruhiger Träume, verbunden mit häufigem, erschrecktem Aufwachen, weil der Wind an der Fassade des Hauses rüttelte, war Christina erst im Morgengrauen richtig fest eingeschlafen und hatte den Wecker nicht gehört. Sie hetzte in die Küche, stellte schnell so etwas wie ein Notfrühstück zusammen und versuchte gleichzeitig, ihr Gesicht herzurichten. Als das Telefon auch noch klingelte, war das Maß voll. Sie nahm einfach den Hörer ab und warf ihn wieder zurück auf die Gabel. Geschieht ihnen gerade recht.

Bernhard war ebenfalls nicht besserer Laune. »Es hätte was Wichtiges sein können«, schimpfte er und warf die Morgenpost in seinen Aktenkoffer. »Ja, es könnte wichtig gewesen sein«, giftete sie gleichermaßen freundlich zurück. »Darum bin ich ja nicht drangegangen. Wichtige Dinge brauchen nämlich Zeit, und die habe ich gerade nicht. Du kannst ja abheben, wenn du dir solche Sorgen machst.«

Aber als es dann wieder klingelte, war er schon aus dem Haus, und Christina eine Minute später ebenfalls. Sie rannte durch den Platzregen, um ihren Zug noch zu erwischen.

Aber natürlich verpaßte sie ihn. Und die Busfahrer

machten gerade einen Bummelstreik, so daß es schließlich, als sie naß und verfroren im Büro ankam, schon sehr, sehr spät war. Darüber hinaus war eine Schreibkraft krank, und Christina war gezwungen, den größten Teil ihrer Briefe selbst zu schreiben. Am Nachmittag mußte sie dann einsehen, daß sie niemals bis um fünf Uhr fertig werden würde. Also rief sie Bernhard an, um ihm zu sagen, daß sie erst später nach Hause kommen würde und er mit dem Essen, das fertig auf dem Ofen stand, besser nicht auf sie warten sollte.

Es deprimierte sie ein wenig, wie er diese Neuigkeit aufnahm. Er war so kalt, so teilnahmslos, als ob es ihm egal sei, ob sie nun rechtzeitig zu Hause war, um mit ihm gemeinsam zu essen, oder ob er die Mahlzeit allein einnehmen mußte. Früher hätte er deswegen einen kleinen Aufstand veranstaltet.

Es war nach acht, als Christina endlich die Bürotür hinter sich abschloß und in die kalte Februarnacht hinausging. Um diese Zeit fuhr der Bus, den sie normalerweise nahm, nicht mehr (wie sie erst nach einer langen, eiskalten Wartezeit an der Haltestelle entdeckte). Es blieb ihr nichts anderes übrig, als mit der U-Bahn zu fahren; es war eine miserable Strecke, ein langer Umweg, der schließlich darin gipfelte, daß sie von der Station bis nach Hause einen langen, steilen Berg hochlaufen mußte. Als sie endlich ihre Wohnung erreicht hatte, dachte sie nur noch an ein heißes Bad und ihr Bett. Während sie den Schlüssel ins Schloß steckte, fiel ihr auf, daß von innen keine Geräusche zu hören waren. Sie hatte doch erwartet, daß er sie wenigstens begrüßte, wenn sie nach Hause kam; er war da, denn in der Küche und dem Wohnzimmer brannte Licht.

»Bernhard?« rief sie versuchsweise, aber es kam keine

Antwort. Sie zog ihren Mantel aus, hängte ihn auf und ging dann in das hellerleuchtete Wohnzimmer.

Dort, in einem der großen Sessel, in *ihrem* Sessel, saß eine fremde Frau. Nein, nicht fremd – die blondgefärbte, turmähnliche Frisur, diese großen Augen voller Selbstmitleid kamen ihr trotz der zahlreichen Wochen, die dazwischenlagen, sehr bekannt vor.

Ja, es war Marcia. Die Frau von der Party damals. Die geschiedene Frau; die, die Bernhard nach Hause gefahren hatte und die der Anlaß zu diesem schrecklichen Streit gewesen war... Nun saß sie da, in Christinas Lieblingssessel; eine große Einkaufstasche stand auf dem Boden an ihrer Seite, so als ob sie hier zu Hause wäre.

Die bodenlose Frechheit verschlug Christina einfach die Sprache. Sie fühlte nicht einmal Wut in sich aufsteigen, so unfaßbar war diese Situation. Darum also hatte es Bernhard nichts ausgemacht, daß sie erst spät nach Hause kam. Er hatte sich darüber gefreut, es als eine vom Himmel geschickte Möglichkeit betrachtet, diese, diese... Person einzuladen!

Und erst jetzt, als Christina sich die Besucherin genauer ansah, erst jetzt bemerkte sie, daß die Frau weinte. Hilflos, hoffnungslos weinte. Die Tränen strömten unaufhaltsam die Wangen hinunter.

Was sagt man zur Geliebten des Ehemannes (zumindest hielt Christina sie dafür), wenn man sie im eigenen Wohnzimmer antrifft, wo sie sich die Augen ausweint? Dafür hält selbst der Knigge nichts Passendes parat.

»Was ist denn los?« Sie tat ihr Bestes, fühlte weder Wut noch Mitleid, nur eine Art verblüffter Verlegenheit.

»Was...?«

Die junge Frau wirkte nun älter als damals auf der Party.

Jetzt, da ihr Make-up von den Tränen völlig ruiniert war und ihr Gesicht so verstört aussah, konnte man deutlich erkennen, daß sie gut dreißig Jahre alt war. Sie blickte beschämt bittend zu Christina auf.

»Es … es tut mir leid!« schluchzte sie. »Wirklich, es tut mir schrecklich leid, ich weiß gar nicht, was ich sagen soll.«

Christina wußte auch nicht, was sie sagen sollte, obwohl die Geschichte ganz einfach war und so uralt wie die Welt. Jawohl, Marcia war schwanger. Jawohl, Bernhard war der Vater. Jawohl, sie hatte schon vorher versucht, es ihm zu sagen, aber er hat sich so seltsam benommen. Heute morgen hatte er den Telefonhörer einfach wieder aufgelegt.

»Also mußte ich kommen«, weinte sie. »Ich weiß, es ist schrecklich, in deiner eigenen Wohnung, aber ich wußte doch nicht, wo ich ihn sonst finden konnte. Ich habe versucht, ihn im Büro anzurufen, aber dort sind immer so viele Leute, da kann ich ihm doch so etwas nicht sagen. Ich meine … du verstehst doch …«

Christina verstand es nicht. Wie sollte sie auch? Wie sollte ausgerechnet sie wissen, wie es ist, wenn man sagte: »Bernhard, Liebling, ich bin schwanger. Liebling, ich bekomme ein Baby von dir.« Worte, die seit all diesen Jahren in ihrem Innern schmerzten und klagend darum kämpften, ausgesprochen zu werden. Und nun kam diese Frau, diese Marcia …

Blitzartig sah sie alles vor sich, sah Marcia, wie sie stolz mit dickem Bauch in hellem Umstandskleid daherschritt – dem Umstandskleid, das Christina hätte tragen sollen; sah sie wie eine Gottheit über die Straße stolzieren, mit Bernhards Baby unter ihrem Herzen; sah, wie sie das kleine Wesen in ihren Armen wiegte; sah, wie aus dem kleinen Gesicht Bernhards Augen zu ihr aufblickten, die Haare am Hinterkopf standen schon jetzt in einem kleinen Wirbel auf, so wie Bernhards, und sie sah Bernhard...

»Wo ist Bernhard?« hörte sie sich fragen. Ihre Stimme klang fremd und erstickt. Marcia schaute sie mit großem, tränenverschleiertem Blick erstaunt an.

»Bernhard? Ja, hast du ihn denn nicht getroffen? Er wollte mich erst nach Hause bringen, aber ich fühle mich nicht wohl; und als es dann spät wurde, wollte er dich vom Bus abholen. Er sagte, daß er erst mit dir reden müsse, bevor du mich hier antriffst. Er wollte dir erklären...«

Erklären, nach all diesen Jahren der Sehnsucht, des Leidens und der Tränen – nach all dem sollte es eine andere Frau und nicht Christina sein, die sein Kind bekam. Eine Frau, die es noch nicht einmal haben wollte, eine Frau, für die dieses Wunder nichts weiter als schreckliches Pech war. All das wollte er ihr in der drei Minuten langen Fahrt von der Bushaltestelle nach Hause erklären – und darüber hinaus erwartete er natürlich auch noch, daß sie ihm verzieh und ihn unterstützte, für welche deprimierende Lösung des ›Problems‹ diese Frau und er sich auch entscheiden sollten.

In diesem Augenblick war er wahrscheinlich an der Bushaltestelle. Wie lange würde er dort warten, in dem eisigen Wind, und sich schöne Sätze für die häßliche Wirklichkeit ausdenken? Zwanzig Minuten, oder eine halbe Stunde vielleicht?

Es war keine Zeit zu verlieren.

»Hast du gesagt, daß dir übel ist?« fragte sie scheinbar besorgt. Marcia nickte und warf Christina einen schnellen, tränenreichen Blick zu. Sie mochte zwar blaß, verweint und bestürzt sein, aber dahinter lauerte eine unerträgliche Überheblichkeit, ein heimlicher, hämischer Triumph, der nicht zu übersehen war.

»*Ich* bin diejenige, die schwanger ist!« schien dieser Blick zu sagen. »Du nicht! In dir wächst nichts. Ich bin diejenige, die ein Baby erwartet, mit allem, was dazugehört, mit Übelkeit, Problemen, Kraft und all der Freude!«

»Ja«, Marcia antwortete mit schwacher, verlorener Stimme. »Ja, ich fühle mich im Moment wirklich nicht gut.«

Schön, mein Mädchen! Es wird dir gleich noch schlechter gehen!

»Ich werde dir etwas holen. Bleib nur sitzen, ich bin gleich wieder da.« Christina lief schnell ins Bad.

Chinin, das war die Lösung. Das hatten früher die Frauen genommen, hatten sich bei Dunkelheit in die Apotheken geschlichen, wo man sie nicht kannte, ganz früher, vor der Zeit der einfachen, hygienischen Abtreibungen auf Krankenschein. Wenn es damals funktioniert hatte, wird es auch heute noch funktionieren. Trotz Joga und der ›Wie finde ich zu mir selbst‹-Kurse hatten sich die weiblichen Organe nicht verändert. Auch heute würden sie genau wie früher auf diese chemische Keule reagieren.

Ah, da war es ja. Es muß Ewigkeiten her sein, als es das letzte Mal gebraucht worden war. Ihr Vater hatte es mal hier liegengelassen, als er sie besucht hatte, damals, als er noch hin und wieder unter Malariaanfällen litt. Würde das Zeug nach dieser langen Zeit überhaupt noch seine Wirkung tun? Sie öffnete die schwere altmodische Glasflasche, die staubig und etwas klebrig war, weil sie lange herumgestanden war, und roch daran.

Dem Geruch nach zu urteilen, wirkte es bestimmt noch. Durch den Staub konnte sie auf dem verschmierten Etikett gerade noch »40 Gran« erkennen.

Wieviel aber waren 40 Gran?

»Hier, bitte!« Sie reichte Marcia das Glas. »Trink es auf einen großen Schluck, dann schmeckt es nicht so bitter... Es wird dir bestimmt helfen«, schwatzte sie weiter, als Marcia ihren Anweisungen gemäß das Glas leertrank und würgen mußte, weil es schrecklich bitter war. »Es ist auch für das Baby gut. Es enthält viel Eisen«, improvisierte Christina munter weiter. »So was brauchst du jetzt, das hilft dir. Du solltest noch mal davon nehmen, wenn du zu Hause bist! Hier, nimm die Flasche mit, du kannst sie behalten.« Bei diesen Worten bugsierte sie mit zitternden Händen die Flasche in Marcias Einkaufstasche. Sie hatte keine Ahnung, wann die Wirkung des Chinins einsetzen würde, aber auf keinen Fall wollte sie riskieren, daß Marcia die Fehlgeburt hier, in ihrer Wohnung, hatte.

Besonders, wo Bernhard jeden Augenblick zurückkommen mußte.

»Es wird noch ewig dauern, bis Bernhard wieder zurückkommt«, log sie dreist, um zu verhindern, daß Marcia darauf wartete, von ihm nach Hause gebracht zu werden.

»Er ist bestimmt...« sie dachte verzweifelt nach: »Er ist bestimmt bis ins Büro gefahren, um nachzusehen, ob ich noch arbeite...«

Das ist er sicher nicht. Nie im Leben käme er auf solch eine Idee. Aber egal.

»Ich werde dir ein Taxi rufen«, bestimmte sie einfach, ohne Marcias Einwände zu beachten.

Kosten waren jetzt nebensächlich. Sie mußte raus hier, raus, raus.

Wo *blieb* Bernhard? Eine Stunde war vergangen, seit Marcia die Wohnung verlassen hatte, aber er war noch immer nicht zurück. Er konnte unmöglich noch immer an der Bushaltestelle warten. Wahrscheinlich fährt er ziellos durch die Gegend und versucht, Zeit zu gewinnen. Ihm wird übel sein vor Angst und schlechtem Gewissen, und sicher hat er nicht genug Mut, mir, seiner Frau, gegenüberzutreten. Na, wen sollte das wundern? Und außerdem geschieht es ihm gerade recht.

Noch eine Stunde war vergangen. Solange die Konfrontation mit ihrem Mann noch ausstand, konnte Christina sich durch nichts ablenken. Was würde er sagen? Was konnte er sagen? Und was würde sie antworten?

Schon Mitternacht... nach Mitternacht... und als schließlich das Telefon klingelte, sprang Christina beinahe hysterisch aus dem Sessel. Also wagte er es nicht einmal, ihr ins Gesicht zu schauen. Er brauchte ein Telefon.

Aber es war nicht Bernhard. Es war eine fremde Stimme, eine Frauenstimme. Marcias Mitbewohnerin, die sich tausendmal für die späte Störung entschuldigte, aber sie mache sich ernsthaft Sorgen um Marcia. War Marcia in Ordnung gewesen, als sie bei ihnen war? Gleich als sie ihre Wohnung betreten hatte, ist sie krank geworden – leidet jetzt unter Kopfweh und Benommenheit, hat Schmerzen und ein Klingeln in den Ohren. Und es scheint schlimmer zu werden...

»Sie hat nur eine Fehlgeburt, nichts weiter«, unterbrach Christina den Redefluß. Es war ihr nicht möglich, den Triumph in ihrer Stimme zu verbergen. »Machen Sie sich keine Sorgen, sie kommt schon wieder in Ordnung. Viele Frauen müssen so etwas durchmachen.«

Am anderen Ende war eine kurze, verblüffte Pause. Dann: »Aber das kann es nicht sein. Wir haben es gerade erst erfahren, der Test war negativ.«

Negativ! Diesmal war die verblüffte Pause an Christinas

Ende der Leitung. Negativ! Nicht schwanger! Und das, nach alledem, was geschehen war. Ihr Kopf drehte sich.

»... alle Symptome der Schwangerschaft«, hörte sie die fremde Stimme wieder. »Das ist gar nichts Ungewöhnliches bei sensiblen Frauen, hat der Doktor gesagt ...«, und mitten in dieser Schilderung hörte Christina, wie die Wohnungstür aufgeschlossen wurde.

Bernhard war also zurück. Endlich. Es wurde aber auch Zeit. Sie beendete die Unterhaltung mit der fremden Wohnungsgenossin, so schnell es ihr möglich war. Bernhard war schon an ihr vorbei ins Wohnzimmer gegangen. Dort fand sie ihn dann, er hatte sich nicht gesetzt, sondern stand ganz still da, in seinem nassen Regenmantel. Sein feuchtes Haar klebte am Kopf.

Es war an ihm, das Wort zu ergreifen, zu erklären, sich zu entschuldigen, zu verteidigen. Aber als er so gar keine Anstalten dazu machte, ging Christina zum Angriff über:

»Falls es dich interessiert, dieser Anruf betraf deine kleine Freundin.« Ganz ruhig und eiskalt konnte sie sprechen. »Offensichtlich ist sie nun doch nicht schwanger.«

Sie hielt inne und wartete auf eine Reaktion von ihm. Als aber keine kam, fuhr sie fort: »Der Test war negativ, sie haben es erst gerade erfahren. Bernhard, ich glaube, du solltest doch zumindest ...«

Aber er stand noch immer ganz still und bewegungslos da. Erst jetzt sah ihn Christina das erste Mal richtig an, sah, wie blaß und mitgenommen er aussah, als ob er unter einem Schock stünde. Das machte es schwierig für sie, weiterzumachen.

»Da hast du wohl noch einmal Glück gehabt«, bemerkte sie schwach, »mehr Glück, als du verdient hast, wenn ich das sagen darf ...«

»Glück? Ja. Wahrscheinlich. Natürlich.« Und dann, als ob er zu sich selbst spräche: »Einen Tag lang, fast einen ganzen Tag lang habe ich geglaubt, ich würde Vater werden.« Und als das Wort langsam und bedächtig über seine Lippen kam, hörte Christina in seiner Stimme zum ersten Mal etwas, das sie noch nie gehört hatte, das zu hören sie schon gar nicht mehr zu hoffen gewagt hatte. »Jetzt, wo ich weiß, daß es nicht stimmt, fühle ich mich so ... Ich fühle ... Ooh, Chris ...!«

Nicht drängen, Christina, nur nicht drängen! Aber es gab auch keinen Grund zum Drängen. Er hatte kapituliert, bedingungslos.

In jener Nacht lag sie lange wach. Diesmal aber nicht wegen der ihr so vertrauten Verzweiflung, sondern diesmal, weil jubelnde Freude und Hoffnung sie erfüllte. Sie wußte natürlich, daß es nicht schon heute nacht geklappt haben konnte, wie sollte ihr weibliches System schon jetzt erkannt haben, daß die Pille aus ihrem Leben verbannt worden war, für immer. Auch nächste Woche noch nicht, aber dann bald schon! Wenn der Sommer kam und die Rosen in den Gärten ihren schweren Duft verbreiteten, dann würde sie Bernhards Kind unter ihrem Herzen tragen. Sie würde diejenige sein, die mit dickem Bauch stolz spazierenging, so daß alle Welt es sehen konnte.

Ihr Kind, ihres und Bernhards.

Das Telefon klingelte.

Um drei Uhr morgens? Wer um alles in der Welt ...?

Es war die gleiche Stimme, die Stimme der Freundin.

»Marcia geht es schlechter. Sehr viel schlechter. Nein, das ist nichts Psychosomatisches wie die Schwangerschaft. Sie lag schon im Koma, als sie von dem Krankenwagen abgeholt worden ist. Die Ärzte meinen, daß sie irgend etwas geschluckt haben muß. Christina, sind Sie sicher, absolut sicher...?«

Vorsichtig unterbrach Christina die Verbindung; still und zusammengesunken blieb sie im Sessel sitzen, den Hörer noch immer am Ohr, als lausche sie dem Freizeichen.

Wenn Marcia starb, dann war sie, Christina, eine Mörderin. Jetzt war sie es noch nicht, weil Marcia noch lebte. Wahrscheinlich wurde sie gerade aus dem Krankenwagen in die Notaufnahme gebracht, vielleicht wurde ihr auch schon der Magen ausgepumpt. Aber wenn sie starb, dann wurde aus Christina, einer völlig durchschnittlich eifersüchtigen Frau, von einer Sekunde zur anderen eine Mörderin.

Würde sie diese Veränderung bemerken? Würde es sich durch ein plötzliches Erzittern ihres ganzen Wesens zu erkennen geben? Wenn sie dann in den Spiegel schaute, würde sich ihr Gesicht vor ihren eigenen Augen in das Gesicht einer Mörderin verwandeln?

Einen Augenblick lang glaubte sie, das Pochen, das sie hörte, wäre schon die Polizei, die an der Tür Einlaß begehrte. Aber nein, alles war in Ordnung, es war nur das Hämmern ihres Herzens...

Sie würden sie ausfindig machen, na gut. Wie auch nicht, mit dieser sich überall einmischenden Freundin, die ihre Telefonnummer kannte und über alles Bescheid wußte; ganz zu schweigen von der verräterischen Flasche, die die Polizei in Marcias Tasche finden würde. Mit ihren Computern und all dem technischen Firlefanz waren sie bestimmt in der Lage, die Flasche bis zu dem Apotheker zurückzuverfolgen, bei dem sie vor so vielen Jahren gekauft worden war.

Sie würden zu ihr kommen. Die Polizei, die Reporter. Ihr Gesicht würde auf den Titelseiten aller Zeitungen des Landes prangen, und ihre Gestalt würde schließlich einen Platz im Wachsfigurenkabinett der Greueltaten finden...

Aber jetzt noch nicht! Plötzlich fühlte sie sich seltsam stark und ruhig werden, die Panik verschwand.

Sie würden sie jetzt noch nicht festnehmen. Sie brauchten Tage, vielleicht Wochen, bis sie genug Beweismaterial zusammenhatten, und dann noch mehr Wochen, Monate, bis der Fall vor das Gericht kam. Und in der Zwischenzeit, in der Zwischenzeit...

Aber die Mutter ihres Kindes wäre dann eine Mörderin. Eine *Mörderin*.

Ist der Bauch einer Mörderin nicht genauso weich und warm wie jeder andere? Ist ihre Milch nicht genauso süß?

Im Gegensatz zu all den gefährlichen Medikamenten und Giften kann ein Verbrechen die Barriere der Plazenta nicht durchdringen. Ganz tief in ihr drinnen, geborgen und von allem Bösen abgeschirmt, würde ihr Baby wachsen und wachsen, unschuldig und vollkommen sein wie alle anderen Babys. Schon vor ihr haben Frauen, die Verbrechen begangen haben, Kinder geboren, und sie werden es auch weiterhin tun. Oft genug sind aus diesen Kindern erfolgreiche Menschen geworden. Und immer hatten sie ihren Teil vom Leben.

Halb dösend verträumte Christina die Nacht am Telefon. Sie hatte keine Angst mehr vor der Polizei, nicht vor dem Pochen an ihrer Haustür. In ihren Träumen war sie schon unversehrbar, unangreifbar, die Hüterin eines Prozesses, der viel wichtiger und viel älter war als jeder Prozeß, der je vor ein Gericht kommen konnte.

Das Wunder

Es sangen relativ viele Kinder mit oder versuchten zumindest, mit der Stimme, die aus dem Mikrophon vom Vordeck gellte, mitzusingen. Und der daraus resultierende Lärm, vereint mit dem verzückt engelhaften Ausdruck, der so häufig unmelodisch kreischende Kinderstimmen begleitet, zauberte ein Lächeln auf Patrizias Lippen.

»Je-he-sus, wir loben dich
ob deiner Wunder Wer-her-ke.«

Einige der größeren Kinder machten sich aus dem Lied einen Spaß und erfanden Parodien auf die Reime, die sie mit frechen Gesten betonten. Aber die meisten, besonders die jüngeren, waren mit genügend Ernst bei der Sache. Sie standen gedrängt an der Reling oder knieten auf den heruntergekommenen Bänken und sangen mit aller Macht feierlich die Worte mit, an die sie sich noch erinnern konnten. Der Gesang schallte über das weite, ruhelose Wasser, während das Boot mit seiner Ladung Osterausflügler flußaufwärts nach Richmond und Hampton Court tuckerte.

»Wer ist ein rechter Gottesma-hann,
der übers Wasser laufen ka-hann!«

jubelte der siebenjährige Lennie, so laut er konnte. Seine Stimme, so erschien es zumindest Patrizia, hob sich von denen der anderen Kinder ab, wie die einer Lerche oder einer Nachtigall. Die perfekte Tonlage und die wunderschön reine Stimme trieben ihr die Tränen in die Augen. Oder hielten all die anderen Mütter ebenfalls das Kreischen ihres Kindes für etwas Unvergleichliches, Einzigartiges? Diese dicke Frau dort gegenüber zum Beispiel, die ungeduldig eine grell rosafarbene Flüssigkeit in einen Pappbecher goß, der aus einem Wirrwarr angegessener Chips und geschmolzener Schokolade herausragte, zog sich ihr Herz bei dem schrillen Gekrächze ihrer übergewichtigen kleinen Tochter ebenso schmerzhaft zusammen wie bei Patrizia, wenn sie Lennie zuhörte?

Ganz offensichtlich nicht.

»Hier, da hast du's!« schimpfte die Frau und hielt dem kleinen Mädchen den randvollen Becher dicht vor die Nase, obwohl diese gerade aus vollem Halse mitsang. »Hör auf mit dem Gekrächze, und trink aus, wir haben nicht den ganzen Tag... He, paß doch auf, du dicker Tolpatsch!« Ihr Ton war schärfer geworden, weil aus dem Becher, als er die Hände wechselte, die rosafarbene Flüssigkeit überallhin verspritzte und die weißen Socken und glänzenden Sonntagsschuhe des Mädchens traf. »Da! Guck, was du gemacht hast! Ich hab dir doch gesagt, du sollst aufpassen!«

Jetzt mischte sich der Vater ein, ein strenger, abgekämpft wirkender Mann in den Vierzigern, der die ganze Zeit wie angegossen auf der Bank gesessen hatte und die Augen wegen der Sonne halb geschlossen gehalten hatte.

»Du tust gefälligst, was deine Mutter sagt, oder du kriegst eine Tracht Prügel!« Dann wandte er sich seiner Frau zu:

»Kannst du denn das Kind nie in Ruhe lassen, mußt du denn immer nur meckern und meckern?«

Seinen Ärger hätte er kaum gerechter auf Mutter und Tochter aufteilen können. Mit den Gedanken offensichtlich schon wieder ganz woanders, verpaßte er dem Kind sicherheitshalber noch eine Ohrfeige, schloß dann, da er seine familiären Pflichten damit erledigt hatte, wieder die Augen und hielt sein Gesicht den warmen Strahlen der Frühlingssonne entgegen.

»Ihr benehmt euch jetzt!«

Aber wenigstens *spricht* er mit dem Kind, dachte Patrizia, und eine Art verzweifelter Eifersucht ergriff sie. Zumindest *ist* er Vater und handelt auch wie einer! Sie warf einen verstohlenen Blick auf Arnold, der von ihnen getrennt saß, wie immer bei den Familienausflügen. Er hatte sich umgedreht, saß mit dem Rücken zu ihnen und starrte gelegentlich auf das schäumende Wasser. Da wirbelte es vor seinen Augen, schmerzfrei und fremd, rief keine Schuldgefühle wach, verlangte nichts von ihm, keine Aufmerksamkeit, kein Verständnis, keine Liebe.

Aber jetzt war sie ungerecht. Denn man konnte nicht behaupten, daß Arnold Lennie nicht liebte – er liebte seinen Sohn, wie man sein Kind nur lieben kann; aber leider konnte er überhaupt keine Verbindung zu ihm bekommen, weder als Vater zu seinem Sohn noch als Erwachsener zu einem Kind.

Das war niemandes Fehler. Es war einfach so. Arnold hätte eine ganz andere Art Sohn haben sollen, das hatte Patrizia schon oft gedacht, einen sportlichen, zähen Burschen, der verrückt nach Fußball sein mußte, einen richtigen kleinen Wildfang, dem kein Baum zu hoch und kein Graben zu tief war, eben so, wie Arnold selbst gewesen ist. Für solch einen Siebenjährigen wäre Arnold der perfekte Vater, er würde ihm helfen, ihn anfeuern und mit ihm für die Fußballspiele am Sonntagnachmittag trainieren, und er wäre so stolz auf alles, was sein Sohn in einem Wettkampf oder auf dem Spielfeld erreichte. Es war nicht sein Fehler, daß Lennie nichts mit einem solchen Jungen gemein hatte – aber es war auch nicht Lennies Fehler.

Arnold wußte das natürlich auch. Er hatte aber auch erkannt, daß man das Wesen eines Kindes nicht ändern kann, nicht auf diese grundlegende Weise. Man mußte die Möglichkeiten und Talente des Kindes so nehmen, wie sie waren, sie fördern, so gut man konnte. Es hatte keinen Sinn, sich zu wünschen, daß es andere hätte, ganz andere, die einem selbst besser liegen würden... Arnold wußte dies natürlich alles. Er war nicht dumm. Und, um ihm gerecht zu werden, er hat seine Enttäuschung nie laut ausgesprochen oder sie an dem Kind ausgelassen. Noch nicht einmal Patrizia hatte er gesagt, wie sehr er sich manchmal einen Sohn mit völlig anderem Charakter gewünscht hatte.

Aber er *liebte* Lennie, versicherte Patrizia sich selbst. Wirklich. Er würde alles für ihn geben. Es war einfach nur so, daß er nicht wußte, worüber er mit ihm reden oder wie er mit ihm spielen sollte, wie er mit einem Kind, das so anders geartet war als er selbst, überhaupt in Kontakt treten sollte. Die phantasievollen Rollenspiele, die Lennie so liebte, waren für ihn ein Buch mit sieben Siegeln. Nicht nur, daß er einfach nicht genügend Vorstellungskraft besaß, um mitspielen zu können, er mochte diese Spiele nicht, haßte sie beinahe. Im Gegensatz zu Patrizia fühlte er keinen Stolz über die lebhafte Phantasie des Kindes, über seine bemerkenswerte Fähigkeit, sich stundenlang allein mit ausgedachten Abenteuern und eingebildeten Freunden zu beschäftigen. Für Patrizia war diese ungewöhnliche Begabung ihres Sohnes etwas, das wie ein Schatz gehütet werden mußte, und sie unterstützte ihn, so gut sie konnte, beteiligte sich mit großem Vergnügen an den Spielen und Phantasien, wann immer Arnold nicht in der Nähe war, um sich darüber aufzuregen.

War es denn nicht richtig, *alle* Talente, die sich zeigten, zu fördern? Vielleicht wurde aus Lennie eines Tages ein berühmter Schriftsteller, ein großer Poet ...?

»Mami!«

Patrizia schüttelte ihre Gedanken ab und schaute auf die ernsthafte kleine Person an ihrer Seite.

»Mami, dieses Lied über Jesus, das sie gerade gespielt haben – ist Jesus wirklich über das Wasser gelaufen, richtig gelaufen?«

Patrizia zögerte. Lennie kam immer mit so schwierigen Fragen, und sie fühlte sich dem nicht ganz gewachsen. Er war in mancher Beziehung so frühreif, seinen Jahren voraus. Man konnte ihn nicht wie andere Kinder mit den üblichen Antworten abspeisen, die einem im Augenblick gerade einfielen.

»Nun«, begann sie vorsichtig, »vielleicht nicht ganz richtig. Es ist eher eine wunderschöne Geschichte, eine erfundene Geschichte, die daran erinnern soll, was für eine besondere, außergewöhnliche Person Jesus war – und sie zeigt natürlich auch, was für tolle Sachen man machen kann, wenn man nur will, die wundervollen Dinge, die man erreichen kann, wenn man nur nicht aufgibt, wenn man ›glaubt‹, sagt die Bibel, aber ich nehme an, heute sagt man Selbstvertrauen dazu.«

Normalerweise hätte sich Lennie mit Eifer in solch eine

philosophische Diskussion gestürzt, aber diesmal krauste er nur die Stirn.

»Du meinst, er ist nicht auf dem Wasser gelaufen?« unterbrach er sie zornig. »Du glaubst, daß er es überhaupt nicht getan hat?«

Er hielt inne, und dann fügte er verächtlich hinzu: »Wie dumm von ihm! *Ich* kann über das Wasser laufen! Das ist ganz einfach! Ich weiß, daß ich das kann, Mami. Das ist ein Kinderspiel!«

Patrizia versuchte freundlich und fröhlich zu bleiben. Er wollte sich weder über sie noch über die Parabel lustig machen; er erfand nur gerade ein neues Spiel, erweiterte sein Repertoire, und sicher sollte sie mitspielen. Sie schaute auf, um sicherzugehen, daß Arnold außer Hörweite war – er haßte diese Spiele so sehr –, und dann versuchte sie sich in die Phantasiewelt des Jungen zu versetzen.

»Gut, Liebling. Das hört sich wie ein tolles Spiel an. Ich bin Petrus und du ...«

»NEIN!«

Das Wort explodierte mit solch einer Macht aus seinem kleinen, angespannten Mund, daß Patrizia ihn bestürzt anblickte. »*Nein*, Mami, kein Spiel! Keines dieser dummen, kindischen Spiele. Ich meine *wirklich*! Richtig laufen, auf richtigem Wasser«, und noch bevor Patrizia begriff, was geschah, war er von ihrer Seite verschwunden, schlüpfte durch die Reling, nur einen halben Meter von seinem Vater entfernt, der wie gelähmt zusah, als sein Sohn ins Wasser sprang.

Patrizia hat nie erfahren, ob sie oder ein Fremder es war, der Alarm geschlagen hatte. Innerhalb weniger Sekunden drängten sich alle Passagiere auf ihre Seite des Bootes. Angstschreie und Rufe waren zu hören; zwei oder drei der Passagiere zogen sich schon aus, um nachzuspringen. Befehle ertönten, das Boot erzitterte, und das Wasser spritzte hoch auf, als der Rückwärtsgang eingelegt wurde; doch das Ächzen der Maschinen wurde von den Rufen und Schreien aus mehreren hundert Kehlen übertönt:

»Seht...!« »Dort...!« »Das kann doch nicht...!« »Meine Güte, sieh dir das an! Das wird man uns niemals...!« – Und dann, ganz plötzlich, war es totenstill.

Die Gesichter wurden blaß. Die Münder standen offen. Kein einziges Wort wurde gesprochen; nur eine Art Seufzer, der sich anhörte wie das Rauschen des Windes in der Ferne, kam aus der großen Zuschauermenge.

Seine ersten Schritte waren zögernd, unsicher, als ob er das Laufen nicht gewöhnt wäre. Er schwankte ein wenig auf dem tanzenden, unruhigen Wasser; dann fand er sein Gleichgewicht wieder, setzte vorsichtig einen Fuß vor den anderen auf den hin- und herhüpfenden Hügeln und Tälern der Wellen, seine Augen blickten nach unten, beobachteten genau, wohin er die Füße setzte.

Aber dann, erstaunlich schnell, gewann er Selbstvertrauen und wurde geschickter. Bald schon sprang er von Schaumkrone zu Schaumkrone der kleineren Wellen, hüpfte und tollte auf ihnen herum.

»Guck doch, Mami, guck! Ich kann es!« Triumphierend hüpfte und sprang er höher und höher, schneller und schneller, drehte auf seinen spindeldürren Beinen Pirouetten. »Guck nur, Mami, guck!«

Natürlich guckte jeder. Hunderte schauten ihm zu, schoben und drängelten, um besser sehen zu können. Der

Moment des ersten Schocks war vorbei. Kameras wurden hervorgezerrt, aufgeregte Rufe schwirrten durch die Luft, der Tumult des ungläubigen Staunens echote entlang des Flusses und hallte von den Ufern zurück.

Und schon kamen die Reporter, Gott allein weiß, woher, und kämpften sich einen Weg über die Hindernisse und durch die dichtgedrängte Menge, wetteiferten um einen Exklusivbericht vom Ereignis des Jahrhunderts. Die Eltern waren natürlich ihr erstes Ziel, die Eltern des Wunderkindes. Um Patrizia und Arnold hagelte es nur so Fragen.

Wann haben Sie zum ersten Mal bemerkt, daß sich ihr Kind von anderen Kindern unterscheidet? Wie ist es mit anderen Wundern – der Brotvermehrung zum Beispiel?

Sind Sie gläubige Christen? Glauben Sie an Christi Wiederkehr?
Ist er vielleicht der neue Messias?
Glauben Sie an die Kraft der Gebete?
Kann er auch Wasser in Wein verwandeln?
Ist er vielleicht gekommen, um die Welt zu erlösen?
Es ist doch ein Trick, oder? Kein zweiter Uri Geller?
Ist er in einem Yoga-Kurs gewesen?
Oder Transzendentale Meditation?

Aber auf all diese Fragen konnte das Ehepaar nur müde und hilflos den Kopf schütteln. Sie standen dort, stumm wie zwei Fische, inmitten all der Aufregung. Es war unmöglich, ein vernünftiges Interview mit ihnen zu machen, so beschränkt und begriffsstutzig wirkten sie. Schwachsinnig, wirklich, als ob sie kein Wort von dem verstünden, was ihnen gesagt wurde.

Auf eine Art stimmte das sogar. Die Reporter stellten einfach die falschen Fragen: sie hatten eigentlich nichts damit zu tun, was gerade geschehen war. Mitten in diesem Tohuwabohu standen Arnold und Patrizia ganz still; jeder von ihnen hielt fest in einer Hand den Griff des Kinderrollstuhls, der sie seit beinahe sieben Jahren auf allen ihren Wegen begleitet hatte, und sie betrachteten ihren Sohn mit unbeschreiblicher Freude und Dankbarkeit.

Nicht, weil er auf dem Wasser ging; das war gar nichts. Daß er überhaupt laufen konnte, das war das Wunder.

Im Stich gelassen

Maisie Walters Lippen verzogen sich zu einem kleinen, abfälligen Lächeln, als sie das langweilige, gewöhnliche Vorstadthaus mit den gestärkten Spitzengardinchen sah. Das war es also, was Mark in dreißig Jahren erreicht hatte! Mark, mit seinen hochgeschraubten Ansichten und seinem prahlerischen Haß auf Konventionen – das war letzten Endes aus dem anbetungswürdigen Mark geworden.

Denn das war sein Ende. Diese Verwandte, die Julia mit einer unleserlichen, altmodischen Schrift geschrieben hatte, war nicht gerade bemüht darum gewesen, ein Blatt vor den Mund zu nehmen, obwohl es sich doch wohl eher schickt, eine solche Tatsache mit Umschreibungen zu verhüllen. Mark hätte höchstens noch ein paar Monate zu leben, und er wollte seine alte Freundin Maisie noch einmal sehen, bevor er starb; das war die Kernaussage des Briefes, über den Maisie nun beinahe liebevoll mit ihrer schwarz behandschuhten Hand strich.

Was für ein Triumph! Mark, der einmal gedacht hatte, ihm gehöre die Welt – ihm gehöre Maisie und daß er alles haben könne, was er wollte –, Mark lag nun sterbenskrank in solch einem Haus und in dieser armseligen Straße, deren Bewohner sich mühten, einen Anstrich der Vornehmheit zu wahren. Noch nicht mal eine Frau oder eine Familie konnte er aufweisen, nur diese alte Cousine, die sich um ihn kümmerte. Ein kleines, abfälliges Lächeln huschte über Maisies Lippen, als sie klingelte.

Die Verwandte hatte sich zurückgezogen, man hörte sie aber noch etwas murmeln, als sie die dunkle Linoleumtreppe hinunterging. Da stand Maisie nun allein vor der Schlafzimmertür. Sie zögerte – nicht aus Sorge darüber, was sie wohl nach dreißig Jahren beim Anblick ihres Geliebten empfinden würde, der da allein auf seinem Sterbebett lag, sondern weil sie sich nicht entscheiden konnte, ob sie nun den Hut und die Handschuhe anbehalten sollte oder nicht. Beide Kleidungsstücke wirkten vorteilhaft, insbesondere der Hut mit dem kleinen Schleier war ein wertvoller Gewinn für den immer komplizierteren Aufwand, den sie trieb, damit die Bekannten erstaunt ausrufen konnten, daß sie auf keinen Fall älter als vierzig wirke. Auch die Handschuhe gehörten dazu, denn jedermann weiß, daß sorgfältig ausgewählte Handschuhe viel für eine Frau tun können, wenn die Jungmädchenzeit erst einmal vorüber ist. Auf der anderen Seite wäre es schön, wenn er, mit seinem ehemals aufregenden, verlangenden Körper, der jetzt krank und zusammengefallen war, bemerken würde, daß ihr Haar noch immer blond glänzte, daß ihre Hände makellos weiß und perfekt manikürt waren. Sie konnte ihm ihr luxuriöses Haus in Richmond nicht zeigen und konnte ihm auch nicht ihren Mann, einen wohlhabenden Börsenmakler, vorstellen, aber sie würde beides bald in die Unterhaltung mit einflechten.

»Maisie?«

Die Stimme aus dem Bett hörte sich weder gebrochen noch demütig an, und Maisie war einen Augenblick lang irritiert und überrascht. Dann faßte sie sich wieder, zauberte auf ihr Gesicht das gekonnt strahlende Lächeln, das den Blick nur auf ihre oberen Zähne freigab, nicht auf die unteren, die nicht so makellos waren, und ging auf das Bett zu. Sie spürte, wie ihr Selbstvertrauen zurückkehrte, als sie das hohlwangige Gesicht in den Kissen erblickte. Sein gutes Aussehen hatte er eingebüßt, sein Feuer ebenfalls; die blauen Augen, deren Glanz sie einst alles hatten vergessen lassen – nun, Gott sei Dank nicht wirklich alles, sonst würde sie jetzt nicht in diesem weiträumigen Haus in Richmond wohnen –, diese Augen waren nun matt, blutunterlaufen und grau.

»Wie geht es dir, Mark?« fragte sie ihn gewollt munter. »Ich habe dir ein paar Blumen mitgebracht.«

Lieblos legte sie ihm die zwölf roten Rosen auf das Bett. Etwas Billigeres hätte auch gereicht, aber ihr ist erst im letzten Augenblick eingefallen, daß man bei einem Krankenbesuch normalerweise ein Geschenk mitnimmt, und etwas anderes als Rosen hatte sie so schnell nicht auftreiben können.

Sie wartete darauf, daß er sich bedankte – daß er sie anschaute, von oben bis unten, und ihr sagte, daß sie so schön wie immer sei – daß er sie fragte, wie es ihr ging – auf all die Bemerkungen, die man in so einer Situation eben erwarten kann. Er aber starrte nur die Blumen an, die auf der Decke vor ihm lagen, als ob er ganz und gar in Gedanken versunken wäre. Plötzlich begann er zu sprechen, mit einem seltsamen Unterton der alten Arroganz, einer Arroganz, auf die ein so veränderter Körper kein Recht mehr hatte.

»Zeig mir deine Hände, Maisie. Ich habe sie seit dreißig Jahren nicht gesehen.«

Verwundert zog Maisie ihre Handschuhe aus und reichte ihm die Hände, Handrücken nach oben, so daß die frisch gelackten Nägel auch richtig zur Geltung kamen. Er ergriff sie und drehte sie ruckartig um.

»Oh, Maisie!« Der Ton verriet angenehme Überraschung. »Sie sind noch immer wunderschön!«

Er schaute zu ihr auf, als wäre er erstaunt, und Maisie entzog ihm verärgert ihre Hände. Immer noch schön, also wirklich! Und warum sollten sie es nicht sein? Jeder andere hätte ihr gesagt, daß *sie* noch immer schön war – nicht einen Tag älter als vierzig...

Sie zwang das Lächeln zurück in ihr Gesicht – diesmal das herablassende. Er sollte erkennen, daß sich das Blatt gewendet hat, seit sie sich das letzte Mal gesehen hatten, daß die Rollen nun vertauscht waren.

»Soll ich die Blumen in eine Vase stellen?«

»Ja! Oh, ja bitte!« Er sprach mit einer Leidenschaft, die sie erschreckte. »Und wenn du damit fertig bist«, fuhr er seltsam eifrig fort, »werde ich dich noch um etwas anderes bitten.«

Als Maisie die Rosen einzeln in die häßliche Glasvase steckte, die seine Cousine gebracht hatte, bemerkte sie, daß Mark sie die ganze Zeit genau beobachtete. Nein, nicht sie, ihre Hände, und nun brachte sie die roten Nägel und die Diamanten erst recht zum Funkeln und Glitzern, wobei sie aber darauf achtete, daß sie sich nicht an diesen verflixten Dornen stach.

»Erinnerst du dich an das letzte Mal, als ich dich dabei beobachtet habe, wie du Rosen in eine Vase stecktest?«

Er sprach langsam und ohne seinen Blick von ihren Händen zu wenden, als ob er ihnen und nicht ihr diese Frage gestellt hätte. »Rote Rosen. Ich hatte sie dir geschenkt. Es war der schönste Augenblick, den ich je genossen habe: deine Hände, die die Blumen arrangierten.« Er hielt inne. »Damals hatte ich nur einen einzigen Wunsch, den du mir nicht erfüllt hast. Heute habe ich einen anderen Wunsch, den du mir vielleicht leichter erfüllen kannst.«

Maisie zeigte sich zurückhaltend, während er fortfuhr: »Ich möchte bloß, daß du mir das Röhrchen mit den Schlaftabletten aus dem Badezimmer bringst. Der Doktor läßt sie nicht in meiner Reichweite, und auch meine Cousine nicht. Ich habe Schmerzen«, seine Stimme wurde sanft, »und ich kann sonst niemanden darum bitten. Ich verspreche dir, daß ich sie erst nehme, wenn du wieder bei dir zu Hause bist. Niemand wird dich dafür zur Verantwortung ziehen können. Bitte, Maisie, hol sie doch für mich. Es dauert doch nur eine Sekunde. In Erinnerung an die Rosen der Vergangenheit.«

Maisie starrte ihn empört an. Gab es denn überhaupt keine Grenzen für die unverschämten Forderungen, die dieser Mann an sie stellte? Damals waren es Forderungen, auf die kein anständiges Mädchen eingehen konnte, und heute war es so etwas! Er erwartete von ihr, daß sie ihm Beihilfe zu einem richtigen *Verbrechen* leistete!

Sie richtete sich auf – zögerte aber plötzlich. Wenn sie sich geradeheraus weigerte, gäbe es eine Auseinandersetzung, und vor langer Zeit hatte sie mit Mark so viele Auseinandersetzungen gehabt, daß es ihr für den Rest ihres Lebens reichte. Besser war es, ihm nachzugeben – und dann so zu tun, als ob sie die Tabletten nicht finden könnte, oder irgendeine andere Ausrede zu erfinden. Mit abgewandtem Gesicht floh sie aus seinem Zimmer ins Bad.

Dort gab es einen ganzen Schrank voll mit Flaschen, Tuben, Röhrchen und Pulvern. Die Cousine mußte mindestens an ebenso vielen Krankheiten leiden wie Mark! Aber sie sah gleich das Röhrchen, das Mark meinte – da waren sogar zwei, eines fast voll, das andere leer.

Durch das leere Tablettenröhrchen kam sie auf die Idee – auf die kluge, amüsante Idee, die ihr einen lächerlich einfachen Ausweg bot. Sie mußte nur das Röhrchen mit ähnlich aussehenden Tabletten füllen, die in ihrer Wirkung völlig harmlos waren. In dieser Sammlung mußte doch irgend etwas zu finden sein, das diesen Zweck erfüllte. Dann könnte sie es Mark geben, und der würde den Unterschied nicht bemerken, bis – nun, bis sie sicher aus dem Haus war!

Ah, da waren schon welche! Vitamintabletten! Sie sahen wirklich fast genauso aus. Davon konnte man ohne irgendwelche Nachwirkungen Dutzende nehmen. Kichernd wie ein kleines Schulmädchen, füllte sie das leere Röhrchen, puderte noch einmal ihre Nase und kehrte dann ins Schlafzimmer zurück. Nur mit Mühe konnte sie ernst bleiben.

Wie sein Gesicht aufleuchtete! Maisie hätte am liebsten laut aufgelacht, als er wie ein Verdurstender nach dem Röhrchen griff und es dann unter seinem Kopfkissen versteckte; während er immer und immer wieder die weiße Hand küßte, liefen ihm Tränen der Dankbarkeit die Wange hinunter.

»Du mußt jetzt gehen, meine Geliebte, mein ein und alles!« weinte er mit erstickter Stimme. »Du mußt dieses Haus sofort verlassen. Erst wenn du in Sicherheit zu Hause bist, werde ich sie nehmen. Und, Maisie, für den Rest deines Lebens wird dich mein Segen begleiten. Wo immer meine Seele sein wird in diesem unendlichen Universum, sie wird nie vergessen, was du riskiert hast, was du heute für mich getan hast. Heute nacht, wenn mich zum letztenmal die ersehnte Schläfrigkeit umfängt, werde ich hier liegen und deine Rosen anschauen und an deine weißen Hände denken. Sie werden mein letzter Gedanke sein – die mutigen, schönen Hände, die mich erlöst haben ...«

Die Rede schien kein Ende zu nehmen. Maisie mußte ihr

Taschentuch in den Mund stopfen, um zu verhindern, daß sie lauthals auflachte. Es war aber auch zu komisch! Sich vorzustellen, wie er dalag heute nacht und seelenvoll die Rosen anstarrte, während er eine Vitamintablette nach der anderen in sich hineinstopfte. Als sie sicher draußen war, blieb Maisie erst einmal stehen und lachte, bis ihr der Bauch weh tat.

Erst am folgenden Tag, als sie hörte, daß Mark Wilkinson in der Nacht an einer Überdosis Schlaftabletten gestorben war, erkannte sie den dummen Fehler, den sie begangen haben mußte. Als sie sich die Nase puderte, hatte sie das Röhrchen kurz zurückgelegt, und dann, in der Eile, hatte sie das falsche genommen und ihm gegeben. Zum Verrücktwerden! Das wäre so ein toller Spaß gewesen. Wie kam es nur, daß ihre Hände, ihre wunderschönen Hände, sie so im Stich gelassen hatten?

Der letzte Frühlingstag

Obwohl sie ihre Augen noch geschlossen hatte, wußte Martha Briggs, daß die Sonne schien. Die warmen Strahlen krochen langsam, aber zielstrebig über die Bettdecke, und jeden Augenblick mußten sie ihr Gesicht erreichen. Aber sie würde die Augen noch nicht aufmachen; nein, denn dies war der schönste Augenblick des ganzen Tages: hier zu liegen, mit Thomas an ihrer Seite, und darauf zu warten, daß die Sonnenstrahlen ihr Gesicht erreichen würden. Seltsam – jetzt, wo sie beinahe neunzig Jahre alt war, schien die Sonne jeden Morgen. Darüber hinaus war es ein wunderschöner Sonnenschein, es mußte Frühling sein, Tag für Tag. Wenn sie nur Thomas in den Stuhl setzen und an das Fenster schieben könnte. Aber er war zu schwer, ihre Arme hatten nicht mehr genug Kraft, ihn zu tragen.

Thomas ... Da war doch irgend etwas in ihrem Hinterkopf, das ihr keine Ruhe ließ und das Warten auf die Sonnenstrahlen verdarb.

Dann erinnerte sie sich. Natürlich. Es war Donnerstag. Das war der Tag, an dem die Frau von der Wohlfahrt kommen wollte, mit ihren klobigen Schuhen, um Thomas wegzubringen.

Thomas wegbringen! So ein Unsinn! Schließlich ist sie es gewesen, die ihn in den letzten sechzig Jahren, jedesmal wenn er krank geworden war, gepflegt hatte, sie ganz allein! Das hatte sie schon getan, als die Frau mit den klobigen Schuhen noch gar nicht auf der Welt war! Sie versuchte, sich Wort für Wort an das zu erinnern, was diese Frau ihr gesagt hatte. Eine Weile lang konnte sie an nichts anderes als an die großen Schuhe und die schwer rasselnde Stimme denken, die man so schlecht verstehen konnte. Dann fielen ihr die Worte der Frau wieder ein:

»Es ist nicht so, daß wir ihre Arbeit nicht schätzen würden, Mrs. Briggs, ganz bestimmt nicht. Wir wissen, daß Sie ihr Allerbestes geben. Sie haben Wunder vollbracht, wenn man Ihr Alter berücksichtigt. Aber Sie werden mir doch bestimmt zustimmen, daß es nicht richtig ist, wenn er bis zum späten Mittag so daliegt – ungewaschen, ungekämmt, noch immer ohne Frühstück. Und erst das Zimmer! Das müssen Sie doch einsehen, Mrs. Briggs! Es ist einfach zuviel für Sie! Wenn wir ihn von hier fortbringen, dann tun wir das für Sie und für ihn zugleich. Und er wird dort wirklich glücklich sein, das verspreche ich Ihnen. Er wird jede Pflege haben, die er braucht...«

Weiter und weiter rasselte die Stimme in Marthas Kopf, und sie mußte beinahe über diese absurde Idee lächeln. Als ob Thomas und sie nicht frühstücken konnten, wann es ihnen paßte. Wenn sie gerne zuerst ein wenig in der Sonne lagen, wen ging das etwas an außer sie selbst?

Vielleicht wäre es aber eine gute Idee, es dieser Frau heute morgen einmal zu zeigen. Sie würde früh aufstehen und ein schönes Frühstück zurechtmachen. Und ein Ei, ja, für Thomas wollte sie ein Spiegelei machen. Das mochte er doch so gern – und Toast dazu. Sie wußte, daß sie irgendwo noch ein Ei haben mußte, und er sollte es haben. Dann würde sie den Boden schrubben, bis er wieder im Licht der Sonne weiß glänzte; sie würde die Vorhänge waschen, die sie im Geiste schon sauber und schön an der Wäscheleine baumeln sah. Sie würde die Kommode polieren und die Fenster putzen, bis sie blitzten. Zuviel für mich? Daß ich nicht lache! Ich werde es ihr schon noch zeigen!

Aber genau jetzt schien ihr die Sonne so richtig herrlich ins Gesicht. Es wäre eine Schande, in diesem Augenblick aufzustehen. Sie beschloß, die Sonne noch ein ganz wenig länger zu genießen ...

Martha wachte erschreckt auf. Wie ärgerlich! Sie war eingedöst, und nun mußte sie sich sehr beeilen, um alles erledigen zu können, bevor diese Frau erschien.

Ungelenk kletterte sie aus dem Bett und wühlte nach ihrem Kleid. Wo war das denn bloß hingekommen? Plötzlich fiel ihr ein, daß sie morgens, wenn sie das Bett verließ, nur ein klein wenig auf dem Bettrand sitzen bleiben mußte, dann fiel ihr immer alles wieder ein.

Ihr Kopf sank ein wenig nach vorn, und so hatte sie nur noch den Boden vor Augen. Es stimmte, er war schmutzig. Und was noch schlimmer war, jetzt, wo sie aufgestanden war, hatte sie die Begeisterung für das Schrubben wieder verloren. Nun konnte sie nur noch an das unglaubliche Gewicht des Wassereimers denken und an das gefährliche Kunststück, auf die Knie herunterzukommen und anschließend, irgendwie, auch wieder hoch ...

Endlich hatte sie ihr Kleid gefunden. Wenigstens würde sie die Frau diesmal angezogen antreffen, und Thomas sollte ein gutes Frühstück vor sich haben. Sie ging in die Küche und machte sich an die Arbeit.

Aber wie hatte das Fett in der Bratpfanne nur so schnell stinkend schwarz werden können, sie hatte doch höchstens zwei Minuten gebraucht, um das Ei zu finden? Manchmal ging einfach alles schief. Sie schüttete das schwarze Fett fort und begann noch einmal von vorn. Und diesmal klappte es wunderbar. Das Ei wurde genau richtig, ein bißchen knusprig an den Rändern, so hatte Thomas es am liebsten. Und der Toast war goldgelb. Das war es, was er brauchte, um wieder zu Kräften zu kommen! Ein gutes Frühstück jeden Morgen! Es würde nicht einfach sein, jeden Tag von ihrer schmalen Rente ein Ei zu kaufen, aber sie hatte es diesmal geschafft, sie würde es auch wieder schaffen.

Jetzt mußte sie es nur noch ins Schlafzimmer bringen. Langsam, ganz langsam, weil die Dielen so heimtückisch uneben geworden waren, trug sie den Teller über den Flur ins Schlafzimmer. Zunächst mußte sie ihn irgendwo abstellen, weil sie Thomas vorher richtig bequem in die Kissen setzen wollte.

Aber als sie den Teller auf der Kommode abstellen wollte, stellte sie verärgert fest, daß dort kein Platz mehr war. Sie war völlig zugestellt – was stand denn da bloß alles herum? Sie schaute genauer hin, und eine dumpfe Verwirrung ergriff sie. Auf der Kommode stand schon ein Teller mit einem Spiegelei, eiskalt und erstarrt. Und noch einer und noch einer und noch einer, jeder Teller mit einem ekelhaft glibberigen Spiegelei, das sie anstarrte wie ein blindes Auge.

Etwas, zur Hälfte Erinnerung, zur Hälfte Angst, veranlaßte sie, sich umzudrehen, langsam, ganz langsam, und in das Bett zu schauen.

Ja, es war leer. Völlig leer. Thomas war nicht mehr da.

Sie merkte, daß sie sich auf die Bettkante setzen mußte, um das alles richtig zu verstehen. Da war etwas, ein Schimmer der Erinnerung, der alles erklärte.

Es war der falsche Donnerstag! Diese Frau ist schon an einem anderen Donnerstag dagewesen – letzten Donnerstag, oder vorletzten? – und hatte Thomas mitgenommen.

Thomas mitgenommen! Der Sinn der Worte brannte sich in ihr ein. Wie hatte sie das geschehen lassen können? Sie, die immer ihre Familie beschützt hatte. Sie, die früher mit

Gerichtsvollziehern, Bewährungshelfern, Schulbehörden, einfach mit allem fertig geworden war, wie hatte sie es dieser plattfüßigen Frau erlauben können, Thomas mitzunehmen?

Sie mußte nachdenken, nur nachdenken. Wann haben sie ihn geholt? Wo haben sie ihn hingebracht? Was hat diese Frau gesagt?

Ins Krankenhaus, natürlich! Thomas war krank; also mußte er im Krankenhaus sein. Sie würde jetzt sofort hingehen und ihn holen, nach Hause zurückholen, sie persönlich, in dem Frühlingssonnenschein.

Der Weg ins Krankenhaus war weit, fürchterlich weit, und als sie schließlich dort angekommen war und auf einer der harten Bänke saß, wie sprachen sie da mit ihr! Einer nach dem anderen gestikulierte vor ihr herum, Fragen explodierten wie Feuerwerkskörper.

»Keine Akte.« »Keine Einlieferung« – Sinnlose Worte flogen um sie herum wie Papierbälle – als ob kleine Mädchen in einem sonnigen Garten Ball spielten ...

Die Schwester sprach etwas lauter, immer noch geduldig:

»Verstehen Sie? Sie müssen zur Information, dort erhalten Sie ein Formblatt, auf das sie den Namen, die Adresse und den Einlieferungstag des Patienten angeben müssen.«

Aber Martha hörte ihr längst nicht mehr zu. Ganz hinten, am Ende des dunklen Flurs, konnte sie Thomas sehen. Wie gut er ausschaute! Und – war das denn möglich? – er rannte, rannte auf sie zu, mit ausgestreckten Armen und zerzaustem grauen Haar.

»Thomas!« schrie sie glücklich, aber gleichzeitig besorgt. »Thomas, Liebling, du darfst nicht so rennen! Dein Herz! ...«

Sie atmete die süße, kühle Luft tief ein, und dann schien sie keine mehr zu brauchen, denn jetzt rannte auch sie, leicht und schnell wie ein junges Mädchen, wie ein Vogel; ihre Füße flogen über den Steinboden. Wie schön es war, zu rennen, zu rennen und zu rennen, seiner Liebe entgegen.

»Würden Sie *bitte* zur Information gehen!« Die Stimme der Schwester brach plötzlich ab. Ein Laie hätte wohl kaum bemerkt, wie der Kopf der alten Dame ein wenig weiter auf die Brust sank und der schwache Atem aussetzte.

Schicksal

Einen Augenblick lang saß Frances ganz still, das trokkene, stoppelige Gras der Böschung piekte durch ihr dünnes Kleid. Ihre Hand war noch immer zur Faust geballt und hielt ihre Handtasche fest, die nicht mehr da war.

Ein Zugunglück! Ich war in einem Zugunglück! Sie wiederholte den Satz noch einmal mit so etwas wie erstauntem Stolz. Ein richtiges Unglück, und ich hatte überhaupt gar keine Angst. Es war – lustig! Oder? Sie versuchte angestrengt, sich genau an das zu erinnern, was geschehen war, aber es war schwierig. Es ist alles so schnell gegangen, und es ist so laut und doch auch leise gewesen. Da war ein Moment der absoluten Stille, bevor der Waggon zu kippen begann, bevor die bleichen, verzerrten Gesichter auf der anderen Seite zu schreien anfingen, bevor der fette alte Herr, der sich die ganze Zeit keuchend über den Fahrplan beschwert hatte, die Tür aufgestoßen und ihr zugeschrien hatte: »Springen Sie! Springen Sie um Ihr Leben!« Stoßend und zerrend hatte er sie mit sich hinausgezogen.

Frances kicherte in sich hinein, benommen, dankbar. Wer hätte gedacht, daß der alte Knabe so gelenkig war? Ich würde gerne wissen, was er nun von dem Fahrplan dieses Zuges hält! Ob er wohl okay ist?

Erst als sie den Kopf umdrehte, um sich nach ihm umzuschauen, bemerkte Frances, daß ihre Augen noch immer geschlossen waren. Nur mit Mühe öffnete sie sie und sah sich um.

Es wurde dunkel, und das erste, was sie erblickte, waren ihre eigenen Füße, undeutlich, dort in dem Gras, in den schicken, leuchtendroten Sandalen. Und ihre Strümpfe – Wunder über Wunder, ihre besten Strümpfe waren unbeschädigt, ohne jede Laufmasche! Sie kicherte wieder ein wenig. Das muß man sich einmal vorstellen. In einem schrecklichen Unfall aus dem Zug zu stürzen und sich dabei noch nicht einmal die Strümpfe zu zerreißen! Ich muß die Katze mit den neun Leben sein, nein, meine Strümpfe sind die Katze mit den neun Leben. Sie kicherte wieder. Das ist ein guter Witz, den muß ich erzählen . . .

Ärgerlich stellte sie fest, daß ihre Augen schon wieder geschlossen waren. Sie öffnete sie wieder. Diesmal stand sie auf und blickte sich um, studierte ihre Umgebung. Links und rechts von ihr erstreckte sich der grasüberwachsene Bahndamm, vor ihr lag der entgleiste Waggon, dessen kompliziertes und bis dahin unbekanntes Unterteil offen zutage lag. Es erinnerte sie an einen Käfer, der auf seinem Rücken lag. Jeden Augenblick erwartete sie, daß die Räder hilflos in der Luft zu strampeln beginnen würden . . .

Aber ich muß irgend etwas *tun*, dachte Frances, ich kann nicht die ganze Nacht hier sitzen bleiben. Was tut man nach einem Unfall? Von der anderen Seite des Waggons, die sie nicht sehen konnte, hörte sie aufgeregten Lärm, lautes Klopfen. Stimmen. Rufe. Wenn sie verletzt worden wäre, würden sie kommen und sie retten; aber unverletzt – einfach nur auf dem Bahndamm sitzend, ein wenig benommen zwar, aber ohne einen einzigen Kratzer . . .?

Frances schüttelte sich. Nun, wenn sie nicht helfen konnte, und angesichts der riesigen Größe des umgestürzten Waggons in der Dunkelheit war Frances sich ziemlich sicher, daß sie hier nichts tun konnte, dann ging man wohl zum nächsten Bahnhof und rief die Familie an, um . . .

Die Familie. Michael und Susan, ihr Baby. Michael, der

sie einst so zärtlich geliebt hatte, der ihr jeden Wunsch von den Augen abgelesen hatte. Michael, der in diesem Augenblick ungeduldig auf sie wartete, damit sie ihm Susan abnahm und er zu seinem gräßlichen Malkursus gehen konnte. Frances ballte im Gras die Fäuste. Dieser Malkursus von Michael, der stand zwischen ihnen und war der Grund für die vielen Streitereien; nicht ihre ›lächerlichen Besitzansprüche‹, wie Michael es nannte. Waren es lächerliche Besitzansprüche, wenn eine Frau etwas dagegen hatte, drei Abende in der Woche allein gelassen zu werden, während ihr Mann loszog und stundenlang wunderschöne Modelle anstarrte? Hatte sie nicht recht, wenn sie sich vernachlässigt und ausgenutzt fühlte? Aber es waren ja nicht nur die drei Abende des Malkursus, die sie so aufbrachten, jede Minute seiner freien Zeit verwendete er auf dieses Hobby. Wenn er nicht gerade mit grimmiger Konzentration malte, die Frances und jedes Gespräch mit ihm ausschloß, dann verschmierte er mit seinen Pinseln die Spüle und hinterließ überall Ölspuren. Oder er ›restaurierte‹ Rahmen – das war das Schlimmste überhaupt. Kaum ein Samstag verging, an dem er nicht freudestrahlend mit einem spinnenwebenverhangenen Monstrum unter seinem Arm nach Hause kam. »Den habe ich für 'nen Appel und 'n Ei bekommen! Er ist genau richtig für mein Seebild, wenn ich ihn zurechtgeschnitten habe.«

›Zurechtschneiden‹ bedeutete Sägemehl und Gipsstaub in der ganzen Küche, und dann standen die Rahmen die ganze Woche über im Weg herum, weil der Leim trocknen mußte.

Als Michael vor beinahe einem Jahr seine Liebe zur Malerei entdeckte, da hatte es ihn gedrängt, alles mit Frances zu besprechen und ihr alles zu zeigen, was er malte. Aber Frances, die ihm seinen Egoismus vor Augen führen und ihm demonstrieren wollte, wie sehr er sie vernachlässigte, hatte sich geweigert, auch nur das geringste Interesse zu zeigen. So hatte er in letzter Zeit kaum noch mit ihr gesprochen. Statt dessen hatte er sich angewöhnt, nach dem Kursus diese gräßliche Frau mit den großen Ohrringen mit nach Hause zu bringen, um mit ihr über Spätimpressionismus oder irgend jemandes frühraffaelitische Phase zu diskutieren. Normalerweise ging Frances bei solchen Gelegenheiten zu Bett, um ihre Langeweile und ihre Mißbilligung zur Schau zu stellen; aber meistens bemerkte Michael es überhaupt nicht, so sehr war er in das Gespräch mit dieser Frau vertieft.

Das Krachen zerberstenden Holzes und ein Ruf brachten Frances wieder in die Realität zurück. Es war nun schon ziemlich dunkel. Sie sollte sich auf den Nachhauseweg machen. Wenn ich doch bloß verletzt worden wäre. Wenn ich doch ins Krankenhaus müßte, schwerverletzt, dann bekäme Michael Gewissensbisse! Dann würde er sich wünschen, mich während all dieser Monate nicht so vernachlässigt zu haben! Sie blickte beinahe sehnsüchtig auf den schwarzen Schatten des verunglückten Zuges. Und in diesem Augenblick fand eine Idee den Weg in ihren Kopf, als ob sie von dem Waggon auf Frances zugekrochen gekommen wäre, so, wie ein Wurm aus der Erde kriecht, von der man gerade einen Stein hochgehoben hatte.

Das wird ihn lehren! Alles, was ich tun muß, ist – nichts tun! Wenn ich nicht anrufe, nicht nach Hause gehe, einfach für einen Abend verschwinde, dann wird er bestimmt bereuen, daß er mich so behandelt hat.

Denn selbstverständlich würde Michael von dem Unfall

hören. Und natürlich wußte er, daß sie in diesem Zug gewesen sein mußte, denn sie kam immer mit dem 18.25-Uhr-Zug nach Hause. Sie stellte sich vor, wie Michael, halb wahnsinnig vor Sorge, ein Krankenhaus nach dem anderen anrief, zum Bahnhof eilte, zu dem Schauplatz des Unglücks ... Die Vorstellung trieb ihr die Tränen in die Augen und erfüllte sie gleichzeitig mit Ruhe und einem Frieden, wie sie es seit Monaten nicht mehr verspürt hatte. Der bloße Gedanke bedeutete für sie Essen und Trinken, die tröstliche Wärme eines Feuers und eines Daches über dem Kopf in einer stürmischen Nacht. Zumindest einen Abend lang würde Michael nur an sie denken, an sonst niemanden. Seine Sorgen, seine Ängste wären nichts anderes als das Maß seiner Liebe. Sie würde endlich wissen – und er würde wissen –, daß sie gebraucht und vermißt wurde, daß er sie liebte, nicht ohne sie leben konnte.

Frances wurde unruhig. Ein zweites Mal kommt solch eine Gelegenheit nicht wieder. Und es war so einfach, so verführerisch, unwiderstehlich einfach. Sie brauchte nur einfach in der Dunkelheit zu verschwinden. Am Morgen würde sie nach Hause gehen und sich laben an Michaels Freude darüber, daß sie gesund war, an seinen Gewissensbissen, an seiner Zärtlichkeit, an seiner erneuten Bereitschaft, für immer alles für sie zu tun.

Aber was ist mit den Fragen, die sie dann zu beantworten hätte? Warum war sie nicht direkt nach Hause gekommen, wo sie doch nicht verletzt worden war? Frances zögerte, aber nur einen kurzen Augenblick. Nun, sie könnte behaupten, sie hätte einen Schock gehabt, ihr Gedächtnis verloren oder so etwas. Alles mögliche konnte passieren, wenn man in ein Zugunglück verwickelt war. Der Satz »Mein Zug hatte einen Unfall« bewies schon einen eigenen Zauber, wirkte auf sie wie ein Talisman. Er war wie ein Abzeichen, das man zur Schau stellen konnte, so wie manche Frauen ihre Schönheit zur Schau stellten, ein Abzeichen, das sie von allen gewöhnlichen Normen und Regeln befreite.

Gehirnerschütterung! Die Idee kam ihr wie eine blitzartige Erleuchtung. Mit einer Gehirnerschütterung war es völlig normal, sich seltsam zu benehmen. Eine Freundin ihrer Schwester hatte sich einmal bei einem Sturz vom Fahrrad eine Gehirnerschütterung zugezogen und hatte nicht eine einzige Wunde aufzuweisen gehabt. Und dieser Mann, der von einer fallenden Leiter am Kopf getroffen worden war – er ist mehrere hundert Meter weitergegangen, als hätte er gar nichts davon gemerkt, und dann erst zusammengebrochen.

Ja, das war die Lösung! Sie würde sie glauben machen, daß sie eine Gehirnerschütterung erlitten und es gerade geschafft hätte, in Richtung Straße loszustolpern. Aber dann wäre sie an einer einsamen Stelle, wo sie niemand vermutet hatte, zusammengebrochen. Und wenn sie am nächsten Morgen mit dieser Geschichte nach Hause kam, würde Michael so zärtlich sein, so mitfühlend. Er würde sie wieder mit seiner schützenden Liebe umgeben, so wie es ganz zu Anfang ihrer Ehe gewesen war. Er würde erkennen, wie sehr er sie vernachlässigt hatte, er würde diesen ganzen Unsinn mit der Malerei aufgeben, und diese schwarzhaarige Frau mit ihrem häßlichen Modeschmuck würde nie wieder das Haus betreten.

Der Bahndamm war steil und das trockene Herbstgras rutschig; Frances machte sich Sorgen, daß sie gesehen werden könnte, bevor sie in Sicherheit war. Aber sie brauchte sich keine Gedanken zu machen, denn die anderen waren viel zu beschäftigt, um aufzuschauen und jemanden in der Dunkelheit wegkriechen zu sehen.

Häuser, Reihenhäuser. Das Unglück mußte direkt nach Verlassen des Bahnhofs geschehen sein. Der Bahnhof ihrer Stadt? Der Bahnhof davor? Frances verlangsamte ihren eiligen Schritt und versuchte nachzudenken. Wie hieß der letzte Bahnhof, an dem der Zug gehalten hatte, bevor...? Sie konnte sich nicht erinnern – hatte es wahrscheinlich auch gar nicht mitbekommen, denn während des gesamten Nachmittags und der ganzen Fahrt hatte sie in ihrem Kopf nur Platz für ärgerliche Vorwürfe gehabt. Michaels Stimme am Mittag war so oberflächlich, gleichgültig gewesen. Gewiß war er mit seinen Gedanken schon wieder bei seinem halbfertigen Bild in der Ecke:

»In Ordnung, geh du zu Emily, wenn du willst. Ich passe auf Sue auf und mache ihr was zu essen. Aber komm bitte rechtzeitig nach Hause, daß ich um acht Uhr zu meinem Malkursus kann.« Nichts davon, daß er sie vermißte, nichts darüber, daß er seinen einzigen freien Nachmittag in der Woche mit ihr gemeinsam verbringen wollte. Er hatte sie zwar gedrängt, früh nach Hause zu kommen, aber nur, weil er pünktlich zu seinem Kursus wollte.

Die Erinnerung daran bestärkte Frances in ihrem Vorhaben, und entschlossen setzte sie ihren Weg auf dem harten, ermüdenden Pflaster fort. Ein Strom des Triumphes durchfloß sie. Heute abend würde er nicht zu seinem Kursus gehen; heute abend würde er nicht diese Frau mit nach Hause bringen und mit ihr eines dieser unendlichen Gespräche führen. Sie stellte sich vor, wie er wartete, die verhaßte Staffelei zusammengeklappt unter seinem Arm, seine Augen auf der Uhr, zunächst irritiert, dann besorgt, dann...

Meine Güte, wie kalt es war! Es wurde spät. Ein leichter, feuchtkalter Wind war aufgekommen und fegte erbarmungslos um ihren ungeschützten Kopf. Die Ohren schmerzten, die Augen brannten, der ganze Kopf dröhnte. Außerdem war sie müde, fürchterlich müde. Sie mußte weit gegangen sein durch diese öden Straßen mit den dunklen Häusern, die alle gleich aussahen. Das war sicher nicht die Stadt, in der sie wohnte, sonst hätte sie längst irgend etwas Bekanntes gesehen. Wo war sie nur? Welches der Städtchen, die der Zug auf seinem Weg durchfuhr, hatte so endlos lange Straßen, die alle gleich aussahen und allesamt schlecht beleuchtet waren?

Zum ersten Mal tauchten in Frances Zweifel auf. Nicht hinsichtlich der Richtigkeit ihrer Entscheidung – das war eine Frage, die sie im Moment lieber nicht beurteilen wollte –, sondern hinsichtlich der Durchführbarkeit. Es war nicht schwierig, zu beschließen, nicht nach Hause zurückzukehren, um seinem Ehemann einen tüchtigen Schrecken einzujagen – aber wo blieb man dann die Nacht über, was tat man in dieser Zeit? Sich auf einer Bank ausruhen? Aber sie hatte nicht mit dieser beißenden, feuchten Kälte gerechnet, die durch und durch ging. Sie mußte einfach weiterlaufen! Aber Frances war müde, todmüde.

Ein Hauseingang, verführerisch vom Wind geschützt, tauchte vor ihr auf, und ohne zu zögern, ließ sich Frances dort nieder, um ihrem schmerzenden Körper ein wenig Ruhe zu gönnen. Wenn sie nur die Einkaufsstraße dieses fürchterlichen Ortes finden könnte, dann würde sie vielleicht ein Café finden, in das sie sich setzen könnte. Dann hätte sie es zumindest warm. Ihre Handtasche! Die mußte irgendwo im Wrack des Waggons liegen. Sie hatte kein Geld! Nicht mal für eine Tasse Kaffee. Frances zitterte und schlang die dünne Sommerjacke enger um sich. Wie dumm von mir, an einem Septembernachmittag in dünnen Sommersachen loszuziehen. Aber es war so schön und sonnig gewesen, und wie hätte ich wissen können, daß ich die Nacht draußen verbringen würde? Ein Zelt und einen Schlafsack hätte ich mitnehmen sollen. Wenn ich das doch nur geahnt hätte ...

Frances erwachte, steif und zitternd vor Kälte. Wie lange hatte sie geschlafen? Einen Augenblick lang hatte sie gehofft, daß es schon Morgen sei, daß die lange Nachtwache vorbei und es Zeit sei, nach Hause zu eilen, um in Michaels warmen, reuigen Armen sein Mitgefühl zu genießen.

Aber nein! Noch war die Morgendämmerung in der schwarzen, sternenlosen Nacht nicht einmal zu erahnen, und Frances fühlte sich so einsam wie noch nie. Während sie dort saß und darauf wartete, daß der Schlaf von ihr abfiel, stieg plötzlich fürchterliche Angst in ihr auf. Zuerst konnte sie sich diese Angst überhaupt nicht erklären. In der stillen Straße waren keine energischen Schritte zu hören, kein Rascheln in der Ligusterhecke neben ihr war der Grund dafür, daß sie plötzlich angestrengt lauschte, daß ihr Herz plötzlich so heftig klopfte.

Wie das Licht einer Taschenlampe hüpfte die Angst in der lautlosen Straße hin und her, und dann, so erschien es Frances, ließ sie sich nieder, direkt neben ihr, auf ihr, stürmte in ihre Seele.

Jetzt wußte sie, wovor sie Angst hatte. Sie hatte Angst vor dieser Frau, die hier im Hauseingang saß. Diese Frau, die, um ihren kindischen Stolz zu retten, ihrem Mann eine Nacht der schrecklichsten Sorge und Ängste bereitete; die aus einem Unglücksfall Kapital schlug; und die vorhatte, gesund und munter nach Hause zu gehen, um Mitgefühl für erfundenes Leid einzuheimsen.

Was für eine Strafe hielt das Schicksal für solch eine Frau bereit? Wo würde es zuschlagen mit seiner jahrhundertealten, heidnischen Kraft?

Susan? Michael? Frances zweifelte nicht, daß die Schicksalsgöttin ihre wunden Punkte kannte; aber für wen würde sie sich entscheiden? Für beide? O mein Gott, was wird ihnen geschehen? Was ist vielleicht schon geschehen? Sie stöhnte verzweifelt auf. Aus der dunklen Straße schlug ihr wieder dieser grausame Wind unerbittlich ins Gesicht, als sei er der erste Bote einer alten, erbarmungslosen Macht.

Was könnte geschehen sein? In Gedanken ging sie alle Möglichkeiten durch, dann fiel es ihr ein. Natürlich! Das war die Strafe, die das Schicksal für sie ausgewählt hatte, eine Bestrafung, die so gut zu dem Unrecht paßte, das sie gerade beging. Wahrscheinlich hatte es das Schicksal so eingerichtet, daß Michael, halb wahnsinnig vor Sorge, zu irgendeinem Krankenhaus geeilt war, oder zum Unfallort, und Susan allein zu Hause gelassen hatte. Und Susan, allein im Haus – nun, was konnte einem anderthalb Jahre alten Kind nicht alles passieren, wenn es ohne Aufsicht war? Sie könnte die Treppe hinuntergefallen oder in den brennenden Kamin gestürzt sein; vielleicht hatte sie auch irgend etwas Schweres auf sich hinuntergezogen. Da gab es zahllose Möglichkeiten. Frances wußte nur eines mit Sicherheit: Sie mußte nach Hause, jetzt, auf der Stelle, und Michael alles erzählen – wenn es noch nicht zu spät war; wie lange hatte sie hier geschlafen? Stunden? Fünf Minuten? Weder der schwarze Himmel über ihr noch die verlassenen Straßen gaben ihr einen Anhaltspunkt.

»Michael, Michael!« rief sie kläglich, und irgendwie

schien sein Name neue Energien in ihr wachzurufen. Es war beinahe, als ob eine fremde Kraft sie hochgehoben hätte, so daß Frances plötzlich wieder auf beiden Beinen stehen und durch die Dunkelheit eilen konnte. Die Steifheit war wie durch ein Wunder verschwunden, sie rannte – nicht ziellos, wie sie es befürchtet hatte, in diesem Irrgarten unbekannter Straßen –, sondern mit einem seltsamen Gefühl der Sicherheit, daß dies der richtige Weg nach Hause war.

Sie hatte sich nicht getäuscht! Schneller, als sie es für möglich gehalten hatte, traf sie auf eine ihr bekannte Einkaufsstraße, als sie um eine Ecke bog. Erst heute morgen hatte sie Susan dort in ihrem Kinderwagen spazierengefahren. Susan, die gesund und glücklich in ihrem Wagen den Sonnenschein genossen hatte. Sonnenschein. Susan, noch unberührt von der Hand der Schicksalsgöttin, die unerbittlich durch die Nacht eilte ...

Eine eiskalte Windbö traf Frances, als sie um die Ecke in ihre Straße einbog, und es erschien ihr wie der Atem des Schicksals selbst, der Atem, der eiskalt durch die Jahrhunderte fegte und das Leben der überheblichen Sterblichen gefror, zerstörte, und heute nacht hatte er diese Straße, dieses Haus erreicht ...

Noch bevor sie ihr Haus sehen konnte, wußte Frances, daß die Fenster schwarz und still dalagen: kein Lichtschimmer drang nach draußen. Irgendwie hatte sie schon vorher diese Stille erahnt, die die kleine Eingangshalle erfüllte, als sie dort in der Dunkelheit stand. Eine Stille, die derjenigen in dem Waggon glich, bevor er umstürzte. Sie konnte beinahe sehen, wie der Boden, auf dem sie stand, einbrach, sich hob, kippte und alles, was sie liebte, eine stockdunkle, unendliche Treppe hinunterwarf, in einen bodenlosen Alptraum.

Aber es war nicht nur still in dem Haus – still wie in einer Höhle, in der kein menschliches Wesen überlebt hatte –, da hing ebenfalls ein leichter, unangenehmer Geruch in der Luft. Einen wilden Hoffnungsschimmer lang glaubte Frances, es sei der Geruch nasser Farbe, der Geruch, über den sie sich immer beschwert hatte, der aber jetzt für sie unendlich tröstlich gewesen wäre. Ein Geruch, der Leben symbolisierte, der Michael symbolisierte, der den jungenhaften Enthusiasmus und seine Lebensfreude symbolisierte, die Herz und Seele ihres Heimes ausmachten, und sie, Frances, hatte es nie gewußt. Sie war darin geschwommen, hatte davon gelebt und es trotzdem nie bemerkt, so beschäftigt war sie damit gewesen, gegen die unbedeutenden Unannehmlichkeiten Sturm zu laufen, die das mit sich brachte; und die geringe Mühe, die es forderte, hatte sie verweigert, wie ein kauziger Geizhals, der sich nicht die Mühe machen wollte, die Vorhänge aufzuziehen, um die strahlende Frühlingssonne hereinzulassen.

Schnell tastete Frances mit ihrer Hand die Wand entlang, um das Licht anzuschalten, aber sie fand keinen Schalter; sie wagte aber auch nicht, noch einen Schritt weiter in die Dunkelheit zu gehen; ein Schritt, und sie stürzte vielleicht kopfüber diese schwarze, endlose Treppe hinunter, tiefer und tiefer in die unvorstellbare Dunkelheit.

Der Geruch wurde durchdringender. Er schien von überall her durch die Dunkelheit auf sie zuzukommen, ekelhaft süß mit dem Geschmack drohenden Verhängnisses. Michael hatte doch bestimmt nicht...? Hatte er in seiner Verzweiflung über ihren Tod...? Würde er...? Auch wenn Susan hier bei ihm war? Der seltsame Geruch wurde durchdringender, schien sich in der Dunkelheit auf sie zu legen wie eine dicke, schwere Decke, die ihr den Atem nahm. Sie schnappte nach Luft. In der Ferne hörte sie etwas schlagen, lauter und lauter, bum, bum, bum ...

»Sie wacht aus der Narkose auf«, rief eine muntere Stimme. »Sie können jetzt hereinkommen, wenn Sie wollen!«

Frances zwang ihre Augen auf. Dieses Schlagen hatte noch immer nicht aufgehört, aber nun hatte sie erkannt, daß es ihr eigenes Herz war. Der süßliche Geruch der Narkosegase war beinahe ganz verschwunden, und einen Augenblick später fühlte sie Michaels Hand in ihrer Hand und sein Gesicht an ihrer Wange.

»Michael!« keuchte sie mühsam. »Bist du in Ordnung? Lebst du – und Susan?«

»Liebling, natürlich leben wir! Du hattest einen Unfall, nicht wir! Oh, Liebling, ich hatte solch eine Angst ...«

»Michael, ich weiß! Ich werde es mir nie verzeihen! Ich habe so getan, als hätte ich eine Gehirnerschütterung, um dich ...!«

»Schon gut, Liebling, du darfst nicht soviel reden! Du hast nicht so getan, als ob du eine Gehirnerschütterung hättest, du hast eine, und zwar eine ganz ordentliche. Es scheint, als ob du dich bis zu den Häusern am Bahnhof vorgekämpft hast. Dort haben sie dich etwa eine Stunde nach dem Unglück bewußtlos in einem Hauseingang gefunden.«

»Eine *Stunde*? Die Häuser am Bahnhof? Aber ich bin stundenlang gelaufen, durch zahllose Straßen mit kleinen Häusern, die alle gleich aussahen.«

Michael sprach langsam.

»Das kam dir nur so vor, weil du krank warst. In Wirklichkeit sind es nur fünf Häuser – alle sehen gleich aus. Man hat mir erzählt, daß du nach mir gerufen hast, als sie dich aufgehoben haben; du hast mich gesucht! Oh, Liebste ...!«

Frances versuchte zu sprechen. Sie erinnerte sich daran, wie sie Michaels Namen gerufen hatte, und an das Gefühl, daß eine fremde Kraft sie hochhob. Sie soll versucht haben, ihn zu finden! Wo sie doch nur ans Weglaufen gedacht hatte, ans Verstecken, um ihm einen richtigen Schock zu versetzen!

Aber andererseits, hatte sie nicht vielleicht doch versucht, ihn zu finden? Die Liebe und Nähe wiederzufinden, die ihnen verlorengegangen waren? Es ist wahr, der Weg, den sie gewählt hatte, war ein unehrlicher Umweg, kindisch und grausam. So etwas wollte sie nie wieder tun. Aber es gab auch andere Wege, ehrliche Wege eines Erwachsenen, herrliche, sonnige Wege, übersät mit farbenprächtigen Leinwänden, mit Sägemehl und Farbspritzern, mit Gelächter und fröhlichen Diskussionen bis in die tiefe Nacht...

»Und ich habe tatsächlich eine Gehirnerschütterung?« murmelte Frances. Sie schlief beinahe schon wieder, als sie wie im Traum Michaels Stimme hörte:

»... ich wäre bald wahnsinnig geworden, dieser abscheuliche alte Kerl in der Telefonzelle, der überhaupt nicht aufhörte, in den Hörer hineinzuschreien. Als er herauskam, schimpfte er über das Telefonnetz in diesem Bezirk...«

»Ich bin so froh, daß es ihm gutgeht«, murmelte Frances. Es war nicht wichtig, daß Michael kein einziges Wort davon verstand. Ein anderes, wichtigeres Verständnis breitete sich wie Sonnenstrahlen zwischen ihnen aus.

Der Babysitter

Daphne hätte nicht sagen können, worum es in diesem Stück ging. Als der Vorhang am Ende des ersten Aktes fiel, war ihr einziger Gedanke: fünfzig Minuten sind um. In zwei Stunden, vielleicht auch etwas weniger, kann ich endlich nach Hause und nachschauen, was passiert ist; nachschauen, ob diese schreckliche Vorahnung, dieses Gefühl der Angst, das von Minute zu Minute zunahm, nur der lächerlichen Phantasie einer überängstlichen Mutter entsprang oder...

Als die Lichter im Saal ausgingen, betrachtete sie Tim verstohlen. Dieser gemeinsame Abend war seine Idee gewesen; es war das erste Mal seit Monaten, daß sie zusammen ausgingen.

»Das ist lächerlich, Daphne«, hatte er argumentiert. »Ich weiß, daß es nicht so leicht ist, jemanden für Sally zu finden, jetzt, wo deine Mutter nicht mehr hier um die Ecke wohnt; aber zum Teufel damit! Das Kind ist beinahe vier. Man kann sie sicherlich mal mit jemandem allein lassen, den sie nicht ganz so gut kennt!«

Daphne hatte ihm zugestimmt, in der Theorie zumindest. In der Praxis sah dann alles viel schwieriger aus. Die meisten ihrer Freunde hatten mit ihren eigenen Kindern genug zu tun, und die, die keine hatten – nun ja, sie konnte vielbeschäftigte, kinderlose Bekannte kaum darum bitten, einen Abend lang den Babysitter zu spielen, schließlich konnten sie ihnen im Gegenzug nichts dafür anbieten.

Tim hielt das selbstverständlich für dummes Zeug.

»Frag sie doch einfach«, sagte er immer. »Schlimmstenfalls sagen sie nein.« Es war unmöglich, ihrem Mann klarzumachen, daß sie einfach zu schüchtern war, um solch ein Ansinnen an ihre Bekannten zu stellen; die Blamage, wenn Sally ausgerechnet an diesem Abend nicht einschlafen würde und den Babysitter die Treppe rauf und runter jagte, weil sie ein Glas Wasser oder eine zweite Decke wollte, oder beruhigt werden mußte, weil sie Angst vor Kobolden, Wölfen oder dem Huhn mit den großen, runden Augen hatte.

Das Huhn mit den großen, runden Augen war für Sally ein richtiges Schreckgespenst. Wie es dazu gekommen war, hatte Daphne nie herausfinden können; vielleicht ist ein Traum, ein Bild oder eine Geschichte, die Sally im Kindergarten gehört hatte, der Anlaß dafür gewesen; vielleicht war der Traum auch einfach ihrer überschäumenden Phantasie entsprungen. Was auch der Grund dafür war, in den vergangenen Monaten hatte es immer wieder Nächte gegeben, in denen Sally weinend aufwachte.

»Das Huhn, Mami! Das Huhn mit den großen, runden Augen!« Wenn Daphne dann nach oben in Sallys Zimmer eilte, saß das Kind zitternd vor Angst im Bett, manchmal mußte es sich sogar übergeben, und erst wenn Daphne sie lange genug in ihren Armen beruhigt hatte, hörte das Zittern langsam auf, so daß sie wieder einschlafen konnte.

»Macht es dir Freude, Liebling?«

Tims Hand, die liebevoll auf ihrer lag, erfüllte Daphne mit Reue. Was für ein Dummkopf ich doch bin! Verderbe mir den ganzen Abend durch unnütze Sorgen, wo er solche Mühe hatte, diese Karten zu ergattern, und sogar den Babysitter hatte er aufgetrieben.

»Natürlich, Liebling. Es ist wunderbar!« Aber während sie sprach, blieben ihre Gedanken bei ihrer Tochter.

Er hatte den Babysitter aufgetrieben! Die unbestimmte

kalte Furcht kroch ihr wieder langsam den Rücken hinauf, als die Lichter ausgingen und der Vorhang sich erhob. Er gab wieder den Blick auf verschwommene Figuren frei; an ihr Ohr gelangten wieder Stimmen, die Daphne zwar hörte, aber nicht verstand, als sprächen sie Hindustani.

Ich benehme mich lächerlich! Das hatte sie sich an diesem Abend nun schon zum hundertsten Mal gesagt. Gegen diese Frau war wirklich nichts einzuwenden. Tims Chef hatte gesagt, sie wäre wunderbar. Er hätte sicherlich gewußt, wenn irgend etwas mit ihr nicht stimmte! Er hätte sie doch niemals Tim empfohlen, wenn er nicht absolut sicher wäre...

Daphne versuchte verzweifelt, sich an alles zu erinnern, was ihr Tim über Mrs. Kogut erzählt hatte.

»Sie ist ein Flüchtling aus Polen oder Ungarn, ich weiß es nicht genau. Jetzt arbeitet sie für eine Organisation, die mit Kindern zu tun hat. Also hat sie wahrscheinlich eine gute Hand mit kleinen Kindern.«

Daphne hatte zwar trocken eingeworfen, daß viele Leute in Organisationen für Kinder arbeiteten, ohne jemals ein Kind aus der Nähe gesehen zu haben, aber Tim hatte diesen Einwand nicht gelten lassen.

»Das ist unwichtig. Barker sagt, sie sei wunderbar, und er kennt sie seit Jahren. Eine äußerst verläßliche, tüchtige Frau, die auch in Notfällen nicht den Kopf verliert. Ich habe sie angerufen, und sie hat gesagt, daß sie am Samstag jederzeit kommen kann; sie würde Sally sogar zu Bett bringen. Stell dir das mal richtig vor, Daphne! Wir könnten früh los und todschick essen gehen, bevor wir uns die Show ansehen! Wir machen eine richtige Feier daraus!«

Daphne war gerührt. Da schmiedete er all diese Pläne, nur um ihr eine Freude zu bereiten! So kam es, daß Tims

Enthusiasmus ihr Unbehagen fortwischen konnte, das sie empfand bei dem Gedanken, Sally mit jemandem allein zurückzulassen, der ihr ganz fremd war, ganz egal, wie sehr ihr diese Person empfohlen worden war.

Als sie Mrs. Kogut die Tür geöffnet hatte, war sie als erstes über deren Größe erschrocken. Bestimmt war sie einen Meter achtzig groß, und dazu trug sie auch noch hochhakkige Schuhe! Zunächst konnte Daphne kaum etwas erkennen, als sie in der Abenddämmerung in das unbekannte Gesicht spähte. Die grobe, fremdländisch anmutende Stimme trug nicht gerade zu ihrer Beruhigung bei. Auch ihre Bewegungen hatten etwas Sonderbares; sie waren so schnell und raumgreifend, ihre Arme schwangen wie große Flügel, als sie im Flur den Mantel auszog.

»Sie sieht aus wie eine Windmühle«, hatte Daphne gedacht, als sie den schweren Mantel aufhängte und die Besucherin ins Wohnzimmer führte. Dort, im hellen Licht, versetzte ihr Mrs. Kogut den nächsten Schock. Obwohl sie noch keine Vierzig war, waren ihre Haare, ihre Augenbrauen und ihre Wimpern ganz weiß. Ihre großen, dunklen Augen schienen vor diesem Hintergrund ganz besonders glänzend. Und was für eine seltsame Frisur sie hatte. Die Haare waren kurz geschnitten, aber hochgekämmt, so daß sie eine Art Hügel bildeten, der sie noch größer machte, als sie ohnehin war. Diese Frisur, ihre lange, spitze Nase und ihre fahle Gesichtsfarbe machten sie nicht gerade zu einer Schönheit. Daphne fühlte Mitleid für diese Frau, und doch nahm sie gleichzeitig eine beunruhigende Ahnung gefangen.

Es war ausgemacht worden, daß Mrs. Kogut schon am Samstagnachmittag kommen sollte, damit Sally sie kennenlernen konnte, bevor sie mit ihr allein bleiben mußte. In dem Augenblick, da ihre Tochter das Zimmer betrat, wußte Daphne, was geschehen würde.

»Ich mag diese Frau nicht!« Laut und deutlich waren diese Worte aus Sallys Mund gekommen, während sie hinter dem Rock ihrer Mutter Schutz suchte.

»Komm, Liebling. Sie ist sehr nett. Sie wird mit dir ein schönes Spiel spielen ...«

Während sie weitersprach, fragte sie sich, ob Sally wohl hörte, wie hohl ihre Worte klangen. Aber bevor Sally noch irgend etwas einwenden konnte, unterbrach sie Mrs. Koguts Stimme:

»Ich möchte malen«, verkündete sie und holte einen Stift und Papier aus ihrer Tasche. Sie begann zu malen, scheinbar völlig versunken in ihre Arbeit, als ob Sally überhaupt nicht da wäre. Nach einem Augenblick gewann Sallys Neugier die Oberhand über ihre Angst, und sie begann, zu Mrs. Kogut hinzuschleichen. Daphne ergriff die Gelegenheit beim Schopf und lief nach oben zu Tim. Auf der Suche nach seiner Krawatte war er beinahe im Schrank verschwunden.

»Tim!« keuchte sie mit einem drängenden Unterton. »Tim, ich mag sie nicht!«

»Wen?« Tims Stimme kam gedämpft aus den Tiefen des Schrankes.

»Sie! Diese Frau! Mrs. Kogut! Ich kann sie nicht leiden.«

»Du bist geradeso schlimm wie Sally!« stellte Tim fröhlich fest, während er wieder aus dem Schrank auftauchte. »Warum kannst du sie nicht leiden? Was stimmt mit ihr nicht?«

»Nun, äh ...« Daphne wußte nicht, wie sie es erklären sollte.

»Nun, äh ... sie ist so groß«, begann sie schwach und wurde durch Tims Lachanfall unterbrochen.

»Das ist wirklich gut! Ich hab nicht gewußt, daß Babysitter nur eine bestimmte Größe haben dürfen. Ich glaube, du verwechselst das mit Jockeys, Liebling!«

Daphne befreite sich aus seiner Umarmung.

»Du hast gut lachen! Du *mußt* doch wissen, was ich meine! Sie ist irgendwie seltsam. Ihr Haar ist so weiß, und diese komische Frisur...«

Aber Tim lachte wieder, noch lauter als vorher.

»Nun mal ehrlich, Liebling. Wenn Frauen nach ihren Frisuren beurteilt werden würden, dann blieben kaum noch welche übrig! Denk doch mal an deine Freundin Brenda. Erst leuchtete ihr langes Haar in sechs verschiedenen Farben, und jetzt sieht sie aus, als ob ein zweijähriges Kind ihr die Haare mit einem Messer kurzgeschnitten hätte!«

Daphne gab auf. Wie sollte man einem Mann den Unterschied zwischen Brendas Vorliebe für ausgefallene Moden und der unvorteilhaften, seltsamen Frisur dieser Frau erklären? Wie sollte sie ihm die unfeminine Gleichgültigkeit vor Augen führen, mit der es jeden Morgen zurückgekämmt werden mußte, mit diesen langen Armen, die die Bürste schwangen...?

»Tim, es tut mir leid. Ich habe Angst, Sally mit ihr allein zu lassen. Sally sagt, daß sie sie nicht mag, und es heißt, Kinder wissen immer...«

Tim unterbrach sie wieder, diesmal klang seine Stimme ein wenig ärgerlich.

»Aber Daphne, du weißt genausogut wie ich, daß Sally sich bei Fremden immer so benimmt. Darum haben wir die Frau schließlich extra früh kommen lassen. Wahrscheinlich sind sie jetzt schon ein Herz und eine Seele. Komm, wir schauen mal nach.«

»Ein Herz und eine Seele« war zwar übertrieben, aber Sally schien ihre erste Abneigung gegen Mrs. Kogut überwunden zu haben. Mit ein wenig Sicherheitsabstand hatte sie sich neben den kleinen Tisch gestellt und betrachtete ernsthaft Mrs. Kogut, die dort saß und malte. Gerade als sie dazukamen, unterbrach diese ihre Arbeit und spitzte den Stift mit einem Taschenmesser. Für Daphne schien die Klinge des ungewöhnlich großen Messers unheimlich geschickt hin und her zu flitzen, und innerhalb weniger Sekunden war der Stift wieder spitz wie eine Nadel.

Beifall und Gemurmel unterbrachen Daphnes Gedankengang, aber nur für einen kurzen Augenblick. Die Geräusche des Theaters traten wieder in den Hintergrund, und alles, was sie hörte, war das Krachen, als die Haustür zufiel; dieses fürchterliche, endgültige Geräusch, als sie losfuhren und Sally mit Mrs. Kogut allein zurückließen. Selbst da noch hätte ich umkehren können. Werde ich mein Leben lang bedauern, daß ich nicht den Mut dazu aufbrachte, Tims Ärger und Enttäuschung in Kauf zu nehmen, Mrs. Koguts schockierte Verstimmung zu übergehen und einfach zurück ins Haus zu laufen und zu entscheiden: »Nein, ich gehe heute abend nicht aus, ich bleibe heute hier, bei meinem Kind.«

Daphne rutschte unruhig auf ihrem Sitz hin und her. Nein, das hätte ich niemals gekonnt, weil ich zu diesem Zeitpunkt noch nicht wirklich Angst hatte. Ich hatte ein ungutes Gefühl, ja, aber nicht so eine Angst wie jetzt, diese wachsende Furcht, diese zunehmende Sicherheit, daß etwas nicht stimmt, daß irgend etwas mit meinem Kind geschehen ist.

Seit wann glaube ich an Vorahnungen? Glaube ich tatsächlich daran, daß Menschen, die in so enger Verbindung stehen wie Mutter und Tochter, unter extremen Umständen auf eine Weise miteinander kommunizieren können, die außerhalb jeder wissenschaftlichen Erklärung liegt? Glaube ich daran, daß in Ausnahmesituationen, die von Angst und Gefahr beherrscht werden, eine verzweifelte, stumme Botschaft von Geist zu Geist gesandt werden kann, als letzter, verzagter Hilferuf?

Daphnes Mund war trocken. Ich muß mich zusammenreißen. Ich muß vernünftig sein. Was kann denn schon geschehen sein? Mr. Barker kennt die Frau. Er hat sie empfohlen. Sie sieht ein wenig seltsam aus, das ist wahr, aber schließlich hatte Tim erklärt, daß ...

Plötzlich setzte ihr Herz aus. Sie erinnerte sich an Tims freundliche Worte, die plötzlich eine neue, fürchterliche Tragweite bekamen. Was hatte er noch mal genau gesagt, als sie im Foyer standen?

»Daphne, Liebling, ich bin vorher nicht dazu gekommen, es dir zu erzählen, aber da dich Mrs. Koguts weißes Haar so beunruhigt, erkläre ich es dir lieber schnell. Sie hat es nicht einfach gehabt im Leben. Während irgendwelcher Unruhen hat sie geholfen, eine Gruppe Kinder über die Grenze in Sicherheit zu bringen, und das direkt vor den Augen der Wachposten. Fast alle Kinder hat sie rübergebracht, nur eins, ihre Tochter, ist getötet worden. Ich kenne zwar nicht die Einzelheiten, aber sie waren sicherlich schrecklich. Sie muß in Sallys Alter gewesen sein. Es ist also wirklich kein Wunder, daß sie älter aussieht, als sie ist. Wem ginge es nach solch einem Erlebnis nicht ebenso?«

Vorhin hatte sie die Erklärung beruhigt. Aber jetzt, in dem dunklen Theater, bekam sie das Gewicht einer nicht zu fassenden Prophezeiung. Ein neuer, schrecklicher Gedanke kam Daphne in den Sinn. Wenn das Kind einer Frau umgebracht, ja vielleicht sogar brutal ermordet worden ist, und das sehr wahrscheinlich vor den Augen der Mutter, was fühlte dann diese Frau beim Anblick eines Kindes, das im gleichen Alter war, wie ihre Tochter damals gewesen ist, das glücklich und gesund im warmen, sicheren Zuhause saß? Welch schrecklichen Haß und unglaubliche Eifersucht konnte solch ein Erlebnis wachrufen, welche Wut und Bitterkeit mußte sie empfinden? Zu welchen Taten wäre sie fähig, vielleicht ganz unbewußt, getrieben von verborgenen Impulsen, die außerhalb ihrer Kontrolle lagen? Daphne sah wieder das große Taschenmesser aufblitzen, mit dem Mrs. Kogut mit solch geschicktem, tödlichem Können den Stift gespitzt hatte.

Und Sally? Sally, die vertrauensvoll in ihrem Bettchen schlief. Oder war sie aufgewacht, erschreckt von ihrem Alptraum mit dem Huhn mit den großen, runden Augen, und suchte Trost?

Ein anderer Gedanke schoß ihr durch den Kopf, ein Gedanke, der so schrecklich war, daß sie von Kopf bis Fuß zu zittern begann.

»Tim!« flüsterte sie halb wahnsinnig vor Angst. »Tim, was bedeutet eigentlich Kogut?«

Tim zog die Stirn kraus.

»Schschsch!« zischte er zurück.

Aber Daphne, die von Angst geschüttelt wurde, ignorierte die mißbilligenden Blicke ihrer Umgebung und wiederholte:

»Ist das nicht das polnische Wort für Huhn?«

»Pst! Ich glaube schon. Jetzt sei aber still!« flüsterte Tim entschieden und wandte sich wieder der Aufführung zu.

Das Huhn. Das Huhn mit den großen, runden Augen. Die langen Arme, die wie Flügel wirkten, die lange, spitze Nase glich dem Schnabel, und selbst das Haar war so frisiert, daß es aussah wie ein Hahnenkamm – und diese großen, dunklen, glänzenden Augen! War sie es, die seit Monaten durch Sallys Träume geisterte? Hatte Sally eine Vorahnung gehabt, weil das Gehirn eines kleinen Kindes aufnahmebereiter und offener ist für Eindrücke aller Art, wie wir es uns gar nicht vorstellen können? Hatte sie gewußt, daß es eines Tages geschehen würde, daß eines Tages, nein, eines Nachts ein unmenschliches Wesen zu ihr kommen würde, mit Schnabel und grauem, bebendem Kamm, mit großen Armen, ausgebreitet wie Schwingen, in einer Hand ein blitzendes Messer? Welch seltsames Gegacker aus dem rauhen Hals wohl herauskam, während dieses Wesen auf das Bett zuschlich ...

Daphne war auf ihren Beinen. Der Vorhang fiel nach dem zweiten Akt, und sie zog Tim von seinem Sitz.

»Tim!« Sie schrie beinahe. »Tim, wir müssen nach Hause, jetzt, auf der Stelle. Irgend etwas ist mit Sally. Ich weiß es. Ich fühle es!«

Die Taxifahrt durch die hellen Straßen würde sie nie vergessen. Tim protestierte beleidigt neben ihr. Als sie ihr Haus erreichten, das in der Dunkelheit still und unberührt aussah, bemerkte Tim beißend: »Siehst du, es schlagen Flammen aus dem Fenster, und durch die Tür fließt das Blut in Strömen!«

Aber als sie das Haus betraten, nahmen selbst Tim diese seltsame Dunkelheit und Stille gefangen. Plötzlich schien er alarmiert. Er stürzte die Treppe hinauf, nahm drei Stufen auf einmal, und eine Sekunde später waren sie beide in Sallys Zimmer.

Daphne hatte gewußt, was sie sehen würden. Das durchwühlte Bett, Spielsachen und Blätter, die auf dem Boden herumlagen, sonst nichts. Sally war nicht da.

Tims Stimme war heiser und hörte sich seltsam an:

»Sie muß sie mit nach unten genommen haben!« Aber Daphne wußte genausogut wie er, daß niemand mehr in dem stillen Haus war. Sie wurde auf das Papier aufmerksam, das verstreut auf dem Bett und auf dem Boden lag, und als sie näher trat, erkannte sie, daß es Blätter aus Mrs. Koguts Schreibblock waren. Seite für Seite auf jedem ein Bild. Bilder von Hühnern; Hühner mit großen Augen, Hühner mit riesigen, fantastischen Augen, Hühner mit Augen, die so grotesk waren, daß sie kaum dem Hirn eines normalen Erwachsenen entsprungen sein konnten.

Woher hatte die Frau es gewußt? Wie hatte sie es nur herausgefunden, wovor das Kind am meisten Angst hatte? Und dann hatte sie Sally damit gequält, bevor sie ...

Bevor was?

Die Klingel des Telefons drang durch das Haus und befreite sie aus ihrer Lähmung, Tim erreichte den Apparat vor ihr.

»Ja«, antwortete er. »Was? Sankt-Lukas-Hospital? Ja. Ja natürlich. Nein, wir wußten nichts!«

Daphne lehnte sich eng an ihn und hörte, wie die freundliche Stimme am anderen Ende erklärte:

»... akute Appendizitis. Sie ist schon operiert, alles ist wunderbar verlaufen. Aber ich darf Ihnen sagen, daß Sie wirklich Glück hatten, so eine vernünftige, scharfsichtige Frau als Babysitter engagiert zu haben. Jeder andere, der nicht über so viel Erfahrung verfügt, hätte wohl kaum erkannt, wie krank Ihre Tochter war. Es kommt bei kleinen Kindern manchmal vor, daß sie keine richtigen Schmerzen haben. Es kann wirklich sehr irreführend sein. Häufig kommt es zu einer Anzahl schwacher Reizungen, die das Kind nur wecken oder die Alpträume hervorrufen; manchmal müssen sich die Kinder übergeben, bis es dann schließlich zur letzten Attacke kommt. Ich kann wirklich nur wiederholen, welch unglaubliches Glück Sie hatten, daß solch eine schnellentschlossene, erfahrene Frau bei Ihrem Kind war. Sie ist hier im Krankenhaus. Ich nehme an, Sie wollen mit ihr sprechen.«

Wie beruhigend diese heisere, fremde Stimme nun auf Daphne wirkte; wie freundlich und erfahren.

»Kleines Mädchen weint, ich gehen zu ihr. Sie ist heiß, Angst vor Vogel mit großen Augen, große Huhn. Sie muß brechen, da ich weiß, es ist was mit ihrem Bauch, etwas nicht in Ordnung. Ich rufen Doktor. Wir warten auf Doktor, ich versuchen, Angst vor großer Huhn mit großen Augen wegzunehmen. Ich malen lustige Bilder von großes Huhn, und kleines Mädchen lachen. Sie malen lustige Augen, ich malen mehr lustige Huhne, sie malen mehr lustige Augen, wir zusammen lachen über lustige Huhne mit lustigen Augen. Ich glauben, sie keine Angst mehr vor Huhn mit großen Augen ...«

Nach dieser ereignisreichen Nacht bemerkte Tim: »Im übrigen, Kogut ist gar nicht das polnische Wort für Huhn, sondern für Hahn.«

Das verhaßte Haus

Nun, da sie es für sich allein hatte, konnte Lorna beinahe genießen, wie sehr sie ihr Zuhause haßte. Sie warf den Mantel und die Mütze in die Ecke, ließ ihren Schulranzen einfach auf den Boden fallen und beobachtete zufrieden, wie sich die Bücher und Hefte auf Mutters fleckenlosem, staubfreiem Teppich verteilten. Es war schön, solch ein Durcheinander zu veranstalten, ohne einen Vorwurf zu riskieren. Voller Verachtung blickte sie sich in dem ordentlich aufgeräumten, warmen Zimmer um. Es war mit wirklich gräßlichen Dingen geschmückt, überall standen Pflanzen und alter Trödelkram herum. Neben dem Kamin waren die beiden gemütlichen Lehnsessel so plaziert, als ob ein glücklich verheiratetes Paar darin Platz nehmen wollte; zwei zufriedene Menschen, die sich freudestrahlend in die Augen schauten, und nicht solch ein Paar wie Lornas Eltern, die zankten, schimpften, miteinander stritten und die langen Abende mit Wut und Tränen ausfüllten ...

Nachlässig warf sich Lorna in den Sessel, der ihr am nächsten stand. Er begann zu rutschen und hinterließ auf der Politur des Holzbodens häßliche Kratzer.

So war es besser! In der luxuriösen Freiheit des Alleinseins legte Lorna die Füße gemütlich hoch: richtiges, ungestörtes, langes Alleinsein, einen ganzen herrlichen Abend lang und die ganze anschließende Nacht!

War das eine Aufregung gewesen für die doch wirklich simple Angelegenheit, sie eine Nacht allein zu lassen! Als ob sie noch ein Baby wäre und nicht eine junge Frau von beinahe sechzehn Jahren!

»Vergewissere dich, daß alle Türen verschlossen sind«, hatte Mutter nicht nur einmal, sondern mindestens fünfzigmal gesagt. »Vergiß nicht, den Feuerschutz vor den Kamin zu stellen, wenn du ins Bett gehst. Vergiß nicht, den Herd auszumachen. Mach keinem Fremden die Tür auf, und denk daran, du kannst jederzeit zu den Holdens rübergehen, wenn du vielleicht ein wenig nervös oder ängstlich werden solltest...«

Zu den Holdens gehen. Pah! Lorna würde lieber sterben, ja, lieber hätte sie sich geradewegs hier auf den Teppich ausgestreckt und sich die Kehle durchschneiden lassen, bevor sie diese fürchterliche Frau Holden um Hilfe gebeten hätte, die so langweilig und doch hinterhältig war und ständig mit Mami über die Mauer hinweg die Probleme pubertierender Töchter diskutierte. Gräßlich!

Aber das hier, das war das Leben. Lorna rutschte noch ein wenig tiefer in die gemütlichen Polster des Sessels. Tee, wann sie es wollte, Abendbrot, wann sie es wollte, Schulaufgaben, wann sie es wollte, Musik, wann sie es wollte. Lornas Augen wanderten träge zu dem Stapel der Pop-Platten, die unter dem Plattenspieler standen. Was gab es wegen dieser Platten immer für eine Aufregung. Mami flatterte von einem Zimmer ins andere und versuchte zwitschernd zu verhindern, daß Vati sich durch die Musik gestört fühlte. »Kannst du es nicht ein wenig leiser stellen, Liebling? Kannst du deine Musik nicht nachmittags hören, wenn Vati noch nicht zurück ist? Du weißt, daß er sich darüber aufregt.«

Mami begriff nicht, daß es großen Spaß machte, Vati zu ärgern und einen richtigen, lautstarken Streit zu provozieren, der dieses Hin- und Herflattern und ständige Gezwitscher beendete. Anschließend schimpfte Vati stundenlang weiter mit Mutti, noch lange nachdem die Schallplatten schon längst wieder fortgeräumt waren. Am nächsten Tag lief Mami dann mit roten Augen im Haus herum und polierte alles, was ihr in die Hände kam, als ob ein ordentliches, sauberes Haus irgendeinen Schutz vor Streitereien bieten könnte. Also wirklich, *Erwachsene!* Darum hasse ich den Geruch der Politur, dachte Lorna, und rutschte absichtlich mit dem Sessel hin und her, so daß er auf dem Holzboden tiefe Kratzer hinterließ. Es war eine trübsinnige Politur der Depressionen, eine lügnerische Politur, mit der ihre Mutter versuchte, dieses Haus nach außen hin glücklich erscheinen zu lassen. Nur weil sie zu feige und sklavenartig demütig war, Vatis Launen entgegenzutreten. Also putzt sie statt dessen das Haus. Ich wette, sie hat die Küche heute sogar besonders gründlich geputzt, nur weil sie ein schlechtes Gewissen hat, mich allein zu lassen. Sie glaubt, daß Sauberkeit ein Ersatz für alles ist! Getrieben von einem Hauch verächtlicher Neugier und einem wachsenden Interesse an einer Teepause, raffte sich Lorna aus ihrem gemütlichen Sessel auf und ging in die Küche, um nachzusehen.

Tatsächlich, sie war makellos. Jede Fläche war geschrubbt und gewienert; eine appetitliche Portion Geflügelsalat stand für Lornas Abendbrot bereit, und für ihre Teepause – kaum zu fassen! – ein großes, teures Sahnebaiser. Was für ein Fest! Noch so ein kläglicher Versuch von Mami, ihre Tochter zumindest mit dem äußeren Schein eines glücklichen Heimes zu versorgen. In Lorna kämpfte Verärgerung gegen Heißhunger. Hält sie mich für ein Baby, das getröstet werden muß, weil die Mami fort ist? Ich liebe es, wenn Mami nicht da ist! Ich liebe es! Ich liebe es! – Und mit jedem ›liebe‹ sanken ihre Zähne tiefer in die köstliche Rarität. Die Sahne rann ihr über das Kinn, aber sie brauchte es nicht abzuwischen, weil sie ja allein war. Allein, allein, allein! Nur das Paradies konnte schöner sein.

Draußen ging der Frühlingstag zu Ende. Die rührselige Klimperei von Lornas Lieblingsschallplatte vermischte sich zunächst mit dem rosafarbenen Licht des Sonnenuntergangs in dem Raum, in dem noch keine Lampe brannte; dann drang ein schimmerndes, silbriges Grau ein, so daß das Feuer des Kamins orange und sehr lebendig wirkte; schließlich, als sie die Vorhänge zugezogen, die Lampen eingeschaltet und unbekümmert Kohle auf das prasselnde Feuer nachgelegt hatte, war es Nacht; und immer noch spielte sie Schallplatten ab, wieder und wieder. Diese Zeit des wunderbaren Alleinseins war einfach zu kostbar, um auf irgend etwas anderes verschwendet zu werden als auf ihre Lieblingsmusik, die ihre Eltern so sehr haßten.

Es war fast neun Uhr, als das Telefon klingelte. Gerade als Lorna es sich in dem Sessel am Kamin so richtig gemütlich gemacht hatte. Vor ihr stand das Tablett mit dem Geflügelsalat, Brötchen und einer Riesentasse kochend heißem, gezuckertem, schwarzem Kaffee, der allein schon deswegen noch köstlicher schmeckte, weil Mami, hätte sie das gesehen, sagen würde: »Trink ihn nicht schwarz, Liebling, nicht um diese Zeit, sonst kannst du nachher nicht schlafen.«

»Verdammt!« dachte sie und stellte die Tasse wieder zurück, nachdem das Telefon sie bei dem ersten herrlichen Schluck unterbrochen hatte. »Verdammt!« und dann: »Ich gehe einfach nicht dran, ich ignoriere es einfach! Ich wette, es ist Mami, der wieder irgend etwas eingefallen ist, was ich tun oder lassen soll. Bestimmt hatte sie sich während der endlos langen Fahrt auf der Autobahn neue Dinge ausgedacht, um die sie ihr typisches Theater veranstalten konnte: Ist auch das Küchenfenster richtig verschlossen? Hast du die Milch von draußen mit reingebracht? Wenn es regnet, vergiß nicht, das Fenster im Gästezimmer zuzumachen. Theater, Theater, Theater und ein teures Ferngespräch aus einer Telefonzelle am Straßenrand, wegen nichts! Ich werde nicht drangehen, warum sollte ich? Ich lasse es einfach klingeln. Das geschieht ihr recht. Vielleicht begreift sie dann endlich, daß ich kein Baby mehr bin. Trotzig hob Lorna die Tasse wieder an ihre Lippen und begann ruhig und unbekümmert, schlückchenweise zu trinken.

Aber das Telefon hörte nicht auf zu klingeln. Es war ärgerlich und verdarb ihr diese herrlich einsame Mahlzeit, die sie so gerne voll ausgekostet hätte. Unruhig legte sie Messer und Gabel hin. Wann gab sie es denn endlich auf? Wie lange wird sie es denn noch klingeln lassen? Dann, endlich, mit einem letzten, verzweifelten kleinen Schluckauf, hörte das Geklingel auf.

Stille durchflutete wieder den Raum und umspülte Lorna mit Erleichterung. Sie nahm abermals Messer und Gabel zur Hand, um an die unterbrochene Wonne wieder anzuknüpfen: eine Mahlzeit allein am Kamin! *Allein!* Welch eine Lust! Ohne Tischmanieren! Ohne Konversation! Einfach nur Ruhe, köstliche Ruhe.

Aber irgendwie war alles verdorben. Die langsamen, genußvollen Bissen wollten nicht mehr richtig schmecken. Die neue Lieblingszeitung, die an der Kaffeetasse lehnte, konnte sie nicht länger fesseln. Eine seltsame Spannung hatte von ihr Besitz ergriffen, eine wartende, lauschende Unruhe hatte sie erfaßt. Freudlos beendete sie ihre Mahlzeit, und als sie das Tablett in die Küche trug, begann das Telefon erneut zu klingeln.

Das war ein gewaltiger Schock. Lorna ließ das Tablett beinahe auf den Küchentisch fallen, drehte sich um und lief zurück ins Wohnzimmer. Die Tür warf sie krachend hinter sich ins Schloß, als ob sie das vor diesem bohrenden, herrischen Ruf schützen könnte. Ihre Schuldgefühle und ihr schlechtes Gewissen, weil sie den ersten Anruf nicht beantwortet hatte, schienen es nun doppelt unmöglich zu machen, den Hörer abzunehmen. Und je länger es klingelte, desto unmöglicher wurde es. Warum nur ließ jemand es so lang und immer wieder klingeln? Wenn es Mami gewesen wäre, hätte sie doch jetzt bestimmt angenommen, daß Lorna bei den Holdens sei! Wer sonst könnte es sein, der es so klingeln und klingeln und klingeln ließ? Niemand wird es ewig probieren, eine bestimmte Nummer zu erreichen! Oh, bitte, lieber Gott, mach, daß es aufhört!

Und schließlich hörte es auf, natürlich! Und wieder erfüllte die Stille den Raum, kam wie eine große Woge, aber dieses Mal brachte sie keine Erleichterung. Lorna war unruhig geworden und lauschte gespannt, als ob sie fühlte, ganz tief in ihrem Innern, was nun passieren würde.

Es war ein leiser, ganz sachter Schritt auf dem Gartenweg, den sie als nächstes hörte. Ganz leise schlich er die Treppe herauf, und dann fummelte jemand an der Haustür. Kein Klopfen, kein Schellen; nur ein Hantieren, als ob jemand versuchte, die Tür zu öffnen, jemand, der zu schwach war oder nicht gut genug sehen konnte, um den Schlüssel ins Schloß zu stecken.

»Vergiß nicht, alle Türen abzuschließen!« Lorna erschien es, als ob sie diese langweiligen, altvertrauten Anweisungen nicht zum fünfzigsten, sondern zum ersten

Male hörte. »Vergiß nicht, das Küchenfenster zu schließen! Öffne keinem Fremden die Tür!«

Lorna ging auf Zehenspitzen in den Flur, und einen Augenblick glaubte sie, daß sie sich die Geräusche eingebildet hatte, weil nun alles ganz still war. Durch das Glas der Haustür, das von außen mit Eis bedeckt war, konnte sie keinen Schatten erkennen, der sich im fahlen Licht der Straßenlaterne abhob. Aber noch als sie dastand, hob jemand den Deckel des Briefkastens ganz langsam an. Lorna bückte sich und schaute in ein Auge.

Ein einziges Auge! Natürlich konnte man nur ein Auge sehen, wenn jemand versuchte, durch einen Briefkastenschlitz zu gucken. Und doch war es verrückterweise genau diese Tatsache, die sie am meisten schockierte und sofort über Jahrhunderte der Zivilisation zurückversetzte, direkt zurück zu den Zyklopen, zu den verrückten, mythischen Anfängen der Menschheit. Lorna begann zu schreien.

»Hab keine Angst«, kam eine Stimme von draußen – eine junge Stimme, wie Lorna dankbar und erstaunt erkannte. Es war die Stimme eines Mädchens, das kaum älter war als sie selbst! »Hab keine Angst, Lorna! Laß mich doch bitte rein!«

Die Nennung ihres Namens beruhigte Lorna sofort, und so rannte sie zur Tür und riß sie weit auf.

»Du hast mich ja vielleicht erschreckt...« begann sie, hielt dann aber verwirrt inne. Obgleich das Mädchen, das an der Tür stand, ihr bekannt vorkam und auch ungefähr in ihrem Alter war, wußte Lorna dennoch nicht, wer sie war. Sie war davon ausgegangen, daß sie die Sprecherin kennen würde, als sie ihren Namen hörte.

»Hallo! Ich... äh, tja, es tut mir schrecklich leid, aber

ich weiß im Moment leider überhaupt nicht...?« Sie war vollkommen verunsichert.

»Das ist schon in Ordnung; ich habe mir schon gedacht, daß du mich nicht gleich erkennst«, antwortete das fremde Mädchen und trat selbstbewußt in den Flur. »Ich hoffe, es macht dir nichts aus, daß ich so hereingeschneit komme. Ich habe früher hier gelebt.«

Als das Mädchen in dem Flur stand, konnte Lorna sehen, wie kräftig sie war. Ihr dichtes, schwarzes Haar fiel widerspenstig auf die blasse Stirn, die schwarzen Augen wirkten sehr klug, als ob sie eine schnelle Auffassungsgabe hätte und einen ausgeprägten eigenen Willen besäße.

»Ach so, ich verstehe«, Lorna riß sich zusammen. Sie mußte die Tochter der Familie sein, die vor ihnen hier gewohnt hatte, vor sieben oder acht Jahren. »Und du hast tatsächlich meinen Namen behalten? Komm doch rein. Wahrscheinlich möchtest du dir das Haus einmal richtig anschauen, wie sich alles verändert hat, seit ihr umgezogen seid.« Schon jetzt fühlte sie, daß sie das Mädchen mögen würde, das sich so interessiert umschaute und so freundlich wirkte. »Zuerst zeige ich dir mein Zimmer, kommst du? Hattest du vielleicht sogar das gleiche? Es ist das kleine, das nach hinten zum Garten rausgeht.«

Als sie mit der Hausbesichtigung fertig waren, hatte Lorna das Gefühl, daß sie und das andere Mädchen sich schon seit Ewigkeiten kannten. Ihr Geschmack war sehr ähnlich, sie hatten die gleichen Vorlieben und Abneigungen, und als sie danach vor dem Kamin saßen, mit einer frisch aufgebrühten Tasse Kaffee vor sich, vertraute Lorna ihrer neuen Freundin all ihre Sorgen an: Vaters Wutausbrüche, Mutters demütige Unterwerfung unter seine Herrschaft, ihre Putzsucht.

»Es würde mich überhaupt nicht stören«, erklärte sie, »wenn für Mami das Haus ihr ein und alles wäre, wenn sie wirklich Freude daran hätte, alles besonders schön herzurichten. Aber sie hat keine Freude daran. Sie tut es aus Verzweiflung. Sie stellt alles mit Blumen und schrecklichem Zierkram voll...«

»... als sei dies ein Ersatz dafür, daß sie dich und deinen Vater nicht glücklich machen kann, nicht wahr?« ergänzte das andere Mädchen. »Da sie euch kein glückliches Zuhause bieten kann, hat sie sich fest vorgenommen, euch wenigstens ein sauberes, ordentliches Haus zu bieten.«

»Genau! So ist es!« rief Lorna aus. »Wie gut du mich verstehst! Aber warum nur sucht sie ausschließlich diese häßlichen Dinge aus?« Ihre Augen streiften den Kaminsims und das Regal in der Ecke. »Als ob sie absichtlich häßliche Dinge sammelte.«

»Das glaube ich nicht!« sagte das andere Mädchen und schaute sich noch einmal schnell um. »Sie sind nicht wirklich häßlich. Nicht, wenn man jedes Stück für sich betrachtet. Es scheint bloß so, weil niemand diese Dinge liebt – deine Mutter und dein Vater haben niemals eines zusammen ausgesucht, im Urlaub zum Beispiel, in einem dunklen, kleinen Geschäft. Ich glaube, deine Mutter hat sich solche Szenen ausgemalt, als sie sie gekauft hat.«

»Aber ja! Bestimmt war es so. So was ist typisch für sie!« stimmte Lorna begeistert zu. Noch nie zuvor hatte sie sich mit jemandem so gut verstanden. »Darum hasse ich dies Zeug ja so!«

»Dann laß sie uns kaputtschmeißen«, schlug das andere Mädchen in ganz ruhigem, überlegtem Ton vor. »Komm, wir werfen sie dort an die Marmorplatte vom Kamin. Stell dir doch nur vor, wie das kracht und splittert!« In den dunklen Augen war ein seltsames Glänzen, und Lorna, die das sah, fühlte sich zum ersten Mal leicht beunruhigt. Sie machte doch wohl nur einen Scherz?

»Das würde mir Spaß machen!« Lorna lachte leise, wie es zu solch einer Dummheit paßte. »Möchtest du noch Kaffee?«

»Nein. Ich mache keinen Spaß. Nun komm schon! Du haßt sie, und du hast allen Grund dazu. Häßliche Dinge sollten z-z-z-zerstört werden!« Und schon ergriff sie eine Porzellanfigur vom Kaminsims und warf sie mit aller Kraft an den Kamin.

Der unglaubliche Lärm des splitternden Porzellans ließ Lorna sprachlos werden. »Hör auf!« wollte sie schreien, als eine Teekanne und zwei Vasen der Porzellanfigur folgten; aber als sie wieder in der Lage war, ihren Protest zu artikulieren, geschah etwas Seltsames. Sie war erschrocken, ja, aber was war mit dieser Freude, diesem Frohlocken, dieser lang angestauten Wut, die sie fühlte, als das Krachen des zerberstenden Porzellans den Raum erfüllte?

»Wir werfen sie kaputt, wir werfen sie kaputt!« rief das Mädchen, ihr dunkles Gesicht leuchtete vor Freude. »Komm, wir zerreißen die Kissen, holen die Gardinen runter, sie sind alle in traurigen Depressionen gemacht worden, nicht mit Liebe, jeder Stich war ein schmerzvoller Stich.« Mit einem lauten, ratschenden Seufzer lagen die Gardinen durcheinander auf dem Boden; und schon waren die Mädchen dabei, sie zu zerreißen. Ein Wahnsinn, der nicht zu ihr gehörte, hatte von Lorna Besitz ergriffen, und nun zerriß, zerschmetterte und zertrümmerte sie in einer Ekstase der Zerstörungswut, die sie sich niemals hätte träumen lassen.

Träumen? Träumte sie vielleicht? Weckte sie jetzt das Telefon, das am anderen Ende des verwüsteten Raumes klingelte, klingelte und klingelte? Dieses Mal lief Lorna, ohne zu zögern, hin und nahm den Hörer ab.

»Ja. Ja, das ist der Anschluß von Mrs. Mary Webster. Ja, ich bin ihre Tochter. Nein, es tut mir leid, mein Vater ist nicht zu Hause. Sie haben schon mehrmals angerufen? Oh! Weswegen denn? Weswegen?«

»Ein Unfall. Es tut mir wirklich schrecklich leid, aber ... ein Unfall ... Ihre Mutter. Ja, Ihre Mutter ... ein Lastwagen aus einer Seitenstraße ... sie hat nicht gelitten.« Es folgten noch viele andere Bemerkungen, freundlich, hilfreich, mitfühlend. »Im Moment ist jemand auf dem Weg zu Ihnen.« Lorna konnte alles gar nicht richtig fassen.

Als sie langsam wieder ins Wohnzimmer zurückging, war sie überhaupt nicht erstaunt, daß ihre neue Freundin nicht mehr da war. Sie hatte gewußt, daß sie nicht mehr dasein würde, weil sie nun wußte, wer sie gewesen sein mußte. Wer sonst könnte dieses Zimmer genauso hassen wie Lorna und schließlich zurückkommen, um es zu zerstören?

Im Endeffekt war die Verwüstung aber nicht allzu schlimm, denn ein Geist, selbst wenn er all seine Kraft einsetzt, ist nicht so stark wie lebendige Menschen. Einiger Zierrat war zerbrochen, die Vorhänge zerknittert und schief; und als Lorna sich in die zerwühlten Kissen setzte, weinte sie, weinte vor Glück, weil sie und ihre Mutter, ihre wahrhaftige Mutter, diejenige, die sich so viele Jahre unter der sklavenartigen Demut versteckt hatte, sich zum Schluß nun doch verstanden hatten.

Engel

Aber es gibt wirklich Engel, Mami! Miss Sowerby hat's gesagt. Sie sagt, daß sie Flügel haben und ein helles Licht um den Kopf. Ganz hell! So hell wie die Scheinwerfer von Papis Auto. Hat Miss Sowerby gesagt!«

Ich seufzte. Zum Kuckuck mit Miss Sowerby! Und zum Kuckuck mit Papi, zumindest in dieser Hinsicht! Wenn Philipp wollte, daß sein Sohn entsprechend seiner eigenen humanistisch-rationalen Vorstellung erzogen werden sollte, was hatte es dann für einen Sinn, ihn in so eine altmodische, kleine Dorfschule zu schicken, wo sogar eine Miss Sowerby noch immer ungestört vor sich hinarbeiten durfte. Selbstverständlich habe ich deswegen aber keinen Streit angefangen. Ganz zu Anfang unserer Ehe habe ich beschlossen, niemals wegen Simons Erziehung mit Philipp zu streiten. Das Wichtigste für ein sechsjähriges Kind waren Beständigkeit, Kontinuität und Stabilität. Die Aufgabe einer neuen Stiefmutter ist es, die Dinge möglichst genau so weiterlaufen zu lassen wie vorher. Während der ersten schwierigen Monate war mein oberstes Ziel, daß sich für das Kind möglichst nichts veränderte.

Und sie waren schwierig, diese ersten Monate. Es wäre leichter gewesen, wenn Simon ein anziehenderes Kind wäre, wenn er ein stürmischer, netter, zugänglicher kleiner Junge wäre, den man mit Spielzeug und Eiskrem glücklich machen könnte; ein kleiner Junge mit dreckigen Hosen und Fußballschuhen und einem Haufen lärmender kleiner Freunde. Ich hatte meine Ehe mit dem Vorsatz begonnen, diesen Dingen gegenüber sehr tolerant aufzutreten, darüber zu lächeln, wenn ich zerrissene Hosen flicken, Dreck zusammenkehren und meine Ohren an die Schreie der Cowboys und Indianer gewöhnen müßte, die die Treppen rauf- und wieder runterstürmten und zur Hintertür ein und aus gingen.

Aber Simon ist leider überhaupt nicht so. Er ist ein blasses, trübsinniges Kind, das sehr viel liest (jawohl, mit sechs Jahren verschlingt er ein Buch nach dem anderen); seine Augen sind immer rot, manchmal vor Überanstrengung, manchmal vom Weinen. Ich denke, daß man ihm *verbieten* sollte, so viel zu lesen, aber wie ich schon sagte, ich mische mich niemals ein, ich behalte meine Ansichten für mich. Wenn er *mein* Kind wäre, wenn ich also seine wirkliche, leibliche Mutter wäre, dann müßte ich nicht ständig so vorsichtig sein, um ihn bloß nicht aufzuregen. Ich würde darauf *bestehen*, daß er mehr nach draußen geht und viel aktiver lebt. Ich würde mit ihm lange Spaziergänge machen, ob er es nun mag oder nicht. Ich würde selbst kleine Jungen zum Tee einladen und ihn zum Spielen mit ihnen veranlassen. Ich könnte es einfach nicht ertragen, mein eigenes Kind so blaß und ungesellig in einer Traumwelt leben zu sehen. Aber er ist nicht mein Sohn, und da Philipp offensichtlich glaubt, daß alles in bester Ordnung sei, laß ich Simon machen, was er will, und versuche nur, sehr, sehr nett zu sein. Ich glaube, ich kann mit Fug und Recht behaupten, daß ich ihn in all diesen Monaten nicht ein einziges Mal geohrfeigt oder vor Wut meine Stimme erhoben habe. Alle meine Freunde bewundern meine unendliche Geduld mit ihm, die selbst dann nicht reißt, wenn er fürchterlich quengelig und entnervend ist; und ich bin froh, daß sie es mir sagen, denn – und das können Sie mir wirklich glauben – ich fühle mich nicht immer so, wie ich es dem Kind vorspiele! Es gibt Zeiten, wirklich, da würde selbst ein Engel die Geduld mit Simon verlieren, besonders wenn er gerade so rechthaberisch ist. Ich weiß selbstverständlich, daß Sechsjährige immer rechthaberisch sind – darüber beschwere ich mich auch nicht –, es ist völlig natürlich und somit sogar ihr Recht. Aber mit Simon ist es anders. Mit ihm ist es nicht die normale ›Ich habe recht, und du hast unrecht‹-Einstellung, die typisch für clevere kleine Jungen ist. Im Gegenteil, er will nicht, daß der andere unrecht hat, und so versucht er dann, sehr furchtsam und umständlich, den anderen richtigzustellen.

Genauso verhielt es sich mit dieser Engelgeschichte. Freitagnachmittags haben sie Religionsunterricht, und offensichtlich hat an jenem Freitag Miss Sowerby die Köpfe der Kinder mit noch mehr blödsinnigen Märchen vollgestopft, die üblicherweise unter der Überschrift ›Religion‹ laufen. Natürlich hätte Simon das alles zum einen Ohr hinein- und zum anderen wieder hinausgehen müssen, zumindest ist es bei anderen Kindern so. Aber Simon ist anders. Vielleicht ist dieses ganze religiöse Geschwätz gerade deswegen für ihn von Bedeutung, weil er in einem atheistischen Haus aufwächst. Er verfolgt gespannt den Unterricht und glaubt wahrscheinlich, daß er neue, außerordentliche Tatsachen über die Welt erfährt. Ein Kind aus einem durchschnittlich religiösen Elternhaus würde nicht im Traum daran denken, diesen Geschichten solch eine Aufmerksamkeit zu schenken.

Und dann natürlich – schließlich ist es ja Simon – kommt er nach Hause und läßt vor aufgeregter Begeisterung seinen Tee und den schönen gebutterten Toast kalt werden, den ich für ihn an Winternachmittagen immer bereithalte, weil er sich mit diesen Geschichten auseinandersetzt wie ein Terrier mit seinem Knochen.

»Aber Mami, sie haben große Flügel, Miss Sowerby hat's gesagt, so groß wie das ganze Zimmer hier! Sie müssen so groß sein, damit sie überhaupt vom Boden abheben können.«

Seine Augen wurden groß vor Ehrfurcht, als er sich bildlich vorstellte, daß die Spannweite der Flügel von der einen bis zur anderen Wand unseres Wohnzimmers reichte. Diese ernsthafte, intensive Beschäftigung mit solch einem Humbug kitzelte meine Lachnerven; aber natürlich riß ich mich zusammen. Kinder darf man nicht auslachen.

»Nein, Simon«, sagte ich freundlich. »Du machst dir eine falsche Vorstellung. Miss Sowerby hat bestimmt nicht gemeint, daß Engel wirklich existieren [natürlich hat sie das gemeint, die dumme Kuh, aber wie sollte ich es anders erklären]. Sie wollte eigentlich sagen, daß, nun, daß man sich solche Figuren als Symbol für das Gute vorstellen muß. Du weißt, was ein Symbol ist?«

Natürlich wußte er es. Simon kennt die Bedeutung der Worte. Manches Mal schon habe ich gedacht, er wäre ein liebenswerteres – und glücklicheres – Kind, wenn er nicht immer alles wüßte. Da war auch schon wieder diese häßliche nervöse Falte, die immer wieder auf seiner Stirn auftauchte, während er sprach: ein sicheres Zeichen dafür, daß er bald wieder einen seiner ›Zustände‹ haben würde. Ich zeige ihm natürlich nie, daß mich das ärgert, weil ich weiß, daß er nichts dafür kann. Also lächelte ich ihn nachdrücklich an und wiederholte: »Engel sind einfach nur Phantasiegestalten, die ›das Gute‹ verkörpern! Du mußt nur nicht glauben, daß es sie in Wirklichkeit gibt.«

Aber Simon akzeptierte diese Erklärung natürlich nicht,

wie üblich. Wenn etwas sein Interesse geweckt hatte, dann widmete er dem seine ganze Aufmerksamkeit, umgab es damit, wie eine Spinne mit ihrem Netz die Fliege, und nichts konnte ihn davon abhalten.

»Nein«, sagte er mit seiner ganz besonderen Art der besorgten Starrhalsigkeit. »Das hat Miss Sowerby nicht gemeint. Sie hat gemeint, daß es Engel gibt. Sie hat gesagt, daß man sie manchmal sehen kann. Menschen, die sehr, sehr lieb sind, können sie sehen, hat sie gesagt. Bin ich sehr, sehr lieb, Mami?«

Ich seufzte, weil ich einsah, daß es hoffnungslos war.

»Aber ja, Simon, Lieber«, sagte ich fröhlich – und das war nicht einmal gelogen. Er war ein lieber kleiner Junge, zu lieb. Schlimme kleine Jungen sind liebenswerter, zumindest für mein Empfinden.

»Aber natürlich bist du lieb!« versicherte ich ihm noch einmal: »sehr, sehr lieb! Wenn Papi nach Hause kommt, werden wir ihm erzählen, wie lieb du warst, ja?«

»Nein!« Erstaunlicherweise war das kleine, blasse Gesicht den Tränen sehr nahe und verärgerte mich ziemlich. Da gab ich mein Bestes, um besonders nett zu ihm zu sein und ihn aufzumuntern, und er guckte aus der Wäsche, als ob ich ihn getreten hätte. »Nein, erzähl es Vati bitte nicht!« bettelte er und zog mich mit seinen kraftlosen, feuchten kleinen Fingern am Ärmel. »Bitte erzähl Vati nicht, daß ich lieb bin! Bitte, Mami!«

Wenn man etwas nicht versteht, dann ist es das Angebrachteste, zu lächeln und sehr, sehr freundlich zu sein. Also strich ich dieser seltsamen kleinen Kreatur über das Haar – sein Haar war immer ein wenig fettig und fühlte sich unangenehm an, selbst wenn es frisch gewaschen war –, lächelte mein herzlichstes Lächeln und schlug vor, bis zur Schlafenszeit Dame zu spielen. Es ist ein langweiliges Spiel, das für mich noch langweiliger ist, weil ich immer so spiele, daß Simon gewinnt. Aber es ist ein Spiel, das ihm gefällt, und da ich es sowieso nur ihm zuliebe spiele, ist es völlig unwichtig, daß es mich langweilt.

Als endlich seine Bettzeit kam, verschwand er brav. Dann kam Philipp nach Hause, und gemeinsam aßen wir zu Abend. Als wir schließlich mit einer Tasse Kaffee am Kamin saßen, veranlaßte mich ein plötzlicher Schrei, die Treppe hinaufzustürmen: »Mami! Mami!«

Es war wirklich kaum zu glauben! Schon wieder die Engel! Offensichtlich hatte diese dumme Miss Sowerby den Kindern erzählt, daß ein Engel über den Schlaf der Kinder wachte, wenn sie brav waren. Und Simon – wem auch sonst – war es gelungen, dieses sinnlose Geschwätz in einen Alptraum zu verwandeln. Wahrscheinlich hatte er geträumt oder in der Dunkelheit seiner Phantasie freien Lauf gelassen – was es nun war, werden wir nie genau wissen –, auf jeden Fall hatte er die Augen aufgeschlagen und sich eingebildet, einen Lichtschein in der halb geöffneten Tür zu sehen und das Geraschel von Flügeln zu hören.

»Er kam die Treppe rauf, Mami!« schluchzte er, noch halb in seinem Alptraum gefangen. »Und dann zur Tür rein. Er war ganz hell, wie ein Scheinwerferlicht, und ich konnte hören, wie er mit den Flügeln schlug!«

Ich tröstete ihn, so gut ich konnte; Philipp kam dazu und sprach mit ihm, beruhigte ihn mit all den rationalen Lehren über die Dinge, die nicht real waren, wenn sie nicht von einem Wissenschaftler gemessen und fotografiert worden waren und so weiter. Nach und nach verebbte die Aufregung, und Simon schlief wieder ein – ein kleiner Junge, geborgen und sicher, mit Vater und Mutter, die an die Seite seines Bettes eilten, so wie es sich gehörte.

Wir erkannten beide gleichzeitig, welch ein harmonisches Bild wir boten, und als wir wieder ins Wohnzimmer hinuntergingen, legte Philipp seinen Arm um mich und lobte mich, wie toll ich mit Simon zurechtkäme: »Er ist jetzt unser Kind, nicht wahr?«, und überdeckte mein Gesicht mit Küssen. »Nicht nur meiner, sondern unser Sohn. Hast du es auch gehört. Er hat ›Mami!‹ gerufen, nicht ›Papi!‹. Dich hat er gerufen, als er Angst hatte. Endlich hat er dich voll akzeptiert!«

Das war richtig, ein wirklicher Schritt vorwärts. Zu Anfang hatte sich Simon geweigert, mich ›Mami‹ zu nennen. Es schien mir fast so, daß er sich noch immer an seine richtige Mutter erinnerte, die gestorben war, als er drei Jahre alt war. Natürlich haben wir ihn nicht dazu gezwungen, das wäre völlig falsch gewesen. Wir haben ganz einfach immer von mir als ›Mami‹ gesprochen; Philipp, wenn er mit mir in Gegenwart des Kindes sprach, und ich, wenn ich von mir sprach, und schließlich hatte Simon sich daran gewöhnt. Und siehe da, jetzt rief er ›Mami‹, wenn er in der Nacht Trost brauchte! Das war ein wirkliches Triumphgefühl.

Aber ich muß zugeben, daß das Gefühl in den folgenden Nächten ganz schön abgenutzt wurde. Denn es stellte sich heraus, daß Simons Alptraum oder hysterische Einbildung nicht nur eine einmalige, kleine Episode bleiben sollte, über die man lächelte und die dann schnell wieder in Vergessenheit geriet. Es war der Anfang langwieriger und besorgniserregender Wahnvorstellungen, die an die Grenzen meiner Geduld gingen. Zu Anfang war es nur in den Abendstunden. So gegen neun Uhr, gerade wie beim ersten Mal, erscholl nun regelmäßig der Ruf: »Mami! Mami!«, und ich mußte mein Buch oder meinen Kaffee im Stich lassen und nach oben laufen, um Simon zu beruhigen. Immer und immer wieder, Abend für Abend. Jedesmal tröstete ich ihn mit den gleichen Worten: »Aber Simon, Lieber, Engel gibt es doch gar nicht, weil ...« »Nein, an deinem Bett stand kein Engel, als ich hereinkam ...« »Nein, Lieber, es ist nicht wahr, daß irgend jemand schon mal einen Engel gesehen hat, es ist nur eine Geschichte ...« »Nein, ich kann kein Geraschel hören. Da ist nur der Wind in den Bäumen!« »Aber nein, das Licht kommt nicht von der Treppe, es ist doch nur draußen der Mond, der ins Fenster scheint ...« »Aber nein, es wird nicht immer heller, natürlich nicht ...«

Mit jeder Nacht schien es länger zu dauern, bis er sich wieder beruhigt hatte; mit jeder Nacht mußte ich mich mehr bemühen, meine Ungeduld und meine Verärgerung nicht offen zu zeigen. Und meine Wut! Ein Junge, selbst ein kleiner Junge, sollte zu stolz sein, um sich derart in nutzlose Phantasien zu verlieren. Nicht, daß ich es dem Jungen gegenüber jemals angedeutet habe, und ich habe ihm auch nie vorgeschlagen, ein ›tapferer Junge‹ zu sein, wie ich es gemacht hätte, wenn er mein Sohn wäre und ich auf ihn hätte stolz sein müssen. Ich wußte, daß er nichts dafür konnte, er ist feige und ängstlich geboren worden, und alles, was ich für ihn tun konnte, war Mitleid zu haben. Wut, Vorwürfe, Ärger und jede andere Art der Ablehnung hätten es nur schlimmer gemacht für das arme, freudlose kleine Ding.

Aber es war anstrengend, das gebe ich unumwunden zu; und statt besser zu werden, wurde es mit der Zeit immer schlimmer. Bald begann er, auch in der Nacht aufzuwachen und mich zu rufen. Ich mußte mich also aus meinem Bett quälen und zu ihm gehen, und das um ein, zwei oder drei Uhr in der Nacht. Zitternd in meinem Bademantel, halb bewußtlos vor Schlaftrunkenheit, stand ich dann an seinem Bett und wiederholte die alte Leier fast im Schlaf: »Nein, Simon, Engel gibt es überhaupt nicht ...« »Nein, draußen auf der Treppe ist kein Geraschel ...«

Manchmal, damit ich mich erholen konnte, ging Philipp zu ihm; aber in diesem Fall schrie Simon einfach weiter »Mami! Mami!« und hörte nicht auf, bis ich schließlich doch gehen mußte. Wenn ich bei ihm war, tat er oft das gleiche: Er schrie weiter »Mami! Mami!«, obwohl ich schon da war und mein Bestes tat, um ihn zu trösten! Das war schon seltsam, aber Simon ist ein seltsames Kind.

Die Zeit verging, und meine Nächte wurden immer fürchterlicher durch den ständig gestörten Schlaf und die übermächtige Müdigkeit; und jetzt griffen Simons Phantastereien auch auf den Tag über. Er begann, die Bücherregale zu durchforsten, und eines Abends, als er ein Bild von einem Engel entdeckte, in einem Buch über die Geschichte des Mittelalters, glaube ich, machte er eine so seltsame Bemerkung, daß ich richtig erschrocken war.

»Schau, Mami!« rief er und brachte das Buch zu mir. »Schau, er hat überhaupt keinen Schnabel!«

»Einen Schnabel?« wiederholte ich perplex. Es stellte sich heraus, daß er sich die ganze Zeit vorgestellt hatte, daß Engel *Schnäbel* hätten! Ist so etwas zu fassen! Weil sie Flügel haben, hatte er sie sich mit Schnäbeln vorgestellt, mit riesigen, gebogenen Schnäbeln, wie Geier sie haben. Er glaubte auch, daß sie Augen wie Geier hätten, hervorstehende, stechende Augen, die unter ihrem Heiligenschein saßen. Und dort, wo normalerweise die Hände sind, hätten sie natürlich Krallen. Und das von einem beinahe siebenjährigen Kind!

Jemand, der Simon nicht kennt, könnte nun annehmen,

daß die Entdeckung der Engel ohne Schnäbel und Krallen ihn auch von seinem Alptraum befreit hätte. Aber weit gefehlt! Er beschloß mit der für ihn so typischen Halsstarrigkeit, daß das Bild falsch war! So, wie er beschlossen hatte, daß es falsch war, wenn wir behaupteten, daß es keine Engel gäbe. Es hatte gar keinen Sinn, deswegen zu streiten, mit ihm sowieso nicht; und um fair zu bleiben, muß ich zugeben, daß wir uns auf recht wackeligem Boden befanden, wenn wir einerseits behaupteten, daß es Engel gar nicht gäbe, und anschließend erzählten, daß Engel keine Schnäbel hätten.

Also ging es gerade so weiter mit den Alpträumen und dem weinerlichen Rufen in der Nacht. Auch tagsüber wurde er immer fanatischer. Nun startete er lächerliche Versuche, böse zu sein – Miss Sowerbys alberne Behauptung, daß nur sehr, sehr liebe Kinder die Engel an ihren Betten sehen könnten, war wohl auf ewig in sein Hirn gebrannt, und nichts konnte ihn davon abbringen. Manchmal nahm er einen Becher oder einen Teller und schlug ihn leicht auf den Küchenboden auf, um ihn zu zerschlagen – aber er wagte es nicht, sie wirklich zu zerbrechen, indem er das Geschirr einfach hinwarf. Oder er bummelte, wenn er von der Schule heimkam; fünf Minuten trieb er sich in der Straße herum, und dann kam er weinend nach Hause gerannt, sonst hätte ich gar nicht gemerkt, daß er zu spät war.

Und trotzdem beherrschte ich mich. Philipp munterte mich auf, ich sei wunderbar, ein wahrer Engel der Geduld; ausschließlich seinem Lob und seinen Ermutigungen habe ich es zu verdanken, daß ich überhaupt weitermachen konnte. Nur ihm zuliebe schaffte ich es, Nacht für Nacht zitternd an Simons Bett zu sitzen, meine Ungeduld und meinen Haß hinunterzuschlucken, weder in meiner

Stimme noch in meinem Gesicht davon etwas zu zeigen, sondern mit liebevoller Hand seine heiße kleine Stirn und sein ekelhaftes, fettiges Haar zu streicheln.

Eines Nachts, als Simon mich schon dreimal gerufen hatte, erschien es unsinnig, wieder zu Bett zu gehen. Er würde mich bestimmt noch einmal wecken. Also ging ich nach unten, setzte mich an den erloschenen Kamin, den Kopf in die Hände gestützt. Um mich gegen die Kälte zu schützen, hatte ich mich fest in den Bademantel eingewikkelt. Mein Kopf sank mir vor Müdigkeit auf die Brust, meine Lider waren schwer wie zwei Felsbrocken, und oben – hoffentlich schlafend – lag dieser kleine Sklaventreiber, der sich das Recht genommen hatte, auf ewig meinen Schlaf zu stören. Dieses ekelhafte, neurotische kleine Biest, dieses grauenhafte, abscheuliche kleine Muttersöhnchen, der Liebling seines Vaters ...

»Mami! Mami!«

Das Rufen weckte mich, nur deswegen wußte ich, daß ich geschlafen hatte. Es waren also nur Träume, diese schwarzen, gehässigen Gedanken, die ich normalerweise niemals denken würde. Ich war wohl noch immer im Halbschlaf, als ich die Treppe hinaufstolperte. Meine Augen waren geblendet, wie von hellem Licht, und doch lag alles im Dunkeln. Mein Bademantel wurde länger und irgendwie schwerer. Er raschelte steif hinter mir, als er auf die Treppen aufschlug, die ich immer weiter hinaufstieg.

»Mami! Mami!« Der Ruf wurde immer dringender. »Ich komme!« rief ich ihm beschwichtigend zu und wollte mein beruhigendes Trostlächeln aufsetzen, das ich immer für Simon bereithielt.

Aber das Lächeln wollte sich nicht einstellen! Was war denn das Harte, Steife, da, wo sonst meine Lippen waren?

Ich versuchte, meinen Mund zu öffnen; aber es war nicht mein Mund, der sich öffnete; es war ein großer Schnabel, der da aus meinem Gesicht hervorsprang, grausam gebogen wie der Schnabel eines Raubvogels; und jetzt wußte ich auch, daß meine Augenlider, die so schwer vom Schlaf waren, größer und schwerer geworden waren, passend zu meinen gelben, runden Aasgeieraugen. Mein Bademantel wurde federleicht und wunderschön, umschwebte mich wie eine Wolke, und meine großen Flügel schlugen unruhig, bereit zum Fliegen. Der blendend helle Schein in meinen Augen wurde noch heller, und ich wußte, daß er nicht von draußen kam, mein Schnabelgesicht glühte und leuchtete so hell wie die Scheinwerfer von Papis Auto. In dem grellen Licht konnte ich erkennen, daß sich meine Hände in Krallen verwandelt hatten, braun und gekrümmt umfaßten sie das Geländer. Irgendwie wirkten sie gierig, als sie mich weiter und weiter nach oben zogen und mir so die unnützen Krallenfüße ersetzten, die auf den gebohnerten Treppen lärmend scharrten und rutschten.

»Mami! Mami!«

»Ich komme, Liebling, ich komme!« rief ich – wie grell und gespenstisch sich die Worte anhörten, als der Schnabel sie ungeschickt formte. Also versuchte ich es nochmals.

»Ich komme!« stieß ich schrill aus, und mit einem letzten, unbeholfenen Ruck schlitterte und rutschte ich auf meinen Krallen den Flur entlang. Mit halbgeöffneten Schwingen schoß ich in Simons dunkles Zimmer und lehnte mich über sein kleines Bett, wie immer, wenn ich ihn tröstete.

Der Fragebogen

Seit sie ihre neue Arbeitsstelle angetreten hatte, litt Lydia unter diesen schrecklichen Träumen. Nein, es waren nicht wirklich Träume, denn selbst jetzt schlief sie nicht richtig, Lydia warf ihren dröhnenden Kopf noch einmal auf die andere Seite und suchte Kühle und Entspannung in den Kissen, die sie aber nicht fand.

Nein, sie schlief nicht, konnte nicht schlafen, denn diese rasend wirbelnden Bilder waren fieberähnliche Vorstellungen, die sie einfach nicht abschütteln konnte, die immer weiter und weiter in ihrem Kopf dröhnten, Stunde um Stunde, und ihr keine Ruhe ließen.

»Entschuldigen Sie bitte, wir machen eine Umfrage über Haarfärbemittel. Dürfte ich Ihnen dazu vielleicht ein paar Fragen stellen?«

»Entschuldigen Sie bitte, würden Sie mir vielleicht sagen, wie oft sie fernsehen? ... Sehr wichtig, wichtig, eher unwichtig, völlig unwichtig? Das Wort ›wichtig‹ hatte sich unter ihren Lidern festgesetzt und drehte sich dort rasend im Kreis. »Würden Sie mir zum Schluß nun noch sagen, zu welcher Altersgruppe Sie gehören? Sind Sie zwischen 35 und 44 oder zwischen 45 und 64 Jahre alt?«

Die mißbilligenden Gesichter der Befragten schienen eines nach dem anderen aus der Dunkelheit aufzutauchen:

»Jetzt reicht es aber! Solch unverschämte Fragen! Ich kenne Sie doch überhaupt nicht!«

»Es tut mir leid, aber für so etwas fehlt mir nun wirklich die Zeit!«

»Es tut mir leid, aber ich werde keine weiteren Fragen beantworten. Ich habe Ihnen doch gesagt, daß ich Nichtraucher bin. Wie kann ich Ihnen dann sagen, was ich von dieser verfluchten Marke halte?«

Nun tauchte vor Lydias geistigem Auge ihr Chef auf: »Es tut mir leid, Miss Steele. Sie wissen doch, daß wir unvollständige Fragebögen nicht annehmen. In der Besprechung am Montag ist extra betont worden, daß Raucher und Nichtraucher *alle* Fragen beantworten müssen. Was, Sie können sich die Antworten nicht aus den Fingern saugen? Nun machen Sie aber mal einen Punkt, meine Liebe! Schließlich ist es Ihre Arbeit, Antworten zu sammeln. Dafür bezahlen wir Sie! Unsere anderen Mitarbeiterinnen haben keine Probleme damit!«

Lydia zog die Decke, die ihr die Luft nahm, vom Gesicht und starrte in die Dunkelheit. Die ANDEREN! Das waren die Feinde! Geschickt, ruhig und ganz ohne Hemmungen gelang ihnen einfach alles. Mit unerschütterlicher Hartnäkkigkeit füllten sie Seite um Seite aus, während Lydia sich schon allein wegen der sich ständig wiederholenden, idiotischen Fragen am liebsten in das nächste Mauseloch verkrochen hätte.

Wie machten sie es nur? Die meisten waren natürlich jünger als Lydia. Vielleicht lag es an der jugendlichen Dreistigkeit, oder daran, daß sie alle verheiratet waren? Jede von ihnen verströmte das unerschütterliche Selbstvertrauen einer Frau, die begehrt wird, einer Frau, die ein Zuhause hat, in das sie zurückkehren kann. So, wie Lydia es auch einmal gehabt hatte. Damals, als sie wirklich lebte; damals, bevor sie ihre gut dotierte, interessante Arbeit in einer Public-Relations-Firma aufgegeben hatte und in dieses schäbige, dunkle Ein-Zimmer-Appartement ziehen mußte.

Manchmal überlegte sie, ob sie vielleicht weniger hätte

leiden müssen, wenn sie, statt zu kündigen, die Wochenenden in ihrer teuren, schönen Wohnung verweint hätte; ihre herrliche Wohnung, die schönen Teppiche, die großen Fenster, durch die das Sonnenlicht strömte... Aber nein, das wäre unmöglich gewesen. Selbst wenn sie gewußt hätte, wie schwer es für eine Frau ihres Alters ist, eine ähnliche Arbeit wiederzufinden; selbst wenn sie gewußt hätte, daß sie diesen fürchterlichen Job bei dem Marktforschungsinstitut annehmen mußte, um überleben zu können – selbst wenn sie das alles vorher gewußt hätte, wäre sie nicht in der Lage gewesen, in der gleichen Firma mit Clive weiterzuarbeiten, nachdem er sie verlassen hatte. Und das nach fünfzehn Jahren! Nachdem er endlich die Scheidung durchgekämpft hatte und sie eigentlich heiraten wollten. Auf diesen Augenblick hatten sie so viele Jahre gewartet, so lange Zeit, während der ihre Liebe unerschütterlich schien. Schien? Nein, er hatte sie geliebt, das wußte sie genau. Er hatte sie geliebt, wirklich und wahrhaftig, mit all der schwachen Kraft seiner egoistischen, wankelmütigen Seele.

O ja, sie kannte seine Fehler, wie auch nicht, nach fünfzehn Jahren! Aber sie hatte ihn trotzdem geliebt, oder vielleicht sogar deswegen? Denn welch anderer Mann ist so leicht zufriedenzustellen wie ein egoistischer Mann – ein Mann, den man mit leckeren Speisen, Schmeicheleien und dadurch, daß man ihm seinen Willen ließ, halten konnte. Das heißt so lange, wie keine andere Frau daherkam, die noch besser kochte, ihn noch geschickter verwöhnte und ihm noch mehr Freiheiten einräumte.

War Paula solch eine Frau? Lydia wußte bis auf den Namen nichts von ihr, hatte nichts von ihr wissen wollen. Aber um diesen Namen hatte ihre Phantasie ein wunderschönes, blondes Wesen geformt, von unendlicher Güte und Selbstlosigkeit – ein Wesen, das vor allem aber *jung* war. Jung, das war der Schlüssel. Tränen der Wut schossen Lydia in die Augen, als sie einmal mehr der nackten Tatsache ins Auge sehen mußte, daß Jugend etwas war, was sie Clive nicht mehr bieten konnte. Sie, die ihm während dieser langen Jahre alles gegeben hatte, konnte ihm nicht länger jugendliche Frische bieten.

Während sie so in ihrem Bett lag, verbanden sich Wut, Verbitterung und stechende Eifersucht und machten sie so unglücklich, daß sie sich beinahe schon friedlich fühlte. Das wirbelnde Durcheinander von Köpfen und Fragebögen, Fragebögen und Köpfen verwischte langsam, und schließlich, als der Morgen graute und durch ihr kleines, viereckiges Fenster drang, schlief Lydia ein.

Sie wachte erst zu fortgeschrittener Stunde auf, wie ihr der vorwurfsvoll laute Verkehrslärm des späten Morgens bewies. Obwohl nicht ein einziger Sonnenstrahl dieses schrecklich kleine Nordzimmer erreichte, spürte sie, daß die Sonne schon ziemlich hoch stehen mußte.

Beinahe elf! Zu spät für die Mütter, die die Erstkläßler noch zur Schule brachten – das ideale Jagdrevier für die DF-Kategorie zwischen 25 und 34 Jahren. Schon jetzt, nach nur sechs Wochen in diesem Beruf, ertappte sich Lydia dabei, wie sie ihre Mitmenschen in die verschiedenen Kategorien einordnete. Sie fühlte, daß dies ein schrecklicher Tag werden würde. Sie hatte fast ihr Soll erreicht, so daß jetzt nur noch die Fragebögen der besonders schwierigen Kategorien fehlten. Bevor sie nun zuschlagen konnte, mußte das Opfer abgeschätzt werden. Ist er über 45? Gehört er als Arzt, Anwalt oder ähnliches zur AB-Kategorie, oder ist er bloß ein Angestellter und gehört damit zur C-Kategorie?

Am schwierigsten waren die Männer der AB-Kategorie. Am Nachmittag fehlten ihr immer noch drei, die alle zwischen 45 und 64 Jahre alt sein mußten. Wie konnte sie nur hoffen, solch rare Spezies an einem Mittwochnachmittag um vier Uhr in der Kilburn High Road beim Bummeln anzutreffen? Ihr war heiß; sie war erschöpft; die Füße waren geschwollen und drückten in den Schuhen; soeben hatte sie hintereinander vier Fehlschläge einstecken müssen – drei freundliche, aber sehr bestimmte Weigerungen und dann noch ein kleiner, fröhlicher Mann in einem irreführend gutgeschnittenen Anzug, der bereit war, ihre Fragen zu beantworten, der dann aber ganz eindeutig zur D-Kategorie gehörte.

Lydia biß die Zähne zusammen, raffte die letzten Reste ihres Mutes zusammen und sprach ein weiteres potentielles Opfer an, einen großen, grauhaarigen Mann, der die Auslage eines Fotogeschäftes betrachtete.

»Entschuldigen Sie bitte«, die Worte kamen tonlos trokken aus ihrem Mund nach diesem langen, erfolglosen Tag. »Entschuldigen Sie bitte, wir machen eine Umfrage über Rauchergewohnheiten und ...«

Das graue Gesicht unter dem grauen Hut wandte sich ihr langsam zu, und Lydia mußte zu ihrem Erschrecken wieder den ihr so vertrauten, eiskalten Aristokratenausdruck erkennen.

»Wie bitte?« kam es kühl und von oben herab, wie erwartet. »Nein, heute bitte nicht, danke.« Dann drehte er sich um und entfernte sich, offensichtlich beleidigt. Lydia, knallrot vor Scham, wäre am liebsten unsichtbar geworden.

»Suchen Sie einen Mann der AB-Kategorie über 45?«

Die angenehme Stimme voll freundlicher Teilnahme erschien ihr nach der kräftezehrenden Schlacht des Tages wie ein Wunder, so daß Lydia zuerst nur hilflos in das gebräunte, wettergegerbte Gesicht starren konnte, das sie so freundlich anlächelte. Ganz vage erinnerte sie der Mann an jemanden, aber sie verfolgte den Gedanken nicht weiter. Wichtig war einzig und allein, daß er über 55 war und zweifellos der A-Kategorie angehörte. Er war gut angezogen und machte einen kultivierten Eindruck – er könnte genau der Richtige sein. Es war so unglaublich, daß Lydia, verwirrt und erschöpft, wie sie war, einen Augenblick lang zu träumen glaubte.

»Aber ja!« rief sie erfreut. »Sind Sie ... darf ich ...? Aber woher wissen Sie das, ich meine, von den AB und ...?« In ihrer Verwirrung versagte ihr die Stimme. Der fremde Mann lachte und klopfte ihr freundlich auf die Schulter.

»Ich habe sie schon eine ganze Weile beobachtet«, gab er zu, »und konnte sehen, daß Sie heute nicht Ihren besten Tag haben. Ich war selbst einmal in der Marktforschung tätig, darum weiß ich, wie das ist. Jetzt aber frisch ans Werk! Worum geht es denn diesmal? Margarine? Freizeitverhalten? Zahnpastasorten? Schießen Sie los!«

Es war ein Erlebnis. Er beantwortete jede Frage: er war Raucher, kannte alle Zigarettenmarken, nach denen Lydia ihn fragen mußte, und beantwortete, ohne zu zögern, alle Fragen über die Dinge, die sehr wichtig, wichtig, eher unwichtig oder völlig unwichtig waren. Die endlos monotone Kette der Fragen schien ihn weder zu langweilen noch zu irritieren, und als es schließlich zur letzten Frage kam – die, bei der er erzählen sollte, was er persönlich vom Rauchen hält –, zeigte er auch hier ernsthaftes Interesse, und Lydia schrieb auf, was er sagte, Wort für Wort.

»Für mich«, begann er gedankenverloren, »ist Rauchen so etwas wie ein Beruhigungsmittel. Ich habe damit angefangen, als ich noch sehr jung war und sehr, sehr unglücklich. Es half mir, die traurigen Gedanken zu vertreiben. Sie kennen bestimmt diese Stimmung: Das Leben hat keinen Sinn mehr – ich habe alles verloren, was es lebenswert macht – mir bleibt nur noch übrig Schluß zu machen.«

Er machte eine Pause, damit Lydias dahinfliegender Stift auch alles genau festhalten konnte. Stenografieren durfte sie nicht, alles mußte voll ausgeschrieben werden, an Ort und Stelle; das war eine der strengen Vorschriften, die sie unbedingt beachten mußten. Lydia überlegte schon, was sie machen sollte, wenn seine Überlegungen den dafür vorgesehenen Platz auf ihrem Fragebogen sprengen würden, aber zu ihrer Überraschung endete hier seine Beichte.

»War's das?« fragte sie ihn und verstieß damit gegen alle Regeln, aber irgendwie hatte sie den Eindruck gehabt, daß dies eine ziemlich lange Geschichte werden würde. Einerseits war es zwar ermüdend, wenn die befragten Personen begannen, ihre Lebensgeschichte zu erzählen, andererseits konnte es aber auch interessant sein.

»Das war's«, gab er ziemlich kurz angebunden zurück. »Benötigen Sie nicht meinen Namen und meine Adresse, damit nachgeprüft werden kann, daß Sie sich die Antworten nicht allein ausgedacht haben?«

»Sie kennen sich aber wirklich gut aus!« lachte Lydia. »Ja, ich benötige Ihren Namen und Ihre Adresse. Wenn es Ihnen nichts ausmacht?« Sie blickte ihn fragend an, den Kugelschreiber in ihrer Hand bereit. Aber statt seinen Namen und seine Adresse zu nennen, streckte er seine Hand aus.

»Es ist einfacher, wenn ich es selbst schreibe. Ich habe einen sehr schwierigen Namen, und meine Adresse steht dem beinahe in nichts nach.«

Lydia überreichte ihm den Fragebogen und den Stift und

seufzte erleichtert auf. Sie hatte es geschafft, ein weiterer Bogen war vorschriftsmäßig ausgefüllt, und zwar in einer so angenehm ermutigenden Atmosphäre, daß sie es kaum erwarten konnte, die nächsten in Angriff zu nehmen.

Plötzlich bemerkte sie, daß der freundliche Mann auf dem Absatz kehrtgemacht hatte und fortging. Er schritt tüchtig aus und war schon beinahe in der Menge verschwunden.

Einen Augenblick stand sie vor Überraschung wie versteinert da. Sie konnte es einfach nicht fassen. Dann begann sie, hinter ihm herzulaufen.

»Bitte! So warten Sie doch!« schrie sie, so laut sie konnte. Die Menschen blieben stehen und starrten sie an, als sie sich einen Weg durch die Menge bahnte. Aber schon nach wenigen Sekunden hatte sie den fremden Mann aus den Augen verloren; es war unmöglich, ihn in dem Gewühl des späten Nachmittags wiederzufinden. Der kostbare Fragebogen – für immer verloren!

Die Enttäuschung traf sie so hart, daß sie sich am liebsten auf die Bordsteinkante gesetzt und einfach nur geheult hätte. Ihr wunderbarer Bogen, so korrekt war er ausgefüllt, mit den Antworten eines Mannes, der genau das richtige Alter hatte und zur richtigen Kategorie gehörte – einfach verschwunden – unwiederbringlich fort. Die Enttäuschung war so überwältigend, daß sie kaum einen Gedanken an das seltsame Verhalten des Mannes verschwendete.

Auch ihre Kolleginnen zeigten sich von solch einem Verhalten nicht erstaunt, als sie sich am Ende des Tages trafen, um ihr Tagespensum bei ihrem Chef abzuliefern.

»So etwas geschieht häufig«, versicherte ihr die schöne Mrs. Robens gutgelaunt. »Die müssen doch alle verrückt sein, die die Fragen beantworten. Welcher normale Mensch würde das wohl tun?« Aus der kleinen Gruppe ertönte zustimmendes Gelächter. »Sie hätten meinen M60 sehen sollen! Er war ein DE, wie er im Buche steht, aber da er behauptete, der Duke of Wellington zu sein und im Buckingham-Palast zu leben, mußte ich ihn, ob ich wollte oder nicht, als AB aufnehmen. Ganz besonders deshalb natürlich, weil mir noch ein AB in meiner Sammlung fehlte. Die werden nicht einmal mit der Wimper zucken, ihr werdet sehen!«

Das war ja alles schön und gut für die hübsche Mrs. Robens. Sie konnte schließlich ihren ausgefüllten Fragebogen vorweisen. Sie hatte es gut, denn nun eilte sie fort, um für ihren angebeteten Gatten das Abendessen zu bereiten und ihm dann die lustigen Erlebnisse ihres Tages zu berichten. Alle, alle außer Lydia eilten nun nach Hause, zu ihrem wirklichen Leben, das all dies wie einen Witz erscheinen ließ, als amüsante Bereicherung der Unterhaltung beim Abendessen.

Das späte Abendlicht erhellte sanft und silbern die Straße, als Lydia die Tür zu ihrem kleinen Zimmer aufschloß, in das noch nie ein Sonnenstrahl gedrungen war. Selbst jetzt, im Juli, fühlte es sich feucht und klamm an. Lydia schaltete das Licht ein. Sie fröstelte und setzte sich müde in den häßlichen, ungemütlichen Sessel. Setzte sich, um ihren geschwollenen Füßen die wohlverdiente Ruhepause zu gönnen und die Stunden bis zur Schlafenszeit irgendwie auszufüllen.

Nun, mit Anbruch der langen Nacht, begann *ihr* wirkliches Leben. Ihr Leben: in die Kissen weinen und an Clive denken. Sein Egoismus, seine Feigheit, seine kurzsichtige Gier, alles gehörte nun Paula. Wenn diese Frau alle Reichtümer der Welt besessen hätte, Lydia hätte sie um keinen Deut mehr beneiden können ...

Lydia glaubte die Stimme ihres Chefs zu hören, der sie anzischte, wie eine Schlange: »Misss-ssss S-sssssteele, da gibt es Dis-ssskrepanzen in abs-sssolut jedem... S-sssie haben dies-ssse ganze S-ssserie verdorben, Miss-ssss S-ssssteele...«

Lydia kämpfte sich durch den Traum an die Oberfläche und erkannte schließlich, daß nicht ihr Chef mit ihr sprach. Sie war allein, im Bett, mitten in der Nacht, in ihrem winzigen, einsamen Zimmer. War sie wirklich allein? Irgendwie hatte sie das Gefühl, daß etwas geschah; etwas stimmte nicht, sie fühlte es einfach. Sie kämpfte weiter mit sich, um wach zu bleiben und nachzudenken, aber die Schläfrigkeit überrollte sie wie eine hohe Welle, die sie wieder zurück in die unangenehme Welt der Träume tragen wollte. Sie lag ganz ruhig da.

Kein Laut war zu hören, bis auf ein leises Zischen, aber Lydia wußte, daß da noch ein anderes Geräusch gewesen war. Tief in ihren Träumen hatte sie gespürt, daß sich etwas zwischen den Möbeln, über das Linoleum hinweg bewegt hatte und daß die Tür wieder leise geschlossen worden war. Und trotzdem lag sie noch immer da, müde und gleichgültig. Vielleicht war es ja Morgen, wenn sie beim nächsten Mal die Augen öffnete. Oder war es schon Morgen? Die kleine, viereckige Fensteröffnung würde es ihr verraten, der fahle Grauschimmer würde ihr zeigen, ob der Morgen schon nahte. Widerwillig öffnete sie die Augen.

Einen Augenblick lang glaubte sie, blind geworden zu sein. Sie konnte kein graues Viereck sehen, weder hell noch dunkel, es war einfach nicht zu erkennen! Plötzlich war sie hellwach, setzte sich senkrecht auf und starrte in die Dunkelheit, die sie umgab. Es war stockdunkel, von nirgendwo kam ein Lichtschimmer. Dunkel, dunkel, dunkel, dunkel und dieses seltsame Pfeifen im Kopf. Sie brauchte Licht! Licht, Licht! Licht zum Atmen und zum Sehen! Licht, um dieses seltsame Gefühl aus ihrer Brust zu verjagen. Panisch suchte sie den Schalter ihrer Nachttischlampe, und schlagartig wurde es hell, alles war klar und deutlich zu erkennen. Die Vorhänge, die sie immer offenließ, waren zugezogen; ein Umschlag, strahlend weiß, lehnte gegen ihren Wecker. Und immer noch zischte es leise, unerbittlich strömte das Gas aus dem erkalteten Kamin.

Mit letzter Kraft stolperte Lydia durch den Raum, drehte das Gas ab, riß das kleine Fenster auf und steckte ihren Kopf nach draußen, um die klare, stille Nachtluft in tiefen Zügen einzuatmen.

Als der Morgen graute und ihr Kopf wieder klar wurde, schloß sie das Fenster und öffnete den seltsamen Briefumschlag. Darinnen fand sie, in ihrer Handschrift, folgende Nachricht:

»Das Leben hat keinen Sinn mehr – ich habe alles verloren, was es lebenswert macht. Mir bleibt nur noch übrig, Schluß zu machen.«

Würde ein anderer, der den Brief gefunden hätte, bemerkt haben, daß der Zettel ein fein säuberlich abgetrenntes Stück vom Ende eines Fragebogens war?

Aber warum? Warum nur? Was konnte dieser seltsame Mann, den sie heute nachmittag befragt hatte, gegen sie haben? Und warum nur hatte sie den Eindruck gehabt, das Gesicht von irgendwoher zu kennen?

Die Antwort darauf erhielt sie eine Woche später, als sie erfuhr, daß sie der Tod eines Onkels zu einer reichen Frau gemacht hatte – und daß die Erbschaft, im Falle ihres Todes, an einen Cousin gegangen wäre, einen fünfundfünfzigjährigen Mann, den sie nur einmal getroffen hatte, als er um die Zwanzig und sie ein kleines Mädchen war. Das war schon genial, wie er sich von ihr, in ihrer eigenen Handschrift, einen Abschiedsbrief verschafft hatte! Und der Grund – niemand hätte ihn bezweifelt, nach Clives herzloser Flucht.

Clive! Ein kleines Lächeln huschte über Lydias Lippen, als sie an Clive dachte. Sie würde zu gerne sein Gesicht sehen, wenn er erfuhr, daß seine ausrangierte Lydia eine steinreiche Frau geworden war. Er wird sehr schnell entdecken, daß Paula ihn wohl doch nicht so richtig versteht, daß sie nicht wirklich zueinander passen und daß Lydia letztendlich doch seine wahre Liebe ist.

Und stimmte das denn vielleicht nicht? Lydia lächelte noch immer. Es erfüllte ihr Gesicht mit Leben und blitzte in ihren abgekämpften Augen. Ganz allein in ihrem schäbigen Zimmer begann sie zu tanzen.

Denn wenn eine Frau nicht länger hoffen kann, wegen ihrer Schönheit oder ihrer Jugend oder ihres Charmes geliebt zu werden, dann ist es schon eine Neuigkeit, wenn sie erfährt, daß sie noch immer wegen ihres Geldes geliebt werden kann.

Das verschlossene Zimmer

Eine Tür knallte in der leeren Wohnung im oberen Geschoß.

Margarethe fühlte, wie ihre Finger den Buchdeckel umklammerten, aber sie vermied es aufzublicken. Solange sie ihre Augen zwingen konnte, die Zeilen zu verfolgen, so lange konnte sie sich einreden, daß sie der Angst nicht nachgegeben hatte, dieser lächerlichen, grundlosen Angst, die auf unerklärliche Weise an diesem Abend von ihr Besitz ergriffen hatte.

Wovor hätte sie überhaupt Angst haben sollen? Nur weil die Wohnung über ihr seit einer Woche leerstand und Henry heute abend Dienst hatte? Aber sie war doch schon öfter allein gewesen, sofern man das allein nennen konnte, mit Robin und Peter, ihren Söhnen nebenan. Die beiden Jungen, sechs und acht Jahre alt, schliefen tief und fest in ihrem Zimmer. Sie leisteten ihr natürlich nicht direkt Gesellschaft, aber...

Leonora überlegte zögernd, für welchen Weg sie sich entscheiden sollte.

Margarethe bemerkte, daß sie immer noch denselben Satz las, wieder und immer wieder, und so klappte sie mit einem ärgerlichen kleinen Knall das Buch zu. Was war denn bloß los mit ihr? War es der Mord, von dem in der Zeitung berichtet wurde? Eine Frau war von einem armen Teufel, der als Kind mißhandelt worden war, erdrosselt worden. Er mochte Frauen nicht oder so ähnlich – Margarethe hatte den Artikel nicht sehr genau gelesen – und hatte sich in einem Zimmer einer leerstehenden Wohnung in dem Haus, in dem die Frau wohnte, eingeschlossen. Dann, mitten in der Nacht, war er herausgeschlichen ...

Eine richtige Horrorgeschichte; aber in den Zeitungen standen immer irgendwelche Mordgeschichten – und überhaupt, wahrscheinlich hatten sie ihn längst schon wieder gefangen. Was konnte sie tun, damit sie ein für allemal diese lästigen Gedanken loswurde?

Nach oben gehen, natürlich! Oben in der leerstehenden Wohnung alle Zimmer kontrollieren, die klappernde Tür richtig schließen – dann konnte sie beruhigt in ihre eigene Wohnung zurückkehren. Ganz einfach.

Sie legte das Buch auf den kleinen polierten Tisch an ihrer Seite. Aber warum legte sie es so leise, so vorsichtig hin? Margarethe schüttelte irritiert den Kopf. Es gab nicht den geringsten Grund, leise zu sein. Wenn die Jungen erst einmal richtig schliefen, weckte sie nichts, und die arme, taube, alte Mrs. Palmer im Erdgeschoß konnte sie gewiß auch nicht stören.

Nur um sich selbst zu überzeugen, nahm sie das Buch noch mal vom Tisch und ließ es geräuschvoll wieder darauffallen. Dann ging sie mit festen Schritten in den Flur.

Das ehemals anheimelnde Treppenhaus des alten Hauses war in vollkommene Dunkelheit getaucht. Einen Augenblick lang zögerte Margarethe. Obwohl Mrs. Palmer häufig schon vor 22 Uhr zu Bett ging, ließ sie doch stets das Licht am Eingang für die anderen Bewohner des Hauses brennen – vielleicht auch für sich selber, aus der verständlichen Angst einer alten, tauben Frau, nicht nur in absoluter Stille, sondern auch noch in Dunkelheit gefangen zu sein.

Margarethe blieb einen Augenblick verwirrt stehen, dann erinnerte sie sich. Natürlich! Die arme Alte war an diesem Morgen zu einem ihrer seltenen Besuche bei einer verheirateten Nichte aufgebrochen. Heute nacht war auch die untere Wohnung leer.

Margarethe ärgerte sich, daß ihre Hände feucht wurden. Sie trat an das Geländer und spähte in die Dunkelheit. Was für einen Unterschied machte es schon, ob Mrs. Palmer da war oder nicht? Selbst wenn sie da wäre, würde sie jetzt bereits schlafen, tief und fest in ihrer stillen Welt, außerhalb der Reichweite menschlicher Stimmen oder Schreie ...

»Hör doch endlich damit auf!« schimpfte Margarethe mit sich. »Das kommt davon, wenn man abends statt zu bügeln, wie ich es vorgehabt hatte, Gruselgeschichten liest.« Sie drehte sich jäh um und ging über den Flur zur anderen, staubigen, engen Treppe, die zu der leeren Wohnung nach oben führte.

Die Treppe zu ihrer Wohnung war schon in einem schlechten Zustand, aber bei Gott, diese war noch baufälliger. Als Margarethe um die Biegung ging, die sie vom Licht ihrer Etage abschnitt, spürte sie, wie sich der alte Verputz unter ihren tastenden Händen löste und zu Boden fiel.

Das Geräusch der Verputzbröckelchen, die auf die Treppe fielen, war für Margarethe, die seit sechs Monaten in diesem alten, heruntergekommenen Haus wohnte, sehr vertraut; trotzdem wünschte sie sich, daß es aufhören möge. Es schien sie noch nervöser zu machen und irgend etwas anderes zu übertönen. Erst in diesem Augenblick wurde ihr bewußt, wie angestrengt sie nach oben horchte, nach irgendeinem Laut aus der leeren Wohnung über ihr.

Aber was für ein Laut? Margarethe hatte den obersten Absatz erreicht und horchte noch einmal, bevor sie nach dem Lichtschalter tastete.

Verflixt noch mal! Die Besitzer des Hauses, die in all den Monaten nicht einen einzigen Finger gerührt hatten, um den bröckelnden Putz, kaputte Schlösser oder gebrochene Fensterrahmen in Ordnung zu bringen, hatten sich trotzdem in weniger als einer Woche dazu aufraffen können, den Strom für die leerstehende Wohnung abschalten zu lassen. Jetzt mußte sie die Wohnung im Dunkeln erkunden.

Sie tastete sich an der Wand zur ersten der vier Türen, die alle auf den Flur hinausgingen. Mühelos ließ sie sich öffnen, und abermals verfluchte Margarethe im stillen die Besitzer. Wenn sie sich wenigstens die Mühe gemacht hätten, die Schlösser reparieren zu lassen, dann wäre ihr dies alles erspart geblieben – die Wohnung im zweiten Stock wäre nach dem Wegzug der Familie Davidson vernünftig abgeschlossen worden, und jetzt könnte niemand darin auf der Lauer liegen. Ihr Ärger machte ihr Mut, und sie öffnete die Tür mit einem Ruck.

Leer – natürlich. Inzwischen hatten sich ihre Augen so an die völlige Dunkelheit des Hausflures gewöhnt, daß der Raum durch das matte, kleine Fenster in helles Licht getaucht schien, und sie konnte mit einem Blick feststellen, daß er völlig leer war.

Der nächste Raum war ebenfalls leer, und der übernächste, bis auf den ›antiken‹ Gasherd, ebenfalls. Mrs. Davidson hatte sich oft beklagt, daß er ›verrücktspielen‹ würde, und darum gebeten, einen Kessel Wasser auf dem nur wenig neueren Herd in Margarethes Wohnung aufsetzen zu dürfen.

Aber die vierte Tür war verschlossen. Das ist nichts Außergewöhnliches, versuchte sich Margarethe selbst zu beruhigen und drehte den wackeligen Türknauf aus Porzellan hin und her, hatte aber keinen Erfolg, ganz und gar nichts Außergewöhnliches. Alle Räume hätten so abgeschlossen sein müssen – wahrscheinlich war dies das einzige Schloß, das funktioniert hatte, und die Besitzer hofften für die anderen Räume auf das Beste. Eine vollkommen natürliche Erklärung. Es gab absolut keinen Grund, den Knauf so verstohlen zu drehen...

Um das zu beweisen, rüttelte Margarethe energisch an dem Knauf – und hielt ihn plötzlich in der Hand. Typisch für dieses Haus, dachte sie und hörte, wie auf der anderen Seite das dazugehörige Gegenstück auf den Boden fiel, mit einem Knall, der sich in der Stille der Nacht wie ein Pistolenschuß anhörte.

Aber was war *das*? Es könnte natürlich das Echo des Knalles in dem leeren Raum gewesen sein. Oder – ja natürlich, das ist es gewesen! Erleichtert seufzte Margarethe auf. Dieses klackernde Klopfen war genau das Geräusch, das ein Porzellanknauf machen würde, der über die nackten Dielenbretter kullerte. Oder?

Doch, natürlich. Margarethe war überrascht, wie schnell sie wieder in ihrer eigenen Wohnung war – in ihrem hell erleuchteten Wohnzimmer am Kamin. Ihr Herz pochte aufgeregt, den schmutzigen Türknauf hielt sie noch immer in der Hand.

Leonora überlegte zögernd, für welchen Weg sie sich entscheiden sollte.

Gereizt legte Margarethe das Buch auf die Seite. Sie hatte gehofft, daß sie ihre Ruhe wiederfinden würde, wenn sie ihrer Angst ins Gesicht gesehen und in der leeren Wohnung alle Räume kontrolliert und die klappernde Tür geschlossen hatte. Und doch saß sie hier, gerade so wie vorher, mit klopfendem Herzen und angestrengt lauschend.

Was ist denn bloß los? War heute irgend etwas, das mich so beunruhigt hat? Habe ich unbewußt jemand Verdächtigen draußen herumlungern sehen? In der Nachbarschaft gab es nun wirklich mehr als genug seltsame Gestalten! Sie stützte ihr Kinn auf die Hände, so daß ihre dicken, schwarzen Locken auf die feuchte Stirn fielen, und ließ den Tag vor ihrem geistigen Auge Revue passieren.

Keine besonderen Vorkommnisse: Henry war wie immer zur Arbeit gegangen. Die Jungen hatten sich mit dem üblichen Lärm und Gezanke für die Schule fertiggemacht. Peter hatte seine Gummistiefel nicht finden können, und Robin hatte im allerletzten Augenblick verkündet, als sie schon nach unten stürmen wollten, daß sie alle einen zehn Zentimeter breiten Pappkarton und eine lange Schnur in die Schule mitbringen sollten.

Dann hatte der allmorgendliche Kampf um die Sauberkeit gegen das widerspenstige, alte Haus begonnen. Die Farbe blätterte ab, wenn man den Wänden zu heftig zu Leibe rückte, im Staubwedel blieben mit den Spinnenweben Mörtelbrocken hängen ...

Sie würden nicht mehr sehr viel länger dort wohnen bleiben. Kurz nach Weihnachten wollten sie aufs Land ziehen, und es hätte sich nicht gelohnt, für die kurze Zeit noch eine andere Wohnung zu suchen. Außerdem, wenn sie schon in einer Mietwohnung leben *mußten*, mit zwei kleinen Jungen, dann hatte dieses alte, baufällige Haus eine ganze Menge Vorzüge. Inmitten dieses unkontrollierten Verfalls bemerkte niemand schmutzige Handabdrücke oder etwas mehr abgeplatzte Farbe. Niemand beschwerte sich über die Spiele der Kinder in dem vernachlässigten Garten, der von Brombeersträuchern und Weidenröschen überwuchert war. Und niemand schimpfte über das Getrampel ihrer Kinder und deren zahlreicher Freunde, die die Treppen rauf- und runterstürmten.

Margarethe lächelte bei dem Gedanken an die seltsame

Zusammenstellung der Freunde ihrer Söhne, die diese in den vergangenen sechs Monaten ihres Hierseins gewonnen hatten. So viele unterschiedliche Kinder aus der Nachbarschaft, von rüpelhaften kleinen Straßenkindern bis zu dem Brille tragenden Sohn eines geschiedenen, ziemlich berühmten Professors. Sie kamen und gingen – Margarethe kannte nicht einmal die Hälfte bei ihrem Namen. Die Kinder von heute nachmittag, zum Beispiel, wer waren die alle?

Margarethe runzelte die Stirn, als sie sich daran zu erinnern versuchte. Alan, natürlich, der sommersprossige Frechdachs aus dem Zeitungskiosk an der Ecke. Und Raimund, der blonde, hinterhältige Junge – Henry wollte nicht, daß die Kinder mit ihm spielten, aber wie sollte sie das verhindern? Und William, der dicke, mausgraue William, der nur kam, um ihre Kekse zu essen – zumindest erschien es Margarethe so, weil sie ihn nie richtig mit den anderen spielen sah.

Ah, und da war heute noch einer gewesen, ein neuer, gegen den Margarethe gleich eine Abneigung verspürte. Acht oder neun Jahre mußte er sein, sehr klein für sein Alter, und doch wirkte er schon seltsam reif; seine blassen, rot umrandeten Augen hatten einen scharfen, schlauen Blick. Er hatte einen rotblonden, schlechtgeschnittenen Wuschelschopf, die Wimpern und Augenbrauen waren so blaß, daß sie in seinem farblosen, abgehärmten Gesicht beinahe nicht zu sehen waren. Und er war ganz schrecklich mager.

Trotz ihrer Abneigung berührte Margarethe seine Magerkeit, und sie überlegte, daß es heutzutage kaum noch unterernährte Kinder gab. Sie hatte ihm immer wieder Kuchen und Brote aufzudrängen versucht, aber er hatte nichts angerührt. Irgendwie schien er es gar nicht richtig wahrzunehmen, daß sie ihm all diese Dinge anbot. Schließlich hatte Margarethe es aufgegeben und die Vorräte den Kindern überlassen, die sie mit der üblichen Geschwindigkeit vernichteten.

Margarethe schüttelte sich plötzlich, ein Kälteschauer überlief sie, und sie beugte sich nach vorn, um Kohle nachzulegen. Die Erinnerung an dieses seltsame rothaarige Kind machte sie wieder unruhig. Sie bereute, daß sie sich nicht mehr Mühe gegeben hatte herauszufinden, wer er war und woher er kam, aber die Kinder interessieren sich für derlei Dinge nicht und gaben nie vernünftige Antworten, wenn man sie fragte.

»Was, Mama?« hatte Peter zur Antwort gegeben, als sie ihn am Abend über das Kind befragte; »Mama, du hast gesagt, daß *ich* die nächste Cornflakes-Packung haben darf, und jetzt hat Robin ...«

»Ja, Schatz, aber hör doch mal zu. Wer war der kleine rothaarige Junge, den du heute von der Schule mit zu uns mitgebracht hast?«

»Wer hat ihn mitgebracht?« unterbrach Robin hilfreich.

»Ich hab gedacht, Peter war es. Oder kennst *du* ihn, Robin? Ist er vielleicht *dein* Freund?«

»Wer ist mein Freund?«

Margarethe hatte geseufzt. »Der kleine rothaarige Junge. Der, der zum Tee kaum was gegessen hat.«

»*Ich* habe auch kaum was gegessen!« unterbrach Robin selbstgefällig.

»Oh, du hast wohl geträumt!« rief Peter entrüstet. »Ich habe selbst gesehen, wie du drei Stücke Kuchen und ...«

Margarethe hatte es aufgegeben und beschlossen, den Jungen selbst zu fragen, falls er je wieder aufkreuzen sollte. Und seltsamerweise hatte sie gemeint, als sie über den Flur ging, um den Kindern das Bad einlaufen zu lassen, im Vorübergehen den Jungen unten im Erdgeschoß am Fuße der Treppe vorbeihuschen gesehen zu haben. Aber sie war sich nicht sicher. In dem düsteren, baufälligen Flur war es schon immer sehr früh dunkel, und das Ganze konnte geradesogut eine Sinnestäuschung gewesen sein. Und als sie sicherheitshalber zur Hintertür gegangen war und ihn gerufen hatte, war aus der feuchten Herbstdämmerung keine Antwort gekommen, und in dem mit Sträuchern und Ranken überwucherten Garten hatte sich nichts bewegt.

Margarethe nahm, etwas ruhiger, ihr Buch wieder zur Hand. All dies erklärte halbwegs ihre Nervosität heute abend. Sie fühlte sich schuldig; das mußte es sein. Da war etwas Eigenartiges um das Kind, und sie hätte sich mehr Mühe geben müssen herauszufinden, wer es war. Vielleicht brauchte es Hilfe, immerhin wurden auch heutzutage noch Kinder mißhandelt oder vernachlässigt. Morgen würde sie sich richtig darum kümmern, und dann brauchte sie sich keine Sorgen mehr zu machen.

Leonora überlegte zögernd, für welchen Weg sie sich entscheiden sollte.

Manchmal, wenn man aus einem tiefen Schlaf aufschreckt, weiß man zwar mit absoluter Sicherheit, daß es einen Grund dafür gibt, ohne jedoch wirklich sagen zu können, welchen. Mit derselben Sicherheit wußte Margarethe, daß irgend etwas sie veranlaßt hatte aufzublicken. Sie lauschte, lauschte wie schon einmal in dieser Nacht, und hörte das tiefe Pulsieren in ihren Ohren und das flackernde Knistern der Kohle. Sonst nichts.

Aber da! War da nicht ein ganz leises, vorsichtiges Geraschel auf dem Flur draußen? Beinahe lautlos, wie ein treibendes Blatt im Herbstwind? Tap, tap ... lautlos schwang die Tür auf, und da stand Robin, blinzelnd, halb noch im Schlaf.

Margarethe seufzte erleichtert auf.

»Robin! Was ist denn mit dir los? Warum schläfst du nicht?«

Robin blinzelte sie müde an. Seine Augen waren groß und rund, wie immer, wenn er gerade aus tiefem Schlaf erwachte.

»Ich mag diesen kleinen Jungen in meinem Bett nicht.«

»Welchen kleinen Jungen? Wovon redest du denn da, Robin?«

»Dieser kleine Junge. Er ist schrecklich. Er kneift mich. Und er wühlt die Decken ganz durcheinander. Absichtlich.«

»Liebling, du hast nur geträumt! Komm mit, wir schauen zusammen nach!«

Sie nahm das Kind an der Hand, ging mit ihm zurück in sein Zimmer und machte das Licht an.

Da lag Peter, rosig, im tiefen Schlaf, mit offenem Mund, wie immer; und da war Robins Kinderbett, leer und total zerwühlt, als hätte er sich im Schlaf heftig hin und her gewälzt.

Das bestätigte Margarethes Vermutung, daß er einen Alptraum gehabt hatte. Nach dem Kreuzverhör über den geheimnisvollen kleinen Gast am Abend war das sogar sehr wahrscheinlich. Trotz seiner offensichtlichen Unaufmerksamkeit hatte Robin sicherlich ihre Besorgnis und Abneigung hinter den Fragen gespürt, und es war das Natürlichste von der Welt, daß er anschließend davon träumte.

Um aber das Kind zu beruhigen, machte sich Margarethe daran, das Zimmer sehr genau zu untersuchen. Sie schauten unter beide Betten, in den Kleiderschrank, hinter die Vorhänge und sogar, weil Robin darauf bestand, in die Ritze hinter der Kommode.

»Es war so ein *dünner* Junge, Mami«, erklärte Robin. Margarethe spürte einen Stich bei dieser Erklärung, und sofort war die Unruhe wieder da. Einen Moment lang konnte sie das ausgezehrte, alt wirkende kleine Gesicht wieder sehen, aus dessen Augen heimtückisches Wissen zu blitzen schien. Sie wischte das Bild mit einer Handbewegung fort, schloß den Deckel der Kiste mit den Bauklötzen (verrückt, überhaupt da nachzusehen), brachte Robin wieder zurück ins Bett und deckte ihn gut zu.

»Versprichst du mir, daß der Traum nicht wiederkommt?« fragte Robin ängstlich, und Margarethe versprach es. Dies war ihr Standardspruch nach Robins Alpträumen, und bis jetzt hatte er immer gewirkt.

Fast zwölf Uhr! Es gab keinen Grund, noch länger aufzubleiben, aber irgendwie konnte sich Margarethe nicht entschließen, ins Bett zu gehen. Sie griff wieder nach ihrem Buch, fühlte aber, daß sie Leonoras Unentschlossenheit nicht noch einmal ertragen konnte, und nahm deshalb statt dessen die Abendzeitung von gestern. Bevor sie zu Bett ging, wollte sie etwas Aufmunterndes lesen, über die neue Herbstmode vielleicht, oder war jetzt, im Oktober, schon wieder die Frühlingsmode dran? Das war heutzutage wirklich verwirrend.

Aber was sie dann las, war kein Artikel über die Herbst- beziehungsweise Frühjahrsmode. Das unscharfe Bild des gesuchten Mannes hatte ihre Aufmerksamkeit geweckt. Es war ein Mann von vielleicht fünfzig Jahren – bei der schlechten Bildqualität konnte man es nicht genau sagen. Und da war auch ein Bild der ermordeten Frau, einer Mrs.

Harriet Soundso, die anschließend genauer beschrieben wurde.

Interessiert begann sie, den Bericht von Anfang bis Ende zu studieren, und wagte kaum zu atmen. Dieser Mann, der heute nacht irgendwo in London frei herumlief, war aus einer Irrenanstalt ausgebrochen, in der er einsitzen mußte, weil er einige Jahre zuvor eine andere Frau unter ähnlichen Umständen wie diese Mrs. Harriet umgebracht hatte.

Margarethe spürte, wie ihre Glieder erstarrten. Beide Frauen waren Mütter kleiner Jungen... Beide lebten in großen, heruntergekommenen Häusern, die in Wohnungen aufgeteilt worden waren, beide hatten schwarze, lokkige Haare gehabt. Margarethe strich mit feuchten, zitternden Händen durch ihre Haare und versuchte, nicht weiterzulesen, aber sie konnte ihre Augen nicht von der Zeitung wenden. Warum nur hatte man diesen Mann nicht gleich beim ersten Mal gehängt?

Es folgte die Geschichte seiner Kindheit – eine wahre Horrorgeschichte. Er hatte zusammen mit seiner Stiefmutter in einem großen, abbruchreifen alten Haus gewohnt. Die Stiefmutter hatte ihn hungern lassen, verprügelt, in dunkle Zimmer eingesperrt und ihm erzählt, daß dort Ungeheuer mit großen, gefährlichen Klauen auf ihn warteten. Ihre schwarzen, glänzenden Locken hatten wie Insignien der Folter und des Todes über seiner Kindheit geschwebt. Nach dem ersten Mord hatte er diese Geschichte den Ärzten erzählt, und auch, wie der Anblick der schwarzhaarigen Frau, die die Treppe eines solchen verfallenen Hauses hinaufging, in ihm die Erinnerung an Angst und Grausamkeit so lebhaft wachgerufen hatte, daß »ich mich nicht wieder wie der kleine Junge *fühlte*, ich war der kleine Junge... das war unser Haus... und die Frau war *sie*«; nur so hatte er es beschreiben können. Also hatte er sich in das Haus geschlichen und sich bis zur tödlichen Stille der Nacht in eines der leerstehenden Zimmer eingeschlossen. Erst dann hatte er sich herausgewagt, mit der extremen Furcht und dem Haß eines Kindes in seinem Herzen und der Kraft eines Mannes in den Händen...

Margarethe schloß für eine Sekunde die Augen, dann öffnete sie sie wieder, um die Beschreibung des Mörders zu lesen: »Ungefähr fünfzig Jahre, mittelgroß, rotblonde Haare, die langsam grau werden, Augenbrauen und Wimpern fast farblos...«

Mit jedem Wort sah sie das Gesicht noch lebendiger vor sich, nicht das Gesicht eines alternden, unbekannten Mannes, sondern das kleine, feindselige Gesicht, das sie am Nachmittag gesehen hatte, mit dem schlechtgeschnittenen, rotblonden Haar, den kleinen, rotgeränderten Augen, in denen sich die krankhafte Bosheit eines alten, verbitterten Mannes spiegelte...

»Ich *fühlte* mich nicht wieder wie ein kleiner Junge, ich *war* ein kleiner Junge...« Die Worte hämmerten in ihrem Kopf, immer und immer wieder.

Sie warf die Zeitung in die Ecke. Das ist reine Phantasie und vollkommen absurd, tröstete sie sich. Und überhaupt, wenn ich *wirklich* glaube, daß irgend etwas nicht in Ordnung ist, kann ich doch die Polizei rufen. Das Telefon steht gleich unten im Flur.

Sie ging langsam zur Tür und trat auf den Flur hinaus. Dort blieb sie stehen, auf der kleinen Insel des Lichtes, Dunkelheit über und unter ihr. Sie versuchte, sich weiterhin klarzumachen, welch ein Blödsinn das war und wie lächerlich sie sich verhielt. Aber jetzt wagte sie sich nicht mehr, auch nur ein einziges Wort zu denken, weil sie lauschte, lauschte, wie zivilisierte menschliche Wesen kaum noch lauschen – lauschte wie ein Tier in der tödlichen Dunkelheit des Waldes. Nicht bloß mit den Ohren, sondern mit dem ganzen Körper. Jedes Organ, jeder Nerv war in Alarmbereitschaft, angespannt, so daß es schließlich unmöglich war festzustellen, wie die Nachricht sie erreichte, klar und deutlich, mit absoluter Gewißheit: Die Gefahr ist nah, die Gefahr kommt.

Da war kein Geräusch zu hören, Margarethe war sich sicher. Kein Geräusch zeigte ihr an, daß sich etwas in dem verschlossenen Zimmer über ihr bewegte; das dunkle, leere Zimmer, das dem verschlossenen Zimmer so ähnlich war, in dem ein kleiner Junge aus entsetzlicher Angst vor fürchterlichen Ungeheuern halb verrückt geworden war. Diese Ungeheuer hatten mit den Jahren ihre Schrecken verloren und waren Freunde, Verbündete geworden, denn jetzt endlich war er selbst auch ein fürchterliches Ungeheuer.

Noch immer hörte Margarethe keinen Ton. Kein Geräusch verriet ihr, daß die Tür des leerstehenden Zimmers von innen aufgeschlossen worden war, lautlos und mit größter Geschicklichkeit. Keine tappenden Schritte auf dem staubigen oberen Flur, kein Ächzen der alten morschen Stufen des oberen Treppenabsatzes.

Und schließlich waren es nicht Margarethes angespannt lauschende Ohren, die das erste Anzeichen des nahenden Wesens erkannten, sondern ihre Augen. Sie hatte nun schon so lange auf den im Schatten liegenden Bogen des Geländers gestarrt, daß Margarethe, als sie schließlich die Hand mit den langen, spitz zulaufenden Fingern sah, die sich wie fünf Schlangen um das Geländer wanden, hätte meinen können, daß sie schon immer dagewesen war, vor ihren Augen hin und her tanzend.

Aber nicht das Gesicht. Nein, das konnte nicht schon vorher dagewesen sein. Nirgendwo auf der ganzen Welt konnte es so ein Gesicht geben – ein Gesicht, so verzerrt, so durchglüht von Haß, daß es fast zu leuchten schien, als es drohend aus der Dunkelheit auftauchte und langsam zu ihr hinunter schwebte, dreißig oder vierzig Zentimeter über dem Geländer...

Jetzt war ein Geräusch zu hören, ein schnelles Fußtrippeln, unglaublich flink und sanft, wie das eines Kindes, das den schweren Schatten eines kräftigen Erwachsenen nach unten trug – mit den weißen, gekrümmten Fingern, die nach ihr griffen...

Ein leiser, erschreckter Aufschrei an Margarethes Seite riß sie aus ihrer Lähmung. Ein kleines, weißes Gesicht, wirres rotblondes Haar... und ein Instinkt, der stärker war als ihr Selbsterhaltungstrieb, ließ sie auf die Knie fallen. Ihre Arme umschlangen den zitternden kleinen Körper. Während sie das kleine Wesen an ihre Brust drückte, fühlte sie, wie die Furcht, die es schüttelte, langsam einem großen Frieden wich.

Dieser Fall auf die Knie war wohl ihre Rettung gewesen. In genau diesem Augenblick war ihr Angreifer nach vorn gesprungen, über ihren plötzlich gebeugten Körper gestolpert und kopfüber die Treppe hinter ihr hinuntergefallen. Es krachte und krachte, als er von einer Stufe auf die andere fiel, und dann war es still, absolut still.

Plötzlich erhob sich neuer Lärm:

»Mami! Mami! Wer...? Was...?« – ein Gewirr von kleinen Beinen und Armen, und einen Augenblick später schien sie die Arme voller kleiner Jungen zu haben. Sie riß sich zusammen und schaute sie sich an. Natürlich waren es nur zwei, ihre eigenen, deren vertraute, dunkle Köpfe sich an sie schmiegten, ihre erschreckten Fragen klangen ihr in den Ohren ...

Und als die Polizei kam und als Henry kam und der tote Mann fortgebracht worden war, gab es so viel zu erzählen. So viel zu erklären. Alles war natürlich ganz einfach zu erklären – wie Henry betonte –, wenn man den Zufall nur ein wenig bemühte.

Der kleine rothaarige Junge mußte irgendwoher aus der Nachbarschaft kommen, zweifellos würde man ihn finden können, und falls notwendig, konnte ihm geholfen werden. Margarethes Interesse an ihm erklärte Robins Traum und erklärte ebenso, daß sie im Augenblick der tödlichen Angst geglaubt hatte, daß das fremde Kind in ihre Arme gelaufen wäre. In Wirklichkeit war es natürlich einer ihrer eigenen Jungen gewesen.

Und doch, Margarethe konnte niemals das Lächeln auf dem Gesicht des toten Mannes vergessen, als er zusammengesackt am Fuße der Treppe gelegen hatte. Man sagt, daß die Gesichter der Toten alle möglichen widersinnigen Ausdrücke annehmen könnten, aber Margarethe erschien dieses Lächeln überhaupt nicht wie das Lächeln eines erwachsenen Mannes. Es war das Lächeln eines kleinen Jungen, der endlich den Trost einer mütterlichen Umarmung spürte.

Celia Fremlin im Diogenes Verlag

»Celia Fremlin ist neben Margaret Millar und Patricia Highsmith als wichtigste Vertreterin des modernen Psychothrillers hierzulande noch zu entdecken.«
Frankfurter Rundschau

Klimax
oder Außerordentliches Beispiel von Mutterliebe. Roman. Aus dem Englischen von Dietrich Stössel

Wer hat Angst vorm schwarzen Mann?
Roman. Deutsch von Otto Bayer

Die Stunden vor Morgengrauen
Roman. Deutsch von Isabella Nadolny

Rendezvous mit Gestern
Roman. Deutsch von Karin Polz

Die Spinnen-Orchidee
Roman. Deutsch von Isabella Nadolny

Onkel Paul
Roman. Deutsch von Isabella Nadolny

Ein schöner Tag zum Sterben
Erzählungen. Deutsch von Ursula Kösters-Roth

Gibt's ein Baby, das nicht schreit?
Roman. Deutsch von Isabella Nadolny

Parasiten-Person
Roman. Deutsch von Monika Elwenspoek

Zwielicht
Roman. Deutsch von Ursula Kösters-Roth

Die Eifersüchtige
Roman. Deutsch von Barbara Rojahn-Deyk

Unruhestifter
Roman. Deutsch von Monika Elwenspoek

Der lange Schatten
Roman. Deutsch von Peter Naujack

Wetterumschwung
Geschichten. Deutsch von Barbara Rojahn-Deyk, Ursula Kösters-Roth und Isabella Nadolny

Gefährliche Gedanken
Roman. Deutsch von Irene Holicki

Sieben magere Jahre
Roman. Deutsch von Monika Elwenspoek

Margaret Millar im Diogenes Verlag

»Margaret Millar beweist in ihren Krimis ein psychologisches Gespür für die Abgründe menschlichen Denkens und Handelns hinter den bürgerlichen Fassaden. Ohne Schnörkel, ohne jemals langatmig zu werden, erzählt sie spannende und beklemmende Geschichten, die den Leser nicht loslassen.« *Radio Bremen*

»Margaret Millars Blick ist so scharf wie der von Patricia Highsmith; noch entschiedener enthält sie sich jeden Effektes, jeder Extravaganz.«
Die Zeit, Hamburg

Die Feindin
Roman. Aus dem Amerikanischen von Elizabeth Gilbert

Liebe Mutter, es geht mir gut...
Roman. Deutsch von Elizabeth Gilbert

Ein Fremder liegt in meinem Grab
Roman. Deutsch von Elizabeth Gilbert

Die Süßholzraspler
Roman. Deutsch von Georg Kahn-Ackermann und Susanne Feigl

Von hier an wird's gefährlich
Roman. Deutsch von Fritz Güttinger

Fragt morgen nach mir
Roman. Deutsch von Anne Uhde

Der Mord von Miranda
Roman. Deutsch von Hans Hermann

Das eiserne Tor
Roman. Deutsch von Karin Reese und Michel Bodmer

Nymphen gehören ins Meer!
Roman. Deutsch von Otto Bayer

Fast wie ein Engel
Roman. Deutsch von Luise Däbritz

Die lauschenden Wände
Roman. Deutsch von Karin Polz

Banshee die Todesfee
Roman. Deutsch von Renate Orth-Guttmann

Kannibalen-Herz
Roman. Deutsch von Jobst-Christian Rojahn

Gesetze sind wie Spinnennetze
Roman. Deutsch von Jobst-Christian Rojahn

Blinde Augen sehen mehr
Roman. Deutsch von Renate Orth-Guttmann

Wie du mir
Roman. Deutsch von Renate Orth-Guttmann

Letzter Auftritt von Rose
Roman. Deutsch von Nikolaus Stingl

Stiller Trost
Roman. Deutsch von Klaus Schomburg